CHASSES À L'HOMME

Christophe Guillaumot

Chasses à l'homme

Fayard

ISBN : 978-2-213-61579-0

Le Prix du Quai des Orfèvres a été décerné sur manuscrit anonyme par un jury présidé par Monsieur Christian Flaesch, Directeur de la Police judiciaire, au 36, quai des Orfèvres. Il est proclamé par M. le Préfet de Police.

Novembre 2008

A Michèle Guillaumot,
ma mère

Chapitre Un

– ... du bouche-à-bouche avec un fer à repasser !

– Pardon ?

– Lorsque vos collègues sont entrés chez moi, je m'entraînais à faire du bouche-à-bouche à un fer à repasser. C'est très pratique, monsieur le commissaire !

– Mais ça vous paraît normal à vous, d'embrasser un fer à repasser ?

– Pas du tout ! Vous faites erreur, monsieur le commissaire ! Je dois passer mon brevet de secourisme dans deux jours, et le fer à repasser est un très bon moyen de vérifier si vous insufflez correctement de l'air à une victime.

– Vous plaisantez ?

– Non, vous soufflez dans le conduit servant à mettre l'eau et vous placez votre main sur les trous d'où sort la vapeur. Les moniteurs nous conseillent de faire comme cela. Je vous jure, monsieur le commissaire !

Les coudes posés sur le bureau, le menton enfoncé dans le creux de ses mains et les doigts plaqués sur les joues, le lieutenant Caramany regardait avec pitié l'énergumène qui venait d'être interpellé par une patrouille de police. Son bureau, donnant sur une cour exiguë, ne recevait aucune lumière provenant de l'extérieur. Une unique lampe de bureau suffisait à peine à éclairer les nombreux dossiers qui encombraient la table de travail. La pluie incessante de ce mois de mars faisait bruyamment déborder les gouttières. Loin de son sud natal, il gardait au plus profond de lui, cette réserve de soleil, emmagasinée tout au long de son enfance. Cette provision imprimait sur son visage un sourire permanent, et lui permettait de faire preuve de bonne humeur en toutes circonstances.

– D'après le rapport, vous avez quand même envoyé par la fenêtre une télévision et deux chaises ?

– Ça, c'est exact, monsieur le commissaire !

Bien qu'agacé par ces « monsieur le commissaire » à répétition, le lieutenant Caramany ne tenait pas à rectifier l'erreur d'appréciation hiérarchique du gardé à vue. Avec la diffusion d'une multitude de séries policières télévisées, le public ne s'y reconnaissait plus dans les grades des fonctionnaires de police, comme si les subalternes n'étaient bons qu'à faire des photocopies ou à préparer le café. Lui-même avait renoncé à se battre contre les moulins à vent, et aux croisades vaines contre les ignorants.

– Elle faisait trop de bruit ! Vous comprenez ? enchaîna le prévenu.

– Vous ne connaissez pas cet instrument que l'on appelle une télécommande ou zapette, et qui permet de baisser le son sans avoir à détruire sa télévision ? demanda le lieutenant avec ironie.

– Si, mais il fallait que je m'en débarrasse !

– Pourquoi ? dit Caramany dont le

visage apparaissait dans le halo de lumière de sa lampe de bureau.

L'homme se rapprocha du policier en traînant les pieds de sa chaise sur le sol ; il adopta une posture de trois-quarts, pour mieux surveiller ses arrières tout en parlant à voix basse.

– Est-ce que je peux vous faire confiance, commissaire ? chuchota-t-il.

– Avez-vous le choix ? répliqua le lieutenant, en posant son regard sur la cinquantaine de dossiers judiciaires, dispersés sur sa table de travail, qu'il devait traiter.

– J'ai reçu un ordre de Lucifer ! Mais si je vous mets au courant, vous risquez de mourir ! déclara l'homme à qui la raison commençait sérieusement à faire défaut.

A ces mots, le lieutenant de police tira la poignée du deuxième tiroir de droite de son bureau. Il en sortit l'imprimé destiné à requérir un médecin psychiatre pour examiner le pauvre homme qui venait d'échouer devant lui.

– Je vous écoute, je vais prendre tous les renseignements !

Il avait l'habitude de gérer les fous. Il

n'avait jamais tenté de leur faire reprendre pied dans la réalité. Chacun son rôle. Il laissait aux médecins le soin de traiter les différentes pathologies qui obscurcissaient les esprits plus faibles, sans jamais se moquer de ces détraqués mentaux, à la différence de certains de ses collègues qui ne se gênaient pas pour le faire. Derrière chaque malade, un être humain était en souffrance. Lorsqu'il en avait l'occasion, il tenait à leur offrir un peu de réconfort en les écoutant simplement, même s'il devait feindre de croire en leurs propos déments.

D'un clin d'œil complice à celui qu'il interrogeait et son index gauche posé sur la bouche pour réclamer le silence, il décrocha son téléphone.

– Oui, Claire, je vous écoute !

– Les bœuf-carottes sont là ! Ils viennent pour vous ! Je n'ai pas pu les retenir, ils sont en train de monter ! dit une voix affolée.

– C'est une blague ? demanda-t-il interloqué.

– Non, je vous jure, sur la tête de ma fille ! Ils sont trois. Ils semblent très pressés de vous rencontrer, et ne m'en ont même pas dit les raisons !

Claire était l'hôtesse du commissariat. A quarante ans, divorcée, elle occupait son poste comme la concierge surveille son hall d'immeuble. Les entrées et les sorties étaient notées, analysées, commentées et le plus souvent partagées. Elle avait toujours eu un petit faible pour le lieutenant Caramany. Tout en restant poli, celui-ci n'avait pas une seule fois donné l'impression de vouloir céder à ses avances. Pourtant, elle ne se décourageait pas, malgré les quinze années qui les séparaient. Elle s'obstinait toujours à offrir ses services au jeune policier.

– Bon, bon, calmez-vous, je vais les recevoir.

On frappait déjà à sa porte. Sans attendre l'autorisation d'entrer, celle-ci s'ouvrit sur trois hommes en costumes sombres et cravates noires, protégés du temps pluvieux par des parkas détrempées.

– Les démons ! hurla le prisonnier effrayé comme si Satan apparaissait.

– Carl ! cria Caramany en voyant la bave couler des lèvres du fou.

Un gardien de la paix qui se trouvait dans le couloir, fendit le groupe des trois policiers pour saisir l'énervé par un de ses poignets. D'un geste rapide, il lui menotta les poignets dans le dos. Du regard, les trois intrus semblèrent féliciter le jeune policier d'avoir appliqué à la lettre les gestes techniques d'intervention, sans violence, ni signe d'énervement. Après que le garde et son détenu soient sortis, le plus bedonnant des trois policiers ferma la porte. Caramany, sans bouger de son siège, ne feignit aucun signe de bienvenue et laissa à ses visiteurs le soin d'ouvrir les débats. Ces fonctionnaires venaient de perturber un interrogatoire, il n'allait pas leur faire des courbettes.

– Commissaire Wuenheim, directeur de l'Inspection générale des services ! Voici mes collaborateurs : le commissaire stagiaire Eric Le Taillan – l'intéressé resta de marbre – et le capitaine Serge Poncey – le plus âgé des deux acolytes fit un signe de la tête. Mais je crois que vous vous connaissez ?

– C'est exact ! articula Caramany d'un

ton glacial, en reconnaissant le visage de celui qui avait été un ancien collègue.

– Nous sommes de vieilles connaissances, monsieur le commissaire ! lâcha Poncey, avec un sourire ironique.

Wuenheim était parfaitement informé du différend qui avait opposé ces deux officiers. Caramany et Poncey avaient débuté ensemble à la Brigade des stupéfiants de Paris. Lors d'une prise importante d'héroïne, Caramany avait rétribué sa balance d'une petite quantité de drogue saisie, en remerciement de l'information donnée. A l'époque, la pratique était courante. Malheureusement, l'indic avait été interpellé aussitôt par un autre service de police, alors qu'il tentait de revendre le cadeau qu'il venait de recevoir. Très rapidement, les enquêteurs étaient remontés jusqu'à la Brigade des stupéfiants. Mais l'informateur n'avait pas voulu donner le nom du policier qui l'avait fourni. L'affaire aurait pu en rester là si Poncey n'avait pas dénoncé Caramany, lors de son audition devant l'I.G.S. Celui-ci avait dû reconnaître les faits. Eu égard à la saisie record qu'il venait de réaliser, le conseil de discipline préféra ne pas mettre fin au contrat du lieutenant, mais le muta, dans l'intérêt du service, au commissariat Saint-Georges, dans le 9e arrondissement de Paris. Il écopa également d'une mise en congé sans solde de six mois dont il commençait seulement à se relever financièrement. Quant à Poncey, plus personne de la Brigade des stupéfiants ne voulait travailler avec lui, et comme son comportement avait attiré l'attention du commissaire Wuenheim, ce dernier lui proposa d'intégrer l'I.G.S. avec le grade de capitaine. Il ne s'était pas fait prier.

– Connaissance dont je me serais bien passé ! rétorqua Caramany. En tout cas, tu as l'air d'avoir bien vécu...

– Un boulot sain, et de la bonne charcuterie... Et voilà le travail ! répondit Poncey en bombant le torse et en apposant les mains sur son ventre à la manière d'une femme enceinte.

L'irruption dans son bureau des trois policiers de l'I.G.S. laissait Caramany perplexe. Très circonspect, il n'allait pas se découvrir tout de suite.

– Que me vaut cet honneur ?

Avant de lui répondre, le commissaire divisionnaire Wuenheim s'autorisa à poser son fessier sur l'unique chaise en face du bureau. Ses deux sbires restèrent derrière lui, les bras croisés.

– Nous voulons voir vos dossiers, dit-il sèchement.

– Lesquels ? demanda Caramany en cherchant pourquoi l'Inspection générale des services s'intéressait à des dossiers judiciaires sans importance.

– Tous ! répondit le commissaire.

Caramany resta silencieux, sachant que son interlocuteur connaissait déjà la question qui lui brûlait les lèvres :

– Vous voulez probablement savoir ce que nous faisons ici ?

Le commissaire n'obtint qu'un simple hochement de tête en guise de réponse. Le lieutenant, jouant à domicile, ne laissait transparaître aucune expression sur son visage. Il n'avait rien à se reprocher. Il ne s'occupait que des délits mineurs : de simples vols, des cambriolages, quelques agressions à la sortie des boîtes de nuit. Il n'avait jamais eu de différends avec des plaignants, et n'avait jamais employé la force contre un gardé à vue.

En somme, rien qui puisse faire l'objet d'une quelconque enquête de l'I.G.S.. Il n'avait commis qu'une erreur au cours de sa carrière et il l'avait payée très cher. Cela lui avait servi de leçon, et il n'était pas près d'attirer une nouvelle fois les foudres de l'Inspection générale des services sur sa personne.

– Connaissez-vous une dénommée Mélanie Bouzy ? demanda Wuenheim.

– En aucune façon, rétorqua Caramany.

– Cette personne s'est présentée dans mon service, continua le commissaire qui ne lésinait pas sur l'emploi d'adjectifs possessifs pour montrer son pouvoir et sa place dans la hiérarchie, et elle a déclaré avoir été victime d'un viol.

– En quoi tout ceci me concerne-t-il ? questionna le lieutenant qui se doutait bien que les trois hommes n'étaient pas là pour une visite amicale ou de courtoisie.

– Mademoiselle Mélanie Bouzy, renchérit le commissaire divisionnaire en enlevant ses lunettes de vue pour en essuyer les verres, vous a désigné comme l'auteur de cet acte.

Le lieutenant Caramany qui avait jusque-là gardé son calme, tapa du poing sur la table.

– C'est une blague, monsieur le commissaire ?

Il n'obtint pour seule réponse que trois faciès graves et accusateurs, et il commença à s'inquiéter, fort de son expérience. Ils ne plaisantaient pas. La présence du chef de l'I.G.S. en personne, indiquait sans aucun doute qu'il allait faire l'objet d'une mesure de garde à vue.

– Mon chef de service est-il au courant de votre visite ? lança Caramany en fixant du regard son accusateur.

– Négatif ! Il le sera en temps et en heure !

– Est-ce que je peux me faire assister par mon délégué syndical ? demanda-t-il, cherchant quelqu'un sur qui s'appuyer.

– Nous ne sommes pas dans une affaire disciplinaire, lieutenant Caramany, rétorqua sèchement Wuenheim, c'est d'un avocat dont vous avez besoin !

Caramany se décida enfin à se lever de sa chaise. Debout, il domina physiquement pour la première fois, ceux qui s'étaient invités par surprise. Des heures de natation lui avaient donné un corps d'athlète imposant. Il empila les dossiers et les poussa jusqu'au rebord de son bureau.

– Voilà tous mes dossiers ! Consultez-les et vous verrez que je ne connais personne du nom de Mélanie Bussi.

– Mélanie Bouzy ! corrigea le capitaine Poncey.

– Appelez-la comme vous voulez ! Je ne connais pas cette personne.

– C'est étrange car elle déclare vous connaître parfaitement bien !, insinua tranquillement le commissaire toujours assis. Elle vous a identifié parmi des photographies que nous lui avons présentées. Elle a décrit toutes les pièces de votre appartement et notamment la chambre.

– Cela est impossible ! interrompit Caramany. Venez chez moi et nous verrons si ce qu'elle décrit correspond exactement à mon logement.

– C'était bien mon intention, lieutenant, confirma Wuenheim, après avoir réajusté sa paire de lunettes sur son nez.

– Suis-je en garde à vue ? questionna

l'officier de police qui se doutait déjà de la réponse.

– A compter de l'heure où nous avons franchi cette porte, rétorqua Poncey.

– Est-ce que je peux aller prévenir mes collègues de mon indisponibilité ?

– Poncey va vous accompagner ! ordonna le commissaire, mais avant, je vous demande de me remettre votre arme, ajouta-t-il sur un ton sans appel.

Caramany posa la main droite sur la crosse tandis que trois paires d'yeux fixaient son geste. La tension monta d'un cran lorsqu'il dégagea la sécurité de l'étui avec son pouce. Le jeune commissaire stagiaire posa sa main sur son arme comme si un duel de western se préparait.

– Ne fais surtout pas le con ! se sentit obligé de lancer le capitaine Poncey.

– Mais non ! Il va être bien sage, assura le commissaire Wuenheim, toujours enfoncé dans son siège, tout en prenant une pose des plus décontractées.

Caramany avait une furieuse envie de s'extirper de ce bourbier. Perdre son arme et rester dans cette pièce, cerné par ces trois policiers, c'était à coup sûr dormir ce soir en prison. Le cerveau du jeune policier était en pleine ébullition. Quelle était cette affaire forcément montée de toutes pièces ? Comment pouvait-il se défendre ?

– Donnez votre arme ! ordonna catégoriquement le commissaire de police.

Malgré lui, Caramany n'avait pas d'autre choix. Sa main droite devait s'exécuter : elle extirpa l'arme de son étui, la fit pivoter tout en maintenant le canon en direction du sol, et présenta la crosse à Poncey. Ce dernier s'en saisit rapidement, se retourna et expulsa le chargeur, actionna la culasse pour récupérer la cartouche chambrée, puis mit en sécurité l'arme du fonctionnaire soupçonné.

– Jouez le jeu, je ne vous ferai pas l'affront de vous présenter menotté devant vos collègues, lui conseilla Wuenheim.

Sans attendre, Caramany sortit de son bureau, suivi de près par le capitaine Poncey. Ils traversèrent un étroit couloir dont le vert délavé des murs sales renforçait la morosité du lieu. Pendant ce temps, il chercha qui pouvait bien être cette Mélanie Bouzy. Aucune réponse ne vint éclairer sa mémoire. La présence de son « garde du corps » l'empêchait de se concentrer. Il s'arrêta sur le seuil du bureau de ses deux proches collaborateurs ; leur visage était encore plus soucieux que celui de leur chef.

– Sarras !

– Oui, lieutenant !, répondit le policier qui se mit debout à la vue des deux hommes.

– Vous vous occuperez du « fou » ! Il faut l'envoyer se faire examiner. Je n'en ai pas le temps, je suis avec ces messieurs, dit-il en donnant un coup de tête en arrière pour désigner son gardien.

– Pas de souci, je m'occupe de tout ! répondit le gardien de la paix au crâne complètement rasé.

– Major ! désigna-t-il en second, vous vous chargerez de ranger le code de procédure pénale et le code pénal du commissaire avant qu'il ne rentre, ajouta-t-il en lâchant un clin d'œil.

– OK, chef. Je m'en occupe tout de suite.

Le major, proche de la retraite, n'était pas un débutant. Il comprit tout de suite le message codé de son supérieur hiérarchique. Les vendredis soirs, lorsque le travail était terminé, le commissaire avait pour habitude de payer un apéritif à ses hommes pour discuter des affaires de la semaine. Souvent, il s'amusait à baptiser « code pénal » la bouteille de whisky et « code de procédure pénale » la bouteille de pastis. Le patron du commissariat était toujours passé outre la directive interdisant les alcools forts dans les services de police, assurant que c'était aussi une forme de management de passer un bon moment avec ses hommes après une dure semaine de labeur. Le lieutenant Caramany préférait ne pas exposer son patron aux projecteurs de l'Inspection générale des services. Le major Victor Léognan ne se fit pas prier. Dès qu'ils quittèrent la pièce, il se faufila discrètement dans la cage d'escalier pour rejoindre le bureau du commissaire et faire disparaître les bouteilles suspectes.

Caramany avait besoin de réfléchir tranquillement à la situation. Il fallait faire vite. Il jouait serré. N'arrivant pas à remettre ses idées en place, il demanda à son « garde du corps » l'autorisation de se rendre aux toilettes de l'étage. Serge Poncey accéda à sa demande et attendit dans la partie pissotières pendant que son « protégé » s'installait, porte non fermée à clef, dans l'un des deux cabinets de la pièce.

Il sortit son téléphone portable qu'il gardait toujours dans la poche arrière de son jean, et composa un texto en appuyant frénétiquement sur les touches de son clavier. Il aurait bien voulu parler à son patron, mais la faible épaisseur de la porte qui le séparait de celui qui le surveillait, n'aurait pu empêcher ce dernier d'écouter la conversation. Caramany faisait partie de la première génération texto. Il maniait habilement le clavier. Même dans le noir, il aurait réussi à envoyer son message. Une fois son texte transmis, il attendit quelques instants dans le secret espoir d'obtenir une réponse qui ne vint malheureusement pas. Il tira la chasse d'eau et retrouva son cerbère.

De retour dans son bureau, il constata un grand désordre : les placards avaient été ouverts, et des piles de documents jonchaient le parquet. Le commissaire stagiaire était dans tous ses états. Des perles de sueur lui coulaient sur le front. Il s'était visiblement démené durant son absence. A la vue de ce capharnaüm, Caramany se fâcha.

– Ne devrais-je pas être présent lorsqu'on perquisitionne mon bureau ?

– Ne vous énervez pas, Caramany ! Nous essayons juste de ne pas perdre de temps inutilement, rétorqua Wuenheim toujours immobile sur sa chaise.

– Nous ne faisons que notre métier, ajouta Poncey dans son dos, avec sérieux et honnêteté !

– Tes paroles transpirent la mauvaise foi ! Qu'est-ce que vous êtes venus foutre dans mon bureau ? déclara-t-il sèchement en pivotant pour faire face aux trois policiers.

Voyant sa colère monter, les deux acolytes du commissaire se dressèrent, prêts à l'empoigner.

– Tout doux, tout doux, les amis ! déclara Wuenheim en faisant un signe d'apaisement. Le lieutenant Caramany ne va pas se bagarrer. Il sait qu'il a déjà eu affaire à l'I.G.S., que son dossier est lourd et qu'il doit adopter un profil bas. N'est-ce pas, monsieur Caramany ? siffla-t-il comme un serpent. Alors, vous allez gentiment poser votre cul sur cette chaise, intima le commissaire en désignant de la tête le siège placé derrière le bureau, et vous allez patienter sagement le temps que nous finissions notre opération.

Le Taillan était sur la défensive, prêt à frapper. Poncey avait déjà sorti les menottes de son étui. La raison fit se soumettre Caramany. Il baissa sa garde et alla s'échouer dans son fauteuil. Le lieutenant, appuyé sur son coude droit, se mit à triturer un trombone entre ses doigts. Dans un profond silence, il scrutait ses trois assaillants. Ses yeux allaient de l'un à l'autre sans interruption.

Le commissaire stagiaire Le Taillan, qui cherchait à se faire bien voir de son formateur, fouillait avec hargne et zèle les piles de dossiers qui jonchaient maintenant le sol.

– Commissaire, je crois que j'ai quelque chose !

Il tenait entre les doigts la photo

d'identité d'une jeune femme. Wuenheim bondit pour la première fois de sa chaise. Il était grand et sec, avec un torse disproportionné par rapport à ses jambes trop courtes. Cette constitution lui donnait une façon étrange de marcher, comme si l'étage supérieur allait s'écrouler sur ce qui le portait. Il arracha la photographie des mains de son jeune collègue. Il la regarda quelques instants avant d'inscrire un sourire radieux sur ses lèvres.

– Pouvez-vous me dire qui est cette femme ? interrogea-t-il en tenant la photographie du bout des doigts.

Caramany tendit le cou en avant pour distinguer au mieux les traits de la jeune personne.

– Je n'en ai aucune idée ! Je n'ai jamais vu cette femme ! Je ne sais pas qui elle est, et j'ignore totalement ce que fait cette photographie dans mes affaires...

Mais il se ravisa.

– En fait, je sais pourquoi elle se trouve dans mon bureau ! C'est vous qui l'avez déposée lorsque je me suis absenté de cette pièce, dit-il sur un ton monocorde en fixant un à un ses trois accusateurs. Ce sont des techniques dignes du KGB ! Pas de L'I.G.S. !

Wuenheim ne répondit pas et préféra s'adresser à Poncey.

– Placez-moi ce document dans un sachet plastique, on le mettra sous scellés au bureau.

– OK, patron !

Le commissaire de police reprit son interrogatoire sans prendre en considération les allégations de Caramany.

– La jeune fille, sur cette photographie, est mademoiselle Mélanie Bouzy.

– Je m'en doutais à voir vos mines réjouies ! rétorqua Caramany tout en regardant le jeune Le Taillan installer un ordinateur portable tout droit sorti d'une sacoche noire.

– C'est étrange ! lâcha le capitaine de police. Une femme dépose plainte contre toi alors que tu ne la connais pas, et l'on découvre dans tes affaires une photographie de cette même personne ! Cette coïncidence n'est-elle pas troublante ?

– Je demande à voir un avocat !

– C'est une sage décision ! asséna Wuenheim. Dès que vous aurez signé votre garde à vue, vous aurez droit à tout ce que vous voudrez !

Le commissaire stagiaire se mit à frapper frébrilement le procès-verbal de garde à vue sur son ordinateur. En position vibreur, le téléphone de Caramany se mit à trembler au fond de sa poche de pantalon. Le lieutenant se contorsionna lentement pour glisser sa main droite dans son jean sans se faire remarquer. Il réussit à se saisir de son appareil. Délicatement l'officier de police plaça le téléphone sous son bureau hors de la vue des policiers, et en lut le message qui s'afficha sur l'écran : *Faites ce qu'ils vous disent, j'arrive à Paris demain matin, je me renseigne. Saint Hilaire.* A la vue de ces quelques mots, le lieutenant de police reprit un peu espoir. Il pouvait au moins compter sur quelqu'un. Le commissaire Saint Hilaire le remettait en selle. Lorsqu'il avait été relégué dans son commissariat, après avoir été sanctionné, ce chef de service lui avait donné une nouvelle chance en faisant table rase du passé. Il lui en était redevable. Et avec ces nouveaux événements, il le serait encore pour longtemps. Cet instant de réconfort ne dura pas !

– Lieutenant Caramany ! interpella solennellement le commissaire Wuenheim, je dois vous informer que la plaignante n'a plus donné signe de vie depuis qu'elle est venue porter plainte dans nos locaux. Sauriez-vous où nous pourrions la trouver, par hasard ?

Caramany ne broncha pas, prostré dans son mutisme. Le commissaire de police se déplaça jusqu'à l'imprimante qui était en train de régurgiter le procès-verbal de son adjoint. Il saisit le document notifiant la garde à vue et le déposa devant Caramany.

– Signez ! Pour l'instant, vous ne faites l'objet que d'une enquête criminelle pour viol ! Mais si nous découvrons qu'il est arrivé malheur à cette pauvre fille, c'est avec plaisir que je modifierai moi-même cette garde à vue pour vous inculper de meurtre.

Chapitre Deux

Scusi ! Scusi ! La foule emplissait le hall de la gare. Il bousculait certains voyageurs, lâchant ses « scusi ! » impatients tout en pourfendant cette marée humaine. *Scusi ! Scusi !* Il atteignit le premier guichet qu'il trouva libre.

– Un biglietto per Paris, per favore !

Il dut s'y reprendre à deux fois, en prononçant distinctement toutes les syllabes pour se faire comprendre de son interlocuteur. *Grazie !* Puis reprenant sa course effrénée, il se remit à slalomer de plus belle entre les touristes de la gare centrale Santa Maria Novella. L'horloge centrale indiquait 20H50. Il lui restait trois minutes pour courir jusqu'au quai n° 8 où l'attendait le train de nuit Artesia.

Par une musique polyphonique, son téléphone portable lui indiqua l'arrivée d'un message. Il n'y prêta aucune attention, soucieux de ne pas manquer son train. Il continua son marathon, tenant dans sa main gauche son imperméable et son billet tandis qu'il tirait de sa main droite une lourde valise noire.

Scusi ! Scusi ! Ses efforts furent récompensés lorsqu'il s'approcha du train encore à quai. Il exhiba son ticket de voyage à un contrôleur perché au-dessus des marches du wagon et put enfin gagner le long couloir qui desservait les compartiments. Ses pieds le faisaient souffrir, il ouvrait grand la bouche pour reprendre son souffle. Sa chemise était trempée et le nœud de sa cravate pendait lamentablement. Il dut encore s'effacer devant une imposante dame d'origine allemande avant d'atteindre sa cabine qu'il trouva vide, pour autant que la pénombre lui permettait de s'en assurer. Il serait tranquille au moins jusqu'à Milan. Il referma la porte et laissa les stores baissés pour préserver sa tranquillité. Il y avait de chaque côté du compartiment trois couchettes superposées. Il déposa sa valise sur la couchette inférieure de droite et s'assit sur celle de gauche.

Une secousse lui fit se cogner la tête contre le lit supérieur. Le train se mettait enfin en branle. Un dernier coup de sifflet résonna sur le quai de la gare. « Adieu, Firenze ! » Il venait de passer une semaine dans cette superbe ville. Son supérieur, le commissaire divisionnaire Pupillin, l'avait choisi pour représenter la Préfecture de police de Paris au congrès international des polices européennes. Ce séminaire ne l'enchantait guère, mais son amour pour l'art l'engagea à accepter cette proposition. Florence regorgeait de musées et d'églises en tout genre. Saint Hilaire avait finalement sauté sur l'occasion. Il se sentait comme chez lui dans les ruelles étroites qui serpentaient dans cette cité de la Renaissance. Des places somptueuses, des fontaines gigantesques et des statues monumentales l'émerveillaient à chaque coin de rue.

Ces cinq journées lui avaient semblé une course contre la montre. La corvée des longues discussions sur la situation des polices en Europe, commençait dès neuf heures du matin et s'achevait, selon les intervenants, aux alentours de seize heures. Toujours le premier à quitter les lieux du congrès, il consacrait le reste de ses soirées à parcourir les galeries des musées, à visiter les églises et à en escalader les coupoles, pour terminer la journée dans les petits restaurants typiques. Ces souvenirs tout récents emplissaient encore la tête du policier. Il souriait, se revoyant encore sur le Ponte Vecchio, pont chargé de boutiques, avec leur multitude d'étals consacrés au commerce de bijoux. Un jeune Italien tenté de dérober un bracelet en or exposé dans l'une de ces vitrines, avait goûté bien malgré lui, au 42 en cuir noir chaussant les pieds du policier français. Il le revoyait s'enfuir en fendant la foule hilare. Saint Hilaire souriait à ces souvenirs. Florence l'avait charmé. Il était conquis, comme hypnotisé par cette ville ensorcelante.

Le train avait pris de la vitesse. Saint Hilaire regrettait déjà le charme de la campagne toscane. La nuit allait effacer le paysage.

Le cliquetis du loquet de la porte fit sortir Saint Hilaire de ses rêveries nostalgiques.

– Bonsoir, la couchette 225 est bien dans ce compartiment ?

Le commissaire de police qui savait être « vieille France », se leva immédiatement pour tenir la porte à l'élégante apparition qui lui faisait face.

– J'ai la couchette 224, vous devez sûrement être dans ce compartiment.

Il chercha des yeux les plaques numérotant chaque lit.

– C'est ici ! précisa-t-il, en retirant sa valise de la couchette indiquée.

Il se recula contre la fenêtre pour laisser pénétrer la jeune femme dans le compartiment.

– Je vous remercie. J'étais très en retard et je suis montée dans le dernier wagon. Cela fait un bon quart d'heure que je recherche ma place, dit-elle, heureuse d'avoir enfin trouvé son refuge. Je me présente : Monica Scalzo !

– Pierre Saint Hilaire, enchanté !

Il lui tendit une main qu'elle prit langoureusement.

– Vous parlez parfaitement français, et pourtant votre nom est italien, n'est-ce pas ?

– Tout à fait. Ma famille est originaire de Toscane, mais je suis née en France.

En bon policier, Saint Hilaire avait l'habitude de dévisager ses interlocuteurs. Cette femme paraissait jeune mais semblait avoir l'assurance de quelqu'un qui a déjà vécu. Il lui donnait trente-cinq ans environ, même si elle en paraissait moins. Elle ne devait pas mesurer plus d'un mètre soixante-quinze. La jupe fendue laissait apparaître des cuisses fines et musclées. Il était déjà subjugué par sa chevelure dorée, regroupée dans un chignon d'où s'échappaient quelques mèches qui venaient titiller le bord de ses lèvres. Malgré l'obscurité, il devinait un visage doux, illuminé par des yeux bleu foncé dont il était difficile d'affronter le regard. Saint Hilaire mesura sa chance de voyager de nuit avec une telle beauté alors qu'il aurait tout aussi bien pu partager le compartiment avec de jeunes soldats permissionnaires !

– C'était un retour aux sources ? interrogea le policier.

– Si l'on peut dire... soupira-t-elle, je suis venue enterrer ma grand-mère.

– Toutes mes condoléances, veuillez m'excuser, je ne savais pas !

– Oh, ce n'est pas grave. Elle était très âgée. Cela faisait trois ans qu'elle ne parlait plus sur son lit d'hôpital, alors, vous comprenez... C'était presque une délivrance, murmura-t-elle avec émotion. Et vous, monsieur Saint...

– Saint Hilaire.

– Monsieur Saint Hilaire, êtes-vous venu en Italie pour affaires ? demanda-t-elle, tout en ouvrant sa valise.

– Disons que c'est un voyage d'agrément dans le cadre de mes fonctions, expliqua-t-il sur un ton énigmatique.

Monica Scalzo lui adressa un sourire complice. Saint Hilaire, comprenant qu'elle le suspectait d'une escapade extraconjugale, se sentit obligé de préciser :

– J'ai dû assister à un séminaire, mais j'ai largement profité de toutes les richesses culturelles offertes par la ville.

– Vous auriez eu tort de vous en priver ! Etes-vous allé visiter la Galerie des Offices ?

– Deux fois ! répondit-il avec fierté. J'ai vu toutes les salles, tous les peintres :

Botticelli, Léonard de Vinci, Michel-Ange, les peintres allemands, les Flamands, l'art vénitien. Florence est la Mecque de l'art !

Sa passion se reflétait sur son visage. Sa tête était encore habitée de la vision de toutes ces sculptures gigantesques, de ces fresques immenses parant les coupoles des églises. Il revenait repu, rassasié, heureux pour l'amateur qu'il était, d'avoir pu admirer autant de chefs-d'œuvre en si peu de temps.

– J'y suis retourné juste avant de partir ! J'avais une heure devant moi. Je me suis installé sur un banc, en face du *Printemps* de Botticelli. Je crois que le temps s'est arrêté ! J'ai contemplé le tableau sous tous ses angles. J'ai admiré l'harmonie de sa composition, son raffinement pictural, le rythme des lignes et des couleurs, la musicalité qui s'en dégage. La technique du drapé des Trois Grâces ! Avez-vous vu Flore distribuant ses fleurs ? N'est-ce pas cela la beauté idéale ?

Son enthousiasme fit sourire Monica.

– Attention ! Si vous continuez comme

cela vous allez être atteint du syndrome de Stendhal ! prévint-elle.

– Le syndrome de Stendhal ?

Saint Hilaire parut intrigué. Par cette question, il avouait son ignorance. La jeune femme n'était pas seulement belle. Elle était cultivée. Le commissaire se demanda si cette apparition n'était pas aussi celle d'une véritable beauté idéale.

– Oui, c'est un trouble psychique constaté chez certains touristes à Florence.

Saint Hilaire la regarda d'un air intéressé. Elle poursuivit :

– La petite histoire dit que Stendhal en visitant Florence, a eu un malaise après avoir visité l'église de Santa Croce. Il a expliqué sa défaillance par le poids d'une émotion incontrôlable devant la contemplation de la beauté sublime. Depuis, de nombreux psychiatres ont reconnu l'existence de ce phénomène et l'ont appelé le syndrome de Stendhal.

– D'après ce que vous dites, je suis sûrement en danger ! plaisanta-t-il, sans pour autant prendre au sérieux ce pronostic. Mais quels sont les symptômes d'une telle crise ? demanda-t-il pour aiguiser sa curiosité.

– Eh bien ! les études sur les patients atteints de cette pathologie diagnostiquent des moments de panique, de dépression ou d'euphorie, la peur de mourir ou de devenir fou. J'avais lu à ce sujet un article où il était indiqué que les personnes les plus vulnérables à ce phénomène étaient les trentenaires célibataires.

– Vous plaisantez ?

– Non, pas du tout ! répliqua sincèrement la jeune femme, dont la sonnerie du téléphone venait de retentir, excusez-moi...

Pendant que la belle était occupée à commenter dans le détail l'enterrement de sa grand-mère, Saint Hilaire se rappela qu'il avait reçu un message alors qu'il courait comme un forcené dans le hall de la gare. Il sortit son portable et consulta ses textos : *message de Caramany : « I.G.S. au commissariat, suis accusé de viol, svp de l'aide suis innocent. »* Saint Hilaire se redressa vivement. La jeune femme vit blêmir son colocataire d'un soir, mais sans ralentir pour autant le débit de sa conversation. Le commissaire de police réfléchit quelques secondes à ce qu'il pouvait faire tout en laissant ses yeux s'égarer sur les formes harmonieuses de Monica Scalzo. Il commença par envoyer un message à destination de son adjoint, puis composa un autre numéro de téléphone, mais la tonalité était très faible, les bruits du train la rendaient quasiment inaudible.

– Allô !

– Henri !

– Oui, qui est à l'appareil ?

– C'est Pierre ! Pierre Saint Hilaire ! cria le commissaire.

– Ah ! Pierre ! Je t'entends très mal, où es-tu ? interrogea son interlocuteur.

– Dans un train entre l'Italie et la France. Je n'ai pas le temps de t'expliquer, mais je viens d'avoir des nouvelles de mon service. Mon adjoint, tu sais le lieutenant Caramany... ?

– Je t'entends très mal, tu parles de Caramany, c'est ça ?

– Oui. J'ai reçu un message sur mon téléphone me disant qu'il est accusé de viol par l'I.G.S..

– Je n'ai pas été informé de cette intervention dans ton commissariat. Je me renseigne et je te rappelle, OK ?

– Je te remercie, et embrasse Irène de ma part, finit-il par hurler.

– Merci !

Henri Pupillin était le commissaire divisionnaire dirigeant la 2e division de police judiciaire. Il avait sous sa responsabilité plusieurs arrondissements de Paris. Le commissariat Saint-Georges, dirigé par Saint Hilaire, était sous sa tutelle. Tous deux étaient des amis de longue date. Leurs femmes étaient aussi très liées, et bien souvent ils passaient leurs dimanches ensemble dans leur maison de campagne. Mais tout ceci semblait bien loin pour Saint Hilaire qui, adossé contre la fenêtre du compartiment, s'inquiétait de l'appel au secours de son adjoint. Comment une telle affaire était-elle possible ? Pourquoi l'Inspection générale des services était-elle intervenue sans le prévenir, ni même informer le chef de division ?

Le commissaire restait très circonspect devant toutes ces questions sans réponse. L'esprit encore troublé, ses yeux n'en restaient pas moins fixés sur la silhouette de cette charmante femme qui ne cessait de déverser des flots de paroles dans son téléphone portable. Seul dans ce compartiment, et en si bonne compagnie, Saint Hilaire retrouvait des sensations qui avaient déserté son corps depuis fort longtemps. Depuis combien de temps n'avait-il pas désiré une femme ? Ses idées s'embrouillaient. Serait-il capable de tourner la page ? Le train traversa un tunnel, coupant la communication de Monica Scalzo. Elle garda son téléphone plaqué contre son oreille, immobilisée par le regard de cet inconnu qui la fixait et la détaillait, mais dont l'esprit semblait ailleurs. Préoccupé, il était dans ses songes. Le wagon grinça, les roues crissèrent en amorçant un virage serré. Le train sortait du tunnel. Eclairé par la pleine lune qui venait de refaire son apparition, Saint Hilaire lui apparaissait comme un fantôme. Au loin, en arrière-plan, elle distinguait à peine les premiers contreforts des montagnes. Son téléphone sonna à nouveau.

– Allô, oui, on a été coupé ! dit-elle en reprenant sa conversation.

Saint Hilaire fut tiré de ses réflexions par une autre sonnerie.

– Allô !

– Pierre, c'est Henri !

– Je t'écoute ! dit-il avec intérêt.

– J'ai réussi à avoir des informations. Le lieutenant Caramany fait vraisemblablement l'objet d'une plainte pour viol. L'I.G.S. vient de faire une descente dans ton commissariat et ils l'ont placé en garde à vue.

– C'est inadmissible ! cria Saint Hilaire.

– Je sais ! Nous aurions dû être avisés de leur opération.

– Mais qui est cette femme qui déclare avoir été violée ? Est-elle connue des services de police ?

– Je ne sais pas, je n'ai même pas pu avoir son nom. J'en saurai plus demain matin. Ils sont partis en urgence perquisitionner le domicile de Caramany, tant que l'heure légale le leur permettait. La seule chose que je peux te dire, c'est que la plaignante a parfaitement décrit les pièces de l'appartement de ton lieutenant. Le viol se serait déroulé là-bas. Mais le plus grave, c'est que la victime a disparu de la circulation depuis qu'elle a porté plainte dans les locaux de l'Inspection générale des services.

– Peux-tu me passer le numéro de téléphone du collègue qui s'occupe de l'affaire, je vais lui demander des explications ?!

– Je veux bien, mais tu sais... c'est le directeur en personne de l'I.G.S., si tu vois ce que je veux dire...

Saint Hilaire marqua un temps d'arrêt.

– Pardon ?

– Oui, Pierre ! C'est bien Michel Wuenheim...

Henri Pupillin laissa s'installer un bref instant de silence, puis continua.

– Tu as de ses nouvelles ?

– ... Je ne sais pas, Henri ! Tu sais bien que depuis le départ de sa mère, on ne s'est plus beaucoup vu. Elle ne me parle plus. Enfin tu vois, c'est difficile. Nos relations sont...

Saint Hilaire cherchait ses mots.

– Donne-moi quand même son numéro, s'il te plaît, je vais l'appeler ! dit-il fermement, comme pour reprendre la situation en main.

Saint Hilaire attrapa un stylo au fond

de la poche intérieure de sa veste, et nota sur sa main gauche le numéro de téléphone de Wuenheim. Il remercia son ami et raccrocha. Face à lui, Monica Scalzo, immobile, le fixait du regard.

– Des ennuis ? interrogea-t-elle.

– Des problèmes professionnels et...

– Familiaux ! se sentit obligée d'ajouter la jeune femme. Vous n'arrêtez pas de toucher votre alliance, votre femme vous manque ? demanda-t-elle avec audace.

– Ma femme a disparu, il y a dix-sept mois et... vingt et un jours. Elle est partie faire des courses en ville et n'est jamais revenue. Je ne sais si elle a été victime d'un enlèvement, d'un accident, d'une perte de mémoire, ou si elle a tout simplement décidé de disparaître, de refaire sa vie ailleurs, expliqua Saint Hilaire en regardant les pics alpins en contre-jour. Elle ne m'a laissé aucune lettre d'adieu, je n'ai reçu aucune demande de rançon, et son corps n'a jamais été identifié dans une quelconque enquête criminelle. Rien que son absence ! finit-il par dire avec tristesse.

– Mon Dieu ! Veuillez excuser mon

manque de délicatesse, s'excusa Monica, accablée par le remords d'avoir été trop curieuse.

– Ce n'est rien ! C'est juste... Enfin... j'aimerais arriver à reprendre le cours de ma vie.

– ... Revoir votre fille ?, lâcha-t-elle en se maudissant aussitôt d'avoir posé la question.

– J'ai toujours parlé trop fort dans les téléphones portables ! Je manque de discrétion, constata-t-il en exprimant son premier sourire, mais vous avez raison ! Ma fille, ma tendre fille chérie me tient pour responsable de cette disparition. J'ai été trop souvent absent de chez moi. J'ai d'abord privilégié mon travail.

Elle faillit l'interrompre, mais Saint Hilaire lui fit comprendre d'un regard qu'il n'était pas nécessaire de poser la question.

– Je suis commissaire principal de police. J'ai toujours aimé mon travail, plus que de raison peut-être ! Voilà pourquoi, aujourd'hui, ma femme a disparu et ma fille ne me parle plus.

– Quel âge a-t-elle ? s'enquit Monica,

prenant plaisir à écouter cet homme meurtri, mais non dénué de charme.

– Elle a vingt-sept ans. Elle est médecin légiste, précisa-t-il avec fierté.

– Elle a suivi en partie les traces de son père, ajouta-t-elle, comme pour le réconforter.

– C'est possible, mais depuis, nos chemins se sont bien écartés ! dit Saint Hilaire en relevant la manche de sa veste pour regarder sa montre. Excusez-moi, mais je dois passer un appel téléphonique très important pour mon travail. Je vais aller dans le couloir si ça ne vous dérange pas !

D'un signe de la tête, elle acquiesça mais ne le quitta pas des yeux. Elle le trouvait à son goût. Il devait bien avoir dix ans de plus qu'elle, mais cela ne la dérangeait aucunement. Elle aimait son visage aquilin, son menton volontaire, ses yeux sombres et expressifs. Il avait les cheveux bruns et courts, et ses tempes légèrement grisonnantes lui donnaient un charme fou. Il semblait bien bâti. Lorsqu'il tira la porte pour accéder au couloir, elle devina sous sa veste un large torse musclé qui tendait le tissu de sa chemise. Sa taille devait avoisiner le mètre quatre-vingts. Il était le compagnon idéal pour ce voyage de nuit !

Le paysage défilait à allure régulière devant les yeux du commissaire. Le train amorçait déjà l'ascension d'un passage escarpé. Saint Hilaire réfléchit quelques instants avant de composer le numéro de Wuenheim qu'il venait d'inscrire dans la paume de sa main.

– Commissaire Wuenheim, j'écoute !

C'était la première fois qu'il entendait la voix de l'homme qui avait séduit sa fille. Quelque temps auparavant, au cours d'une conversation dans les locaux du Quai des Orfèvres, il avait appris que le commissaire de l'I.G.S. avait une liaison avec la nouvelle médecin légiste de l'Institut médico-légal de Paris. Elle était en train de refaire sa vie tout en écartant son père de son avenir. Plutôt que par le hasard de cet entretien, Saint Hilaire aurait souhaité des présentations plus conventionnelles : il imaginait sa fille venant le présenter, un dimanche ; sa femme aurait préparé un bon repas ; il aurait offert son meilleur whisky en guise d'apéritif ; puis, ils seraient sortis faire une balade au parc des Buttes-Chaumont, en profitant ensemble de l'air frais du mois de mars. Enfin ils se seraient réfugiés dans une brasserie, réchauffant leurs mains autour d'une tasse de thé. Marthe aurait sans doute demandé si un mariage se dessinait à l'horizon, et aurait peut-être même poussé le vice jusqu'à savoir si Wuenheim aimait les enfants. Un dimanche comme celui-là, Saint Hilaire savait qu'il ne le vivrait jamais. La vie en avait décidé autrement. Sa famille n'était plus qu'un triste souvenir. Elle avait volé en éclats, du jour au lendemain, brisée...

– Commissaire Saint Hilaire du commissariat Saint-Georges ! dit-il sèchement. Je viens d'apprendre que vous aviez interpellé l'un de mes adjoints sans même m'en informer. J'attends des explications, monsieur Wuenheim !

Les fonctionnaires appartenant au corps des commissaires de police, avaient l'habitude de se tutoyer entre eux. Mais Saint Hilaire désirait mettre de la distance entre cet homme et lui. De plus, qu'il le veuille ou non, il restait son « gendre » et lui devait donc le respect.

La porte du compartiment était mal verrouillée. Depuis sa couchette Monica Scalzo pouvait distinguer le policier qui faisait les cent pas dans le couloir du wagon.

– J'ai un chef de division ! Le commissaire divisionnaire Pupillin aurait pu être avisé.

Un courant d'air frais s'infiltrait dans l'entrebâillement de la porte, soufflant sur le visage de la jeune femme. Malgré tout, elle continuait d'observer le policier.

– J'exige de parler à Caramany, ordonna-t-il.

Sa voix et ses gestes traduisaient sa colère. Sa main gauche se cramponnait tantôt à la barre de maintien du couloir, tantôt désignait dans le vide un accusé virtuel. Elle tendait l'oreille pour mieux percevoir la conversation.

– Soit, mais nous réglerons ce manque de bienséance devant le directeur de la police. Je vais lui demander audience dès mon retour pour éclaircir cette affaire, menaça-t-il.

Monica remonta la couverture jusqu'à son nez. L'atmosphère était fraîche et elle avait profité d'être seule dans le compartiment pour mettre une tenue de nuit. Puis elle s'était glissée sous les draps de sa couchette en attendant le retour de Saint Hilaire.

– Dès ma descente du train demain matin, j'arrive dans votre bureau. J'espère que vos preuves tiendront la route, sinon vous devrez vous expliquer de cette bavure ! décocha, furieux, le commissaire.

Elle découvrait une nouvelle facette de ce personnage. Ce solitaire aux apparences de gentleman pouvait se transformer en une bête féroce, selon la situation. Elle devait le reconnaître : elle aimait cette ambivalence.

– Wuenheim ! ajouta Saint Hilaire.

Il hésita. Sa bouche était comme pétrifiée. Un bref silence anticipa sa question en suspens :

– ... Wuenheim... comment va-t-elle ?

Soudain le paysage montagneux disparut dans l'obscurité.

– Merde, un tunnel ! lâcha-t-il à haute voix.

Il aurait voulu garder son calme. Il s'était juré de parler posément. Mais la situation, la personnalité du commissaire de l'Inspection générale des services comme ses relations avec sa fille, avaient mis à mal ses résolutions. Son visage était marqué. Pourtant, il rentra dans le compartiment en se forçant d'un sourire à sa compagne d'un soir. Monica le lui rendit tout en le regardant ouvrir sa valise. Elle n'hésita pas un instant :

– Les nouvelles sont mauvaises ?

– J'en ai bien peur, répondit Saint Hilaire, sans développer plus avant.

– C'est donc une journée que nous devons tous les deux oublier, lança-t-elle, en forme d'invite.

Le commissaire n'était pas né de la dernière pluie. Il avait la lucidité et la maturité pour bien comprendre ce à quoi cette magnifique inconnue voulait en venir. Ses cheveux d'or, dénoués, s'étalaient sur l'oreiller blanc où reposait sa tête délicate. A décor idyllique, moment idéal !

– Ecoutez... dit-il, embarrassé.

Il cherchait les mots pour formuler ce qu'il ne ferait pas.

– Cela aurait été avec plaisir, et je

m'en mordrais sûrement les doigts demain matin, mais...

Elle le fixait de ses yeux de feu. Il tentait de nager à contre-courant.

– Mais je ne peux pas ! termina-t-il, embarrassé.

– Je comprends..., dit-elle, compatissante.

– Je n'ai pas fait mon deuil de l'histoire de ma femme, avoua-t-il pour se justifier. Si j'étais certain qu'elle m'ait fui, qu'elle soit partie à cause de moi, je pourrais recommencer à vivre, à aimer. Mais comment savoir ?

Le commissaire semblait désespéré. L'intimité du compartiment favorisait les confidences. Parler à une inconnue lui permettait de se soulager de mois entiers de solitude.

– Imaginez qu'elle ait été tuée par un pervers ou qu'elle soit séquestrée au fond d'une cave ? Comment pourrais-je alors me laisser aller avec une autre femme ? Comment pourrais-je oublier son visage en vous regardant ?

Il semblait vivre le martyre.

– Je vois des fantômes. Me comprenez-vous ? lui demanda-t-il, visiblement perturbé.

Monica Scalzo fit mine d'acquiescer de la tête. Cependant, elle écarta rapidement sa couverture et se leva, sans quitter un instant le regard malheureux de Saint Hilaire. Son déshabillé en soie rouge cachait mal des formes harmonieuses. Sans lui demander son avis, elle approcha sa poitrine de son torse. Ses bras l'enlacèrent. Au contact de cette douce chaleur féminine, il se laissa guider jusqu'à la couchette. Pour la première fois depuis qu'il vivait seul, le policier se laissait approcher par une autre femme. L'odeur de son parfum gagnait ses narines, et son pouls battait la chamade. Une sarabande d'images dansait dans sa tête. Il n'était plus maître de son corps. En images confuses, les visages de sa femme et de sa fille se mêlaient à ceux des tableaux des plus grands maîtres. De frissons en vertiges, ils se trouvèrent en chien de fusil, elle derrière lui, lui caressant les cheveux. Autorisé par sa conscience à cette ultime concession, il se laissa enlacer. Une giboulée de grêle frappa la fenêtre du compartiment, berçant Saint Hilaire de songes imprévus...

– Dormez, mon beau commissaire, dormez en paix ! chuchota Monica en écoutant sa lourde respiration. Elle ne vous mérite pas !

Chapitre Trois

Le major de police Victor Léognan était véritablement ennuyé de la situation. Il appréciait tout particulièrement le lieutenant Caramany. A aucun moment, il ne pouvait l'imaginer en pervers sexuel. Au cours de sa longue carrière, il avait rencontré toutes sortes de chefs plus ou moins sympathiques, plus ou moins compétents, parfois caractériels ou entêtés, voire colériques, mais jamais il n'avait eu l'occasion de rencontrer un être aussi équilibré et sensé que Luc Caramany.

Les nouvelles semblaient se répandre vite. Il venait juste de recevoir au téléphone une « soufflante » du commissaire divisionnaire Pupillin, chef de la 2e division. Lui, en revanche, était un dur à cuire, de l'ancienne génération qui ne supportait aucunement d'être contredit : « Vous auriez dû m'aviser ! », lui avait-il hurlé dans le combiné. Le major Léognan avait bien tenté de répondre à son interlocuteur, prétextant avoir été pris de vitesse par l'I.G.S.. De plus, il pensait en toute bonne foi que sa direction avait été avisée de cette intervention. Mais le commissaire divisionnaire était resté sur ses positions. Le policier expérimenté qu'était Léognan en avait déjà essuyé des colères de chefs comme des orages de fin d'été. Il savait courber le dos jusqu'à ce que ces messieurs les « seigneurs » de la police recouvrent leur calme. A deux ans de la retraite, il ne craignait plus pour sa personne.

Le calme était revenu dans le couloir du commissariat. Les bruits et éclats de voix avaient cessé après le départ de Caramany et de l'I.G.S.. Le convoi était parti perquisitionner l'appartement du lieutenant. En traversant le couloir escorté par ses cerbères, le lieutenant de police avait hurlé son innocence. Victor Léognan avait bien tenté de le réconforter en l'assurant que le commissaire

Saint Hilaire le sortirait de ce pétrin. Il soupira en repensant à ces tristes circonstances et se dit qu'il était temps pour lui de quitter cette nouvelle police, si celle-ci devait être aussi peu respectueuse de ceux qui la servent.

– J'ai fini de m'occuper du fou ! Les infirmiers sont venus le chercher, déclara le gardien de la paix Sarras, en entrant dans la pièce.

– Les cages sont vides ? interrogea Léognan.

– Absolument ! Plus personne en consigne !

Les deux hommes qui occupaient le bureau 13 du commissariat pesaient probablement plus de deux cent cinquante kilos à eux deux. Deux tiers répartis dans le corps mou et difforme du major Léognan, et un tiers pour le gardien de la paix, Yvan Sarras, qui avait pourtant une toute autre allure. Sa tête au crane rasé s'enfonçait dans des épaules musclées, son absence de cou le faisait ressembler à un pilier de rugby. Mais ses yeux clairs apportaient une touche singulière à cet homme qui dégageait un certain charme auprès des femmes. On pouvait aimer ce genre de mâle dans un quartier comme Pigalle.

Sarras avait en horreur la dégaine de son chef de bureau. Le major Victor Léognan était disgracieux au possible, négligeant son corps comme ses tenues. Des tâches de graisse ornaient continuellement ses chandails, et sa moustache touffue recelait bien souvent les restes de son dernier repas. Ses cheveux clairsemés étaient peignés méthodiquement de gauche à droite. Il s'adonnait généreusement à l'alcool et aux cigarettes roulées, laissant à son collègue de bureau l'autre vice qu'était le sexe.

– Dis-moi ! amorça Sarras, un peu gêné. Et si Caramany n'était pas innocent ?

– Pourquoi dis-tu cela ? répondit le major presque contrarié.

– Parce que tout le monde a un jardin secret, des histoires de jeunesse peu reluisantes. Enfin tu sais bien, quoi ! Tous les jours, nous en sommes témoins dans notre travail. Le lieutenant peut être gentil vu de l'extérieur et avoir une libido complètement perturbée !

– Ecoute-moi bien, dit Léognan sur un

ton catégorique, je me refuse à croire que Caramany puisse être un dangereux criminel sexuel. D'une part, il me semble tout à fait bien dans sa peau et, d'autre part, il a un physique qui lui permettrait sans aucune violence d'emballer n'importe quelle top model de la capitale !

– Je sais tout ça, Victor. Mais ils ont trouvé des preuves ! argumenta Sarras.

– Enfin, de quoi me parles-tu ? Lâche le morceau, qu'on en finisse !

– Eh bien, voilà ! Lorsque j'étais dans le bureau du rez-de-chaussée en train de terminer la procédure concernant l'amoureux du fer à repasser, le commissaire adjoint Le Taillan est venu me voir. Il cherchait le registre de garde à vue pour le contrôler.

– Et alors ? demanda Léognan soudainement très intéressé.

– Eh bien, la victime est déjà passée par chez nous, dévoila Yvan Sarras. Elle se nomme Mélanie Bouzy.

– Ce nom ne me dit rien du tout ! avoua le major de police.

– C'était il y a dix mois, j'ai fait des recherches car le commissaire stagiaire m'a demandé une copie de la procédure.

Elle était chez nous pour prostitution. Elle s'était fait pincer alors qu'elle taillait une pipe dans une voiture. Regarde par toi-même, lança Yvan Sarras en déposant sur le bureau de son collègue une liasse de papiers.

Les gros doigts du major saisirent la copie de la procédure. Il commença à l'éplucher.

– Une plainte d'une pute, ça ne tient jamais la route ! La parole d'un policier pèsera toujours plus dans la balance, rétorqua Léognan refusant de lire en détail les procès-verbaux.

– Je l'espère ! ajouta son adjoint. Le problème est que le lieutenant a déclaré ne pas connaître cette personne, alors que la garde à vue est signée de sa main. La découverte de cette procédure contredit donc ses déclarations !

Les deux hommes restèrent perplexes. La nuit était tombée. Dans le commissariat déserté, restés seuls dans leur bureau, ils mêlaient leurs certitudes et leurs craintes pour trouver une explication logique et cohérente au comportement de leur officier. La pluie ne cessait de frapper aux carreaux des fenêtres et brouillait les lumières de la ville. L'horloge biologique du major Léognan, raccordée à un mécanisme intimement lié à son estomac, lui rappela l'heure du dîner.

– Bon ! Je crois qu'il faut attendre le retour du commissaire Saint Hilaire. Il est tard, on devrait rentrer chacun chez soi, suggéra-t-il.

– Ne crois-tu pas que nous devrions rechercher cette Mélanie Bouzy ? insista Sarras qui ne voulait pas lâcher le morceau.

– Tu veux interférer dans une enquête des bœuf-carottes ? s'enquit le major, plus prompt aux bons sentiments qu'à des actions téméraires.

– Pourquoi pas ? répliqua sérieusement son collègue en lançant un regard perçant. On se met à enquêter sur cette gonzesse. On trouve où elle se planque et...

– ... et on l'interroge au fond d'une cave pour obtenir toute la vérité, rien que la vérité, enchaîna le préretraité, très peu pour moi ! Merci ! Et je te déconseille de te lancer sur ses traces. Si quelqu'un l'apprend, tu peux dire adieu à ta carte de poulet ! Merci pour la visite, la sortie c'est par ici ! dit-il en désignant la porte.

Un volet claqua dans le bureau du lieutenant Caramany. Le vent redoublait de force dans un sifflement digne d'une tempête. Le major Léognan se leva difficilement de son siège, et se dirigea lentement vers le bureau de son supérieur.

– Restons-en là, si tu veux bien ! Nous devons aider Caramany mais en respectant les règles du jeu.

Il pénétra dans la pièce vide éclairée par la seule lumière du couloir. Il faillit perdre l'équilibre en marchant sur une pile de dossiers laissés au sol.

– C'est tout notre intérêt ! Demain nous ferons ce que dira Saint Hilaire, ajouta-t-il en élevant la voix pour être entendu de son adjoint.

Sarras le suivait.

– Comme tu veux ! C'est toi le chef. Mais je ne voudrais pas qu'on pense que les policiers du quartier Saint-Georges ont abandonné l'un des leurs !

– Tu n'abandonnes personne, Yvan ! dit Victor Léognan en tirant sur la poignée de la fenêtre.

Le vent s'engouffra dans la pièce. Sarras, à l'extrémité du bureau, vit s'envoler des papiers de toute part, tout en ressentant l'humidité envahir l'espace. Il recula d'un pas. Léognan se débattait avec les éléments comme un capitaine de vaisseau face à l'ouragan. Le volet, porté par une bourrasque, claqua une nouvelle fois. Le major eut tout juste le temps de mettre son bras gauche en protection pour éviter le KO. Alors que son poids aurait dû l'empêcher de se pencher plus en avant pour attraper le volet rendu fou par l'orage, avec la dextérité d'un éléphant de mer montant sur une plaque de glace, le policier réussit à s'appuyer sur la rambarde rouillée et détrempée et à immobiliser le pan de bois furieux. La pluie était glacée sur le corps de Léognan. Sarras, spectateur abrité et circonspect, regardait son supérieur retenir le volet sous ce torrent d'eau. Par politesse, il proposa son aide.

– Tu veux un coup de main ?

Léognan restait silencieux et semblait ne pas se presser malgré les intempéries. Son second ne pouvait pas comprendre cette douche prolongée. Pour un homme de bureau qui rechignait la plupart du temps à quitter son fauteuil, il faisait preuve d'une grande témérité. Quand la masse imposante de son dos se releva enfin, il se retourna dans la semi-pénombre du bureau sans prendre le soin de refermer la fenêtre. La pluie continuait de l'asperger sans que cela paraisse le gêner. Ses cheveux ruisselaient. L'eau coulait de son menton jusque dans le creux de sa chemise détrempée, sa moustache dégoulinait. C'était sans importance à côté de ce qu'il venait de découvrir et montrait à son adjoint. Le visage de Sarras se figea. Le poing serré, Victor Léognan tenait le cordage servant à immobiliser le volet contre le mur. A l'extrémité, pendait un couteau de cuisine ensanglanté.

– Ce n'est pas moi qui vais avoir besoin d'un coup de main ! lâcha enfin le major.

Chapitre Quatre

Caramany ne laissait rien transparaître de l'inquiétude qui le rongeait. Sous les traits figés de son visage, seul le mouvement saccadé de ses pupilles trahissait un intense remue-méninges. Assis au fond de son siège en cuir marron, il était le témoin forcé et impuissant de la perquisition que perpétrait l'Inspection générale des services à son domicile. Que pouvait-il dire de plus pour sa défense ? Il ne se souvenait pas d'avoir auditionné de prostituée portant le nom de Mélanie Bouzy. Lorsque le commissaire stagiaire Le Taillan était entré dans le bureau pour lui glisser sous les yeux une procédure judiciaire portant sa propre signature et diligentée à l'encontre de cette inconnue, il était tombé des nues. Le lieutenant de police traitait tellement de procédures à la fois. Il lui était impossible de se souvenir de tous les mis en cause ayant fréquenté sa chaise d'interrogatoire. Ce qui le frappait le plus, c'était son incapacité à se rappeler la morphologie de cette femme, malgré une très bonne mémoire visuelle qui, généralement, ne lui faisait jamais défaut. Lorsque le commissaire Wuenheim lui avait présenté la photographie de la plaignante, les traits de ce visage auraient dû déclencher en lui quelques souvenirs. Il était physionomiste et n'imaginait pas pouvoir oublier quelqu'un rencontré dans le cadre de son travail. Pourtant les preuves étaient là. Accablantes et indiscutables. Nier cette évidence ne pourrait que jouer en sa défaveur.

Il assistait donc au démontage méticuleux de son appartement par les fonctionnaires de l'I.G.S., aidés dans leur tâche par les policiers de l'Identité judiciaire. Ces derniers effectuaient des prélèvements sur les moquettes, au fond du bac de la douche et dans tous les endroits susceptibles d'avoir retenus des traces biologiques de la plaignante. Un photographe prenait de nombreux clichés de chaque pièce.

Perché au neuvième et dernier étage de son immeuble, l'appartement de Caramany était constitué de quatre chambres de bonne, rassemblées par un couloir central. La pagaille qui régnait à l'intérieur n'était pas sans rappeler celle qui avait dévasté le bureau du policier. Les tiroirs étaient sortis de la commode ; les livres de la bibliothèque jonchaient le parquet usé. Seul un cactus, en forme de phallus, trônait encore fièrement sur le téléviseur. Une jeune femme, portant un gilet noir avec les initiales « I.J. » en lettres jaune fluorescent, vint s'accroupir devant le lieutenant. Ses cheveux noirs étaient négligemment enroulés en chignon. Elle sembla gênée par ce qu'elle devait annoncer. Caramany ne risquait pas de lui sourire.

– Excusez-moi, lieutenant.

Elle se racla la gorge :

– Vous savez pour la procédure... Le commissaire Wuenheim a demandé à ce que je fasse une détection de poudre sur vos mains.

Voilà qu'on le soupçonnait maintenant

d'avoir utilisé une arme à feu ! Wuenheim ne laissait décidemment rien au hasard. Il étudiait toutes les pistes pour trouver celle qui le mènerait à la solution finale. Caramany qui n'avait aucune animosité envers la jeune enquêtrice, lui tendit ses deux mains, les paumes ouvertes comme s'il invoquait un dieu improbable en ces circonstances.

– Si vous trouvez la moindre trace de poudre à canon, je veux bien qu'on me coupe la tête sur-le-champ !, adressa-t-il à l'intention de la policière.

Elle lui fit son plus beau sourire, même si celui-ci n'était pas des plus jolis. A l'extérieur, la tempête redoublait. La pluie percutait le toit de plein fouet, et résonnait de toutes parts dans l'appartement abrité dans la charpente de l'édifice, au point que les enquêteurs devaient forcer leur voix pour se faire entendre.

Le commissaire divisionnaire Wuenheim apparut dans l'encadrement de la porte. Caramany l'agressa aussitôt.

– Alors, commissaire, avez-vous trouvé des cadavres dans mes placards ? Combien de petites culottes découvertes sous mon matelas ? ironisa-t-il.

– Riez, lieutenant ! Lorsque vous vous retrouverez devant un juge d'instruction qui vous notifiera votre placement en détention provisoire, nous verrons qui des deux plaisantera !

Poncey pénétra à son tour dans le salon et rajouta :

– Je me ferai un plaisir de t'escorter personnellement jusque dans ta cellule !

Caramany ferma ses poings, prêt à en découdre. La jeune policière amorça un mouvement de recul.

– Tant qu'à être inculpé de viol, je m'expose aussi à être condamné pour violence sur agent de la force publique ! menaça Caramany.

La faible sonnerie du téléphone du commissaire retentit dans la pièce. Il fit un geste de la main en direction de Poncey pour ne pas répondre aux provocations de leur gardé à vue.

– Commissaire Wuenheim, j'écoute, dit-il en reprenant une voix sereine propre à son statut de directeur de service.

– C'est fini pour moi ! dit la fonctionnaire de l'Identité judiciaire. Je vous remercie lieutenant, ajouta-t-elle respectueusement.

Caramany lui décerna enfin un sourire forcé. Son regard restait cependant fixé sur le commissaire.

– Bonjour, monsieur Saint Hilaire ! Veuillez excuser mes méthodes, dit-il sournoisement, mais j'ai appris que vous vous trouviez en Italie. Je comptais vous aviser de cette affaire dès votre retour.

Une lueur d'espoir traversa le visage de Caramany. Enfin, une personne s'interposait entre lui et Wuenheim. Saint Hilaire pouvait être sa bouée de sauvetage. Ils se connaissaient maintenant très bien et avaient chacun appris à respecter le travail de l'autre. Le lieutenant était persuadé que son chef saurait faire la lumière dans cet imbroglio d'éléments qui jouaient pour l'instant en sa défaveur. Il s'immobilisa pour faire grincer le moins possible son fauteuil en cuir, et tendit l'oreille.

– C'est exact, et je m'en expliquerai s'il le faut. Mais je devais agir vite ! C'est une affaire très grave, vous savez ?

Wuenheim ne semblait pas à l'aise. Si

ses paroles étaient fermes et menaçantes, son visage reflétait un manque d'assurance, une gêne d'avoir à rendre des comptes. Pierre Caramany pensa que Saint Hilaire devait être en train de passer une « soufflante » à son collègue commissaire. Mais le bruit de la pluie sur les tuiles l'empêchait d'entendre la voix de son patron, tandis que le capitaine Poncey, curieux de nature, se rapprochait furtivement de son chef pour décrypter la conversation.

– Nous sommes dans une affaire criminelle. Malgré tout le respect que je peux avoir pour votre personne, je ne peux accéder à votre demande, répondit le directeur de l'I.G.S., intraitable.

La bagarre ne serait pas facile. Wuenheim ne voulait rien lâcher. Caramany gardait pourtant espoir.

– Vous devriez attendre les premiers résultats de mon enquête avant de ruer dans les brancards. Je me trouve actuellement dans l'appartement de Caramany, et tout semble le désigner comme l'auteur du viol, accusa déjà le commissaire divisionnaire.

Le lieutenant se redressa sur ses deux

jambes. Poncey fit un pas en avant. Il plaqua la main droite sur le torse de l'accusé pour l'empêcher d'aller plus loin. Wuenheim l'avait déjà jugé coupable. Il n'enquêtait pas à charge et à décharge. Les dés étaient pipés. Caramany aurait voulu enjamber la table basse de son salon pour se saisir du téléphone portable. Il en fut dissuadé par l'entrée d'un second policier accompagné du commissaire stagiaire Le Taillan. Le commissaire divisionnaire voulut en finir au plus vite.

– Commissaire Saint Hilaire, je suis à votre disposition mais pour l'instant vous devez me laisser poursuivre mon enquête.

Puis il mit fin à cette vaine discussion :

– Bon voyage, commissaire !

Les personnes présentes dans la pièce entendirent alors la voix du commissaire Saint Hilaire hurler dans l'appareil téléphonique :

– Wuenheim !

Ce dernier hésita à raccrocher.

– Allô ! Allô ?

La communication avait été coupée. Il

sourit, pas malheureux de s'être débarrassé d'une telle corvée.

*

Au fond d'un bar aux vitres fumées, assis l'un en face de l'autre sur des banquettes rouges, les deux collègues de bureau, Victor Léognan et Yvan Sarras, attaquaient leur troisième verre de whisky. Le major, bien que perturbé par sa découverte, engouffrait d'énormes tartines de rillettes entre deux gorgées d'alcool écossais. Il s'était changé pour revêtir un pull à col roulé noir. La bouche pleine, il mâchait bruyamment son pain. Incapable de manger, les coudes sur la table, Sarras serrait son verre de whisky à hauteur des yeux, en restant silencieux.

– Nous risquons de graves ennuis à dissimuler cette preuve, marmonna Léognan. Je peux dire adieu à mes galons de major si quelqu'un vient à apprendre ce que nous avons fait !

– Je n'arrive pas à y croire... Caramany, un criminel !

Le subalterne fixait le contenu de son

verre tout en réfléchissant. La salle de bar était déserte. Seul le patron, derrière son comptoir, lavait encore quelques verres. Amy Winehouse laissait planer une douce mélodie rétro dans le bar, au travers de quatre enceintes fixées aux poutres du plafond.

– Dans ma carrière, des tordus, j'en ai vus plus d'un ! lança le presque retraité. Mais celui-là, il va rentrer directement à la première place du classement.

– Je te signale qu'il y a moins d'une heure, c'est toi qui le défendais bec et ongles, rétorqua le gardien de la paix.

Son collègue but cul sec sa boisson sans même en apprécier le contenu. Il fit un signe au patron du café.

– C'est faux ! J'étudiais seulement toutes les possibilités. Il était quand même légitime de commencer par le croire innocent.

Léognan s'arrêta un bref instant. Le vieux Berbère qui tenait l'établissement depuis vingt-six ans, obéissait au doigt et à l'œil. Il resservit ses deux convives et se retira. L'homme de métier respectait les usages : debout au comptoir, le policier désirait parler, voire obtenir des renseignements ; assis au fond du bistrot, le policier voulait être discret et tranquille. Sarras se rapprocha de son partenaire en penchant son torse sur la table.

– En tout cas, nous savons maintenant que la pute ne doit plus être de ce monde, chuchota-t-il.

Le major acquiesça, tout en avalant une nouvelle tartine de rillettes. Sarras enchaîna :

– Nous devons maintenant connaître les raisons qui l'ont conduit à un tel acte !

– Ce n'est plus de notre ressort, Yvan ! intima le supérieur. Demain, nous attendrons l'arrivée de Saint Hilaire et nous ferons semblant de tomber sur le couteau pendu au fil à linge du volet.

– Tu l'as bien rattaché ? interrogea Sarras.

– Bien entendu ! Par contre, ils ne sont pas près de trouver des empreintes. Parce qu'en effaçant les miennes, j'ai aussi enlevé celles du meurtrier.

– Il reste toujours le sang.

– Sauf que la cour intérieure est une grande machine à laver depuis plus de cinq heures ! Il n'en restera sûrement aucune trace demain matin.

La porte d'entrée claqua. Une bourrasque de vent les atteignit. La pluie continuait à déferler sur Pigalle. Une femme pénétra dans le bar. Démunie de parapluie, elle était entièrement trempée. Son léger pardessus rose ne lui avait été d'aucune utilité sous les torrents d'eau qui dévalaient des toits parisiens.

– Tiens, le travelo du bas de la rue des Martyrs ! nota Sarras.

Le patron fit un signe de la tête au nouveau venu pour le dissuader de se diriger vers les deux hommes. Il comprit, sans poser de questions, l'intérêt de rester éloigné des policiers, et d'une manière féminine, se haussa alors sur un tabouret de comptoir et alluma une cigarette.

Le gardien de la paix baissa encore un peu plus la voix :

– Il avait sûrement une bonne raison de la zigouiller ! reprit Sarras, qui ne voulait pas en démordre.

– C'est sûr ! Caramany n'a pas la tête du sérial killer qui prend du plaisir à égorger ses victimes, confirma le major. Il devait avoir un motif légitime pour en venir à s'en débarrasser.

– Si nous trouvons le pourquoi du comment, et si sa conduite est excusable, nous lui obtiendrons peut-être des circonstances atténuantes pour son procès !

– Tu sais bien, comme moi, que la justice ne fait aucun cadeau à un policier qui s'écarte du droit chemin, contredit le supérieur. Tu dois laisser faire l'I.G.S.. Nous n'allons pas risquer notre carrière pour un assassin probable.

Léognan semblait effrayé. Sa petite vie monotone était perturbée. Son quotidien pouvait imploser d'une minute à l'autre. Il était prêt à défendre n'importe lequel de ses collègues, mais seulement à partir du moment où ses propres habitudes n'étaient pas dérangées :

– Ecoute-moi bien ! dit-il, d'un air grave et sérieux, le lieutenant Caramany sera forcé de s'expliquer une fois que toutes les preuves lui auront été mises sous le nez. S'il a subi un chantage de la part de cette pute, s'il en était tombé amoureux ou pour toute autre raison, il devra tout mettre sur la table.

Sarras fit un geste de la main pour qu'il baisse le ton de sa voix.

– Si ce qu'il dira tient la route, je consentirai alors à te donner un coup de main pour le sortir de ce mauvais pas. Mais en attendant, on fait l'autruche et on va se coucher ! ordonna-t-il.

– Je suis sûr que Saint Hilaire nous demandera de trouver des preuves pour le disculper, poursuivit Sarras, en s'y prenant à deux reprises pour finir son verre.

Les deux hommes se levèrent. Le major sortit son portefeuille et l'exposa sur le comptoir, bien en vue du travesti.

– Je te dois quelque chose, Mohamed ? interrogea-t-il, connaissant déjà la réponse.

– Non, messieurs ! C'est pour la maison, cette fois-ci ! répondit le patron avec un large sourire.

*

Michel Wuenheim avait du mal à reprendre le cours de son enquête. Prétextant la recherche d'indices dans la chambre du lieutenant Caramany, il s'était isolé des autres enquêteurs.

Malgré leur appartenance au même corps des commissaires de police, il avait toujours réussi à éviter la rencontre avec Saint Hilaire. Eve ne lui aurait jamais pardonné d'avoir engagé une conversation, même anodine, avec lui. Elle entretenait une haine tenace contre son père depuis la soudaine disparition de sa mère. Elle le tenait pour responsable, lui reprochant ses absences quotidiennes. Wuenheim la revoyait lui exposer ses griefs avec virulence. Lui qui avait tout tenté pour retrouver la trace de sa « belle-mère », avait usé et abusé de ses prérogatives et de son pouvoir. Il avait utilisé tous les fichiers, toutes les sources de renseignements dont il pouvait disposer pour tenter de rassurer celle qu'il aimait. Il avait remué ciel et terre, en vain. Cette femme demeurait introuvable. Pour la première fois, il venait d'entendre la voix de son beau-père. Cette conversation téléphonique avait été un véritable désastre, sans espoir de réconciliation. Lorsque Saint Hilaire s'était emporté, il avait décelé dans sa voix un ton autoritaire qu'il lui arrivait de retrouver parfois dans les intonations d'Eve. Pour mettre un comble à sa mauvaise humeur, il n'y avait définitivement rien dans cette pièce qui puisse faire progresser l'enquête. Pourtant tous les éléments convergeaient vers Caramany. Mais des présomptions ne suffisaient pas à justifier l'incarcération d'un criminel. Il avait affaire à un professionnel de la police judiciaire qui connaissait toutes les ficelles des voyous et toutes les astuces pour contourner les lois. Il serait sûrement très difficile à confondre. Il devait absolument retrouver la plaignante, sinon son affaire serait classée.

Avec un zèle obstiné, le capitaine Poncey cherchait également des preuves pour inculper son ancien collègue. Depuis son poste à la Brigade des stupéfiants, il traînait une réputation de « balance » dont il n'avait jamais pu se départir. Caramany était responsable de ce qui lui était arrivé ; cette affaire était l'occasion rêvée de se venger. Agenouillé devant une commode blanche, il fouillait une seconde fois les tiroirs déjà vidés par le commissaire stagiaire Le Taillan. Une goutte d'eau lui tomba sur la nuque. Il releva la tête. Sous les assauts de la pluie, le vieux plafond commençait à montrer des signes de faiblesse. Serge Poncey aurait démonté l'appartement brique par brique pour trouver de quoi incriminer Caramany. Il tenta de déplacer la commode qui résista à ses pressions. Elle semblait fixée au mur. Le capitaine de police se fit un malin plaisir à donner un coup d'épaule dans le meuble. Ce dernier se désintégra en trois morceaux. Poncey fouilla dans les décombres. Une clef était dissimulée entre le mur et ce qui restait de la commode. Il la ramassa et l'examina attentivement.

Le lieutenant Caramany, toujours assis dans son fauteuil, avait repris espoir. Son patron était informé de ses ennuis et avait visiblement volé dans les plumes de Wuenheim. Malgré des recherches poussées, ce dernier ne trouvait aucun élément pour confirmer ses hypothèses. Il avait appris de la bouche de ses gardiens que la dénommée Mélanie Bouzy était une prostituée. Si cette dernière ne refaisait pas surface, et si elle n'apportait pas des preuves concrètes contre lui, il se savait gagnant à cent pour cent. Des affaires de putes tentant de déstabiliser un policier enquêtant sur leurs magouilles, étaient monnaie courante. Aucun juge ne risquerait une action en justice de ce type. Ce raisonnement le conduisait à chercher laquelle des procédures avait été susceptible de faire de l'ombre à une prostituée ou à son maquereau.

Wuenheim entra dans la pièce avec plus d'entrain et de vigueur qu'il n'en était sorti quelques minutes auparavant. Il s'assit sur le canapé qui faisait face au siège de Caramany et ouvrit un porte-documents pour en extraire une feuille. Le lieutenant de police reconnut l'imprimé type d'une plainte.

– Je vais vous lire la description de votre appartement faite par la dénommée Mélanie Bouzy lors de son dépôt de plainte, amorça cérémonieusement le commissaire.

L'accusé resta de marbre.

– Le salon n'a qu'une seule fenêtre d'où il est possible d'entrevoir le Sacré Cœur.

Wuenheim regarda en direction de l'unique ouverture sur l'extérieur.

– Ce n'est pas ce soir que vous vérifierez quoi que ce soit ! lâcha le lieutenant.

La nuit et la pluie se chargeaient de compliquer la tâche des enquêteurs. Le commissaire reprit la lecture de son document.

– La pièce contient un fauteuil marron, un canapé, une table basse et un téléviseur.

– Et mon cactus ? interrogea Caramany.

– Quoi votre cactus ?

– Elle ne mentionne pas mon cactus. Et pourtant vous pouvez le constater ! Si l'on remarque ma télévision, on remarque forcément le cactus qui se trouve dessus.

– Lorsque l'on est choqué, et ce n'est pas à vous que je vais l'apprendre, certaines informations sont occultées de la mémoire. Des données non effacées peuvent ressurgir bien longtemps après l'agression, se défendit le commissaire.

– Mon avocat va réduire en bouillie votre procédure ! défia l'officier de police.

Malgré sa colère, un premier indice venait éclairer cette affaire. Caramany déplaçait son cactus selon les saisons pour qu'il dispose toujours du meilleur ensoleillement. Si la plaignante n'avait pas remarqué sa plante, c'est que cette dernière, ou l'une de ses connaissances, était venue chez lui en été alors que son cactus se trouvait sur le balcon de sa chambre. Il garda cette information pour lui. Wuenheim ne lui laissa pas le temps de réfléchir plus longtemps et reprit sa lecture :

– Le sol est un parquet... Les murs sont peints en blanc...

Il jeta un œil en direction des murs et du plancher pour se rendre compte que tout correspondait.

– C'est étrange qu'une prostituée connaisse aussi bien les moindres détails du domicile d'un fonctionnaire de police, non ? interrogea, goguenard, le commissaire.

– Il y a deux chances sur trois pour que les murs de votre appartement soient blancs, argua Caramany, et n'avez-vous pas, chez vous, un canapé ? Une télévision ? Et peut-être même une table basse comme quasiment tous les foyers en France ? Il n'y a rien d'extraordinaire dans la description de mon appartement. Continuez dans cette voie et je me ferai un plaisir de vous ridiculiser devant la Cour !

Poncey fit irruption dans le salon alors que Wuenheim arrivait à bout d'argument. Il tenait entre ses doigts la clef découverte derrière la commode.

– Si je me fie à mes connaissances en serrurerie, je dirais qu'il s'agit d'une clef de garage ou de cave. Je me trompe, Caramany ?

Ce dernier regarda l'objet un bref instant, avant de répondre :

– Votre visite aura au moins servi à quelque chose ! Je l'avais perdue depuis fort longtemps. Il faut dire que je n'ai jamais utilisé ma cave.

– Cela ne vous dérange pas alors que nous la visitions ensemble ? interrogea le commissaire.

– Si cela peut vous faire plaisir !

En file indienne les policiers descendirent l'escalier, enroulé en colimaçon autour de la cage d'ascenseur. Celui-ci, trop étroit pour contenir tout ce beau monde, les croisa emportant la concierge au huitième étage. Elle lança un regard accusateur en direction de Caramany. Lui, tête baissée, l'ignora totalement. Troisième dans la file, il pensait qu'en deux ou trois coups d'épaule, il serait capable de fausser compagnie à ses gardes. La descente fut rapide. Poncey, en tête du cortège et tenant toujours la clef de la cave, donnait le rythme de la marche. Une fois au rez-de-chaussée, le lieutenant leur désigna une porte en bois non fermée à clef comme seul accès au sous-sol. Ils s'y engagèrent en respectant l'ordre de passage.

Quand Poncey tourna le bouton de la minuterie, la lumière des ampoules murales effraya un rat, qui se faufila derrière un mur et disparut. Le capitaine se retourna pour obtenir plus d'informations. Caramany réfléchit quelques secondes. La seule fois où il avait mis les pieds dans la cave de l'immeuble, c'était le jour de l'état des lieux.

– Cela doit être à droite, indiqua-t-il, c'est la porte numéro quarante-sept.

Un bruit sourd d'égout régurgitant le trop-plein d'eau de pluie se fit entendre au fond du couloir. Poncey repéra la cave. A son arrivée, un autre rat sortit du dessous de la porte et passa entre ses jambes. L'officier ne put retenir un sursaut d'effroi.

– Maudite bête ! maugréa-t-il.

Son supérieur arriva à sa hauteur. Le capitaine Poncey introduisit la clef et actionna la serrure. Il tira la porte pour laisser passer devant lui Wuenheim et Caramany. Aucun dispositif électrique n'était installé pour alimenter un quelconque éclairage. Wuenheim aboya pour qu'on lui fournisse une lampe torche. La jeune fonctionnaire de l'Identité judiciaire lui tendit la sienne. Il tâtonna avant d'arriver à la faire fonctionner. Un halo lumineux découvrit alors des cartons qui jonchaient le sol. De petits cris aigus laissaient penser qu'une famille de rongeurs avait élu domicile dans ces débris. Une bâche bleue tremblait sous l'affolement des pauvres bêtes. Wuenheim lança un regard à Poncey, lequel comprit que la tâche ingrate allait lui revenir. Il enfila sa paire de gants en cuir noir et bouscula Caramany pour opérer. Ses gestes étaient prudents, et les muscles contractés, il était prêt à retirer ses membres au plus vite pour éviter une morsure.

– Mais..., lâcha Poncey en se saisissant de la bâche, ...merde !

Et il tira d'un coup sec le linceul bleu. Un corps désarticulé gisait à même le sol. Une multitude de rats affolés quittèrent avec précipitation les viscères du cadavre ensanglanté.

– Menottez-moi ce type ! hurla Wuenheim à l'intention de ses subordonnés.

Les policiers voulurent se saisir de Caramany. La minuterie du couloir s'éteignit à cet instant précis. Plongé dans le noir, le lieutenant distribua coups de poings, uppercuts et autres crochets à toutes les masses sombres qui tentaient de le saisir. Il n'était pas décidé à se laisser mettre aux fers. La confusion était totale. Des cris et des râles montaient du sous-sol. L'unique lampe torche de Wuenheim, braquée rapidement sur les combattants, n'était d'aucun secours.

Caramany s'était extrait avec ruse de la mêlée après avoir envoyé au sol une masse d'au moins quatre-vingts kilos. A terre et à moitié inconscient, ce policier entravait le chemin et ralentissait la course des poursuivants. Le fugitif démarra immédiatement un sprint dans le couloir, tourna à droite et aperçut une lueur. La cage d'escalier n'était plus très loin lorsque les ampoules se rallumèrent. La main droite sur l'interrupteur, la main gauche braquant une arme, la jeune policière de l'Identité judiciaire avait eu plus de flair que ses collègues. Elle empêchait la sortie du lieutenant. Son visage était en sueur. Le canon de son arme tremblait. Caramany stoppa sa course mais continua d'avancer doucement en direction de la jeune femme hésitante qu'il fixait dans les yeux. Elle était au bord des larmes. Les cris de la meute se faisaient plus pressants. A deux mètres, elle releva son arme à hauteur du fuyard. Dans son viseur, elle voyait les yeux décidés du lieutenant Caramany. Son index glissait sur la gâchette. Ni l'un ni l'autre n'avaient desserré les dents.

L'officier de police était à un mètre d'elle. Ignorant la menace, ses yeux ne quittaient pas le regard de la pauvre femme. Il avança encore, elle baissa son arme.

– Caramany ! cria Wuenheim en débouchant dans le couloir.

Le lieutenant s'engouffra dans les escaliers. La policière, maintenant en larmes, n'avait pas eu le courage de tirer. Wuenheim, qui avait mis en joue le fuyard, n'avait plus dans son viseur que la jeune femme effondrée. Il arrivait trop tard.

*

Une mélodie de téléphone connue mais lointaine titilla les songes embrumés du commissaire Pierre Saint Hilaire. Sa longue journée avait été chargée en émotion. La douce chaleur de Monica Scalzo l'avait plongé dans un sommeil profond. Il sursauta. Son téléphone sonnait fort :

– Allô ! répondit-il d'une voix d'outre-tombe.

– Commissaire, c'est Caramany !

– Caramany ! Ils vous ont relâché ?

interrogea Saint Hilaire en se redressant.

Monica avait disparu. Il regarda toutes les couchettes. Elle était partie.

– C'est un piège, commissaire, je vous jure ! Je ne l'ai pas tuée !

– Calmez-vous ! Calmez-vous ! rassura son supérieur, pourquoi voudriez-vous qu'on vous accuse de l'avoir tuée ?

Saint Hilaire releva le rideau de la fenêtre. Le train était à l'arrêt dans une gare. Une pancarte indiquant la ville était à moitié cachée par une poutrelle de fer. Il se pencha sur sa gauche et put lire : « MILAN ».

– Elle était dans ma cave ! Quelqu'un l'a tuée dans ma cave ! débita Caramany, affolé.

– Je ne vous comprends pas ! Le commissaire Wuenheim est au courant de ce meurtre ? demanda Saint Hilaire, en se rasseyant sur une couchette.

– Bien entendu ! Ils l'ont trouvée pendant la perquisition ! On veut me faire porter le chapeau. Mais moi, je ne me laisserai pas faire, commissaire ! Vous m'entendez ! Il faut m'aider !

Caramany était hors de lui.

– Mais où êtes-vous ? Passez-moi le commissaire, je vais lui parler !

– Je ne peux pas vous dire où je suis !

Saint Hilaire percuta immédiatement.

– Vous êtes en fuite ?

– Comprenez-moi, commissaire, je n'avais pas d'autre choix. Je suis innocent et tout m'accable !

Saint Hilaire n'en revenait pas :

– Il n'y a pas eu de blessé, j'espère ? s'inquiéta-t-il.

– Ne vous tracassez pas pour ça ! Certains auront peut-être mal à la mâchoire demain matin, mais ce n'est rien en comparaison de mes propres soucis.

– Caramany, il faut vous rendre ! Votre fuite ne peut que jouer en votre défaveur, dit sérieusement le commissaire. Un avis de recherche va être émis rapidement et vous risquez de vous faire descendre !

– Peu m'importe ! Entre mourir et passer la fin de mes jours en prison, il n'y a pas grande différence.

Caramany parlait d'une voix saccadée. Son cerveau était en pleine ébullition. Il cherchait à comprendre ce qui lui arrivait.

– Ecoutez-moi ! commanda Saint Hilaire. Vous allez vous cacher dans une planque en attendant mon retour. Demain matin, vous me contacterez pour que l'on se rencontre. Nous ferons le point sur cette affaire et nous discuterons de la stratégie à adopter. Vous savez où passer la nuit ?

– Je vais me débrouiller ! De toute manière, je dois aller rendre une visite surprise. Il me faut vérifier une théorie, ajouta-t-il évasivement.

– Vous avez des soupçons ? interrogea Saint Hilaire.

– Je dois vous laisser !

Saint Hilaire entendit dans le combiné une sonnerie deux tons, caractéristique des véhicules de police.

– Je vous contacterai demain !

– Attendez Caramany ! Caramany !

La communication était interrompue. Le lieutenant avait raccroché précipitamment.

Pierre Saint Hilaire enrageait. Il était coincé dans ce wagon, forcé d'attendre le redémarrage du convoi. Il savait qu'il ne pourrait rien entreprendre avant le lever du soleil. Comment pourrait-il dormir maintenant ? Les idées s'entrechoquaient dans son esprit. Devait-il rappeler le commissaire Wuenheim pour l'informer de cet appel, et obtenir plus d'informations sur ce crime ? Il n'obtiendrait probablement aucun renseignement de sa part. Devait-il réveiller son chef, le commissaire divisionnaire Pupillin, pour l'aviser des faits ? Non, il devait jouer serré et attendre d'arriver à Paris pour appréhender au mieux la situation. La précipitation était toujours mauvaise conseillère.

Il fit jouer l'interrupteur pour éclairer le compartiment. Une carte en papier rosé, posée sur la couchette où quelques heures plus tôt il s'était endormi dans les bras de Monica, attira son attention. Un mot d'adieu ?, se demanda-t-il. Ou un numéro de téléphone ? Cette belle inconnue écrivait peut-être le nouveau chapitre de sa vie. Celle qui vous redonne goût à l'avenir, comme la sève régénère l'arbre au printemps. Son parfum embaumait encore la cabine. Il marquait son empreinte. Saurait-il la retrouver ? Il espérait secrètement une seconde chance. Au verso du petit carton, il lut ces trois mots inscrits à l'encre noire : *elle est vivante.*

Chapitre Cinq

Des projecteurs réchauffaient maintenant le sous-sol et éblouissaient les enquêteurs. La scène de crime était investie par de nombreux policiers en combinaison et gants blancs. Le commissaire stagiaire Le Taillan, assis à même le sol, essayait de reprendre ses esprits. Dans la bagarre qui l'avait opposé au lieutenant Caramany, il avait reçu un douloureux coup de poing avant de chuter gravement à terre. Il tentait de reprendre son souffle, encore choqué de la violence de l'assaut.

La jeune policière de l'Identité judiciaire qui avait ralenti la fuite de l'assassin n'était pas au bout de ses peines. Le commissaire Wuenheim lui passait un copieux savon. Comme il hurlait après la jeune fonctionnaire, celle-ci pleurait de plus belle. Il la menaçait de la muter au service des archives de la police, ou dans biens d'autres endroits tout aussi réjouissants. Entre deux sanglots, elle répétait, à juste titre, qu'elle n'était pas dans le cadre de la légitime défense. Caramany avait été désarmé auparavant, elle le savait. Elle ne courait donc aucun risque pour sa vie. Wuenheim était furieux. Les habitants de l'immeuble, dernier étage compris, devaient entendre les moindres détails de la réprimande. Son instinct ne l'avait pas trompé. Il tenait son coupable. Il enrageait de ne pas avoir donné l'ordre de le menotter plus tôt. Caramany était un collègue. Tant que des preuves flagrantes n'avaient pas étayé les dires de la prostituée, il ne pouvait donner un tel ordre sans s'attirer les foudres de l'ensemble des policiers. Cette peur d'être mal perçu au regard des autres avait entravé son travail. Cette expérience lui servirait de leçon. A l'avenir, il serait encore plus intransigeant avec lui-même. Son réquisitoire se termina par un retentissant : « Foutez-moi le camp ! » qui acheva la jeune femme.

Pendant ce temps, le capitaine de police Serge Poncey s'affairait auprès du corps ou de ce qu'il en restait. Afin de n'oublier aucun détail, il tenait dans sa main droite un dictaphone. Cet enregistrement lui serait d'une grande utilité lorsqu'il devrait, une fois rentré au service, taper le procès-verbal des constatations. Il commença par énoncer la date, l'heure de ses investigations, l'adresse de l'immeuble, le style du bâtiment et le moyen d'accéder à la cave portant le numéro quarante-sept. Puis il décrivit le type de serrure, son état de fonctionnement et indiqua la superficie de la pièce. Une fois la cave libérée des techniciens de l'Identité judiciaire, il put à nouveau fouiller dans les détritus qui jonchaient le sol. L'odeur était de moins en moins supportable. Sous un carton qui recouvrait en partie les pieds de la victime, il découvrit un porte-cartes dont il demanda au photographe de prendre un cliché. Avec des gants en caoutchouc, il ouvrit l'étui en cuir et en retira un permis de conduire au nom de Mélanie Bouzy. La jeune femme sur la photo d'identité paraissait très jolie. Sans ce document administratif, il aurait été difficile à Poncey d'identifier le corps déchiqueté qui reposait à ses pieds. Le visage si gracieux qui figurait sur le permis de conduire n'était plus qu'un amas de chairs. Les rats affamés avaient attaqué le cadavre de toutes parts. L'homme expérimenté déposa sa découverte dans un sachet en plastique afin de le placer sous scellés. Il brancha à nouveau son enregistreur vocal pour décrire les liens qui maintenaient les chevilles et les poignets de la défunte. Totalement nue, ses bras étaient attachés dans le dos. Poncey chercha une nouvelle fois parmi les détritus pour y trouver des restes de vêtements. Ces recherches restèrent vaines, et il en conclut que le corps avait dû être transporté, nu, dans la bâche bleue. Il demanda aux techniciens d'appréhender ce plastique pour d'éventuelles recherches de traces et d'indices.

Après s'être énervé sur la jeune policière, le commissaire Wuenheim donnait maintenant des instructions par le biais de sa radio portative pour que les patrouilles de police cernent l'ensemble du quartier. Il réclamait le concours des autres arrondissements de Paris, afin de quadriller au mieux le secteur. Caramany devenait l'ennemi public numéro un. En haut des escaliers de la cave, Eve Saint Hilaire apparut alors telle une divinité dans un contre-jour éblouissant. Wuenheim cessa ses injonctions radiophoniques.

– C'est un drôle d'endroit pour un rendez-vous intime ! lança-t-elle avec un clin d'œil.

La vision d'Eve fit aussitôt disparaître la colère du visage de Wuenheim. Sa « déesse » apparaissait en chair et en os. A vingt-sept ans, cette jeune fille intelligente était la beauté même. Plus grande que son père, avec de longues jambes élancées, elle était parfaitement bronzée. Ses cheveux de jais, coupés au carré faisaient ressortir ses yeux marron tirant sur le vert selon la lumière. Un nez retroussé, hérité de sa mère, complétait idéalement un visage radieux, au charme évident. Eve, souriante, descendit les escaliers comme une meneuse de revue parisienne. Wuenheim était subjugué par son sourire et, notamment, par le léger interstice qui séparait ses deux incisives supérieures.

– Je ne savais pas que tu étais de permanence, lança Wuenheim tout en reconnaissant le parfum suave du médecin légiste.

– Je ne savais pas que tu travaillais à la brigade criminelle, répondit-elle du tac au tac.

Leurs yeux ne cachaient pas leur bonheur. Bientôt, ils fêteraient le premier anniversaire de leur rencontre. Depuis plusieurs jours, Wuenheim parcourait les bijouteries de Paris pour trouver la bague idéale. Il désirait la convaincre de venir vivre dans son appartement. Tel un cheval sauvage, elle n'était pas encore prête à se laisser dompter. Elle résistait aux multiples demandes du commissaire, même si elle était amoureuse. Cet homme, qui la comblait de bonheur, était sûrement ce qui lui était arrivé de mieux dans sa vie. Bien que plus âgé, il avait cette classe des quadragénaires capables d'assurer. Toujours élégant, son charme la captivait. Mais elle voulait préserver le plus longtemps possible son jardin intime. Elle n'était pas encore prête à sacrifier sa jeune liberté.

– C'est notre première enquête commune ! reprit Michel Wuenheim.

– Qui est la victime ? interrogea machinalement la jeune femme.

– Une prostituée, dit-il. L'auteur est déjà identifié, c'est un policier.

Eve Saint Hilaire marqua un temps de surprise.

– Je le connais ?

– C'est un homme qui travaille sous les ordres de ton père, le lieutenant Luc Caramany.

– Cela ne me dit rien ! dit-elle. Où est le corps ? ajouta-t-elle en s'engouffrant dans le couloir obscur.

Le commissaire l'arrêta.

– Je l'ai eu au téléphone ! lâcha-t-il.

– Qui ? dit-elle pour la forme.

– Ton père !

La jeune femme perdit subitement la flamme amoureuse qui illuminait ses yeux.

– Que t'a-t-il dit ?

– Il était furieux !

Le commissaire enleva ses lunettes pour en essuyer les verres. Souvent, il recourait à ce geste lorsqu'il était ennuyé. Eve connaissait ce travers.

– Il m'a dit que toute cette histoire ne rimait à rien, que Caramany était innocent. Je dois te dire honnêtement que cela ne s'est pas très bien passé pour une première discussion !

– Ce n'est pas grave ! le rassura-t-elle pour couper court, je ne comptais pas l'inviter à notre mariage.

Wuenheim resta sur place un instant, étonné de ce qu'il venait d'entendre.

– Tu veux te marier ?

Eve se retourna.

– C'était une façon de parler. Mon chéri, tu sais ce que je pense du mariage, dit-elle sèchement pour calmer les ardeurs de son bien-aimé. Bon ! Tu me le montres ce cadavre, oui ou non ? s'impatienta-t-elle.

Le couple rejoignit rapidement le capitaine Poncey. Ce dernier continuait d'enregistrer ses commentaires. L'officier ne connaissait pas le jeune médecin légiste. Quand le commissaire fit les présentations, Poncey ne put retenir un léger sourire. Il détailla du coin de l'œil Eve Saint Hilaire, se demandant ce qu'une jeune fille superbe comme elle, pouvait trouver d'attirant chez son patron. Il maudit ce dernier de la chance qu'il avait. Eve, revêtue des habits de sa fonction, entra dans la cave numéro quarante-sept.

Accroupie au plus près du corps, elle scruta lentement l'ensemble du cadavre, des pieds jusqu'à la tête. La puanteur des viscères mis à jour par l'appétit des rongeurs de l'immeuble, dérangea l'odorat du médecin, sans qu'elle n'en laisse rien paraître. Son métier l'avait habituée à ces odeurs putrides qui soulevaient l'estomac de n'importe qui. Elle réussissait maintenant à dompter ces agressions olfactives, ce que de nombreux policiers étaient toujours incapables de faire. Elle toucha le muscle d'un des bras, voulant s'enquérir de la raideur cadavérique de la défunte. La mort remontait à deux jours, peut-être trois. Son travail était de rechercher les causes du décès sans laisser de place aux sentiments. Ce cadavre n'était plus celui d'un être humain, ayant vécu une vie normale. Non. Jamais Eve Saint Hilaire ne s'était laissée aller à une quelconque empathie. Jamais elle ne s'était identifiée aux victimes. Elle les considérait comme des livres secrets dans lesquels elle devait déchiffrer les circonstances de leur fin. Pourquoi et comment la vie s'était-elle évaporée de ce corps dénudé qui nourrissait maintenant une horde sauvage de rats affamés ? Elle enfonça une sonde dans les chairs éventrées de la victime. Quatorze degrés. Le relevé confirmait sa première estimation de la date de la mort.

– Vous pouvez nous dire de quelle manière elle est décédée ? demanda le commissaire, en employant le vouvoiement devant ses hommes.

Elle afficha un léger sourire que seule la défunte aurait pu contempler.

– Cela est très difficile ! Le corps est en très mauvais état. Les chairs faciales ont complètement disparu. Une bonne partie des organes visibles ont été dévorés. Seule une autopsie permettra de rendre des conclusions fiables, dit-elle sur le ton monocorde de la professionnelle.

Tout en parcourant le corps de son œil de fin limier, elle remarqua un grain de beauté à la base du cou. Elle se souvint que sa mère en possédait un identique. Depuis sa disparition, elle appréhendait toujours de tomber un jour sur le cadavre de celle qui lui manquait tant. Il lui arrivait souvent d'imaginer qu'un enquêteur tente de lui expliquer pourquoi elle n'avait pas le droit d'examiner tel ou tel corps, alors qu'elle était de permanence. Furieuse, elle se voyait forcer les barrages pour courir vers le cadavre de sa mère, retenue par un cordon de police. Dieu merci, se disait-elle, cela n'était pas arrivé et cela n'arriverait jamais ! Elle sentait au fond d'elle-même que sa mère était bien vivante, malgré son silence. Pourquoi avait-elle fui son père ? Quel mystère cachait-elle ?

– Mademoiselle Saint Hilaire ! lança Wuenheim

– Oui ! dit-elle, en sortant de ses rêveries.

– Est-ce que nous pouvons disposer du corps ? Les pompes funèbres sont là.

Elle reprit ses esprits et un ton en rapport avec sa fonction.

– Oui, commissaire ! Faites donc ! Je voudrais que le corps soit emmené directement à l'Institut médico-légal. Je vais pratiquer l'autopsie immédiatement pour éviter une déperdition des traces et des indices. D'autre part, dit-elle en regardant le commissaire, personne ne m'attend à la maison !

Chapitre Six

En tant que chef de l'Inspection générale des services, le commissaire Michel Wuenheim se devait d'adopter un comportement exemplaire. Même s'il enfreignait parfois le règlement pour le besoin d'une enquête, il se faisait un devoir de ne pas abuser de sa fonction de policier pour faciliter sa vie quotidienne. En cette nuit pluvieuse, et bien qu'ayant fait trois fois le tour du quartier, il n'avait trouvé aucune place de stationnement disponible aux abords de l'Institut médico-légal de Paris. Il dut alors se résigner à déposer sa voiture de service sur le parking privé du commissariat des réseaux ferrés de la gare d'Austerlitz. Il ne lui restait plus qu'à franchir le pont qui le ramènerait sur la rive droite pour enfin rejoindre sa compagne.

Une fois les constatations terminées dans les sous-sols de l'immeuble du lieutenant Caramany, il était retourné à son bureau pour organiser la poursuite de l'enquête. Le capitaine Poncey était chargé de taper les procès-verbaux des investigations de cette soirée. Il n'avait d'ailleurs pas attendu de recevoir ses ordres pour se mettre au travail. La tâche était longue et s'il voulait pouvoir bénéficier de quelques heures de sommeil, il devait se dépêcher. Wuenheim, de son bureau, téléphona au responsable de la salle radio pour entendre son compte-rendu sur les recherches menées pour retrouver le fuyard. Une patrouille l'avait, semble-t-il, aperçu dans une cabine téléphonique, une demi-heure après avoir échappé à sa vigilance. Mais Caramany s'était littéralement volatilisé au détour d'une rue piétonne. Wuenheim, en bon enquêteur, demanda à l'un de ses sbires d'identifier les numéros composés depuis ce point téléphone. La traque continuait. Une dizaine de véhicules parcouraient le secteur délimité par le commissaire. Une fois ses instructions données, il avait annoncé à ses collaborateurs qu'il assisterait lui-même à l'autopsie. Les policiers ne furent pas dupes sur la nature de cet élan de témérité. En règle générale, cette mission était souvent dévolue au novice, au puni ou au sans grade. La tâche n'était pas plaisante et personne ne se battait pour s'en occuper. Que le chef de service décide de s'attribuer ce travail cachait inévitablement une autre raison ! Celle-ci se nommait Eve Saint Hilaire.

Sous ce déluge, il partit à pied rejoindre celle qui occupait toutes ses pensées. Wuenheim enjamba une flaque d'eau sale et boueuse, rejetée par les bouches d'égouts. Sous le pont qui devait le conduire au pied de l'institut, une lumière verte signalait la présence d'une péniche. Le bateau ressemblait à un vaisseau fantôme dans ce hâlo d'humidité. Jamais l'idée d'acquérir un parapluie ne l'avait effleuré et il le regrettait en cette nuit agitée, où l'eau s'insinuait à travers ses vêtements. Wuenheim s'écarta du bord du trottoir pour éviter les grandes gerbes projetées par les roues du dernier bus rejoignant la gare de Lyon. Longées par la grande artère des quais, nichées dans la courbe d'une ligne de métro, les façades austères du bâtiment de l'Institut médico-légal étaient noircies par la pollution. Le commissaire pressa le pas. Muni d'un double des clefs que lui avait remis précédemment Eve, il fit grincer la serrure de la lourde porte d'entrée. Au sec, Wuenheim apprécia les premiers instants de calme dans le grand hall de l'accueil. Seuls les éclairages indiquant les issues de secours dispensaient une lumière tamisée. Connaissant l'établissement, il se laissa guider par ces repères, pour atteindre l'ascenseur. Le grincement des courroies du monte-charge lui agressa les oreilles. Une fois la cage stabilisée à l'étage, il en tira avec force la grille en accordéon pour s'enfoncer sous terre à allure lente et saccadée.

La plupart des ménages avaient probablement regardé les informations de vingt heures, puis un film avant de se coucher bien sagement. A deux heures du matin, lui était en train de rejoindre celle qu'il aimait, et pour découper un cadavre ! Leurs vies étaient bien différentes de celles du commun des mortels. Et pourtant, à aucun moment, il n'avait envisagé d'échanger sa place. L'ascenseur venait de le déposer au cœur des enfers. Une odeur acre vint agresser son odorat. Un long couloir parsemé de néons donnait accès aux salles d'autopsie, distribuant une lumière blafarde qui convenait parfaitement au lieu. Il avançait prudemment, examinant chaque salle desservie par le passage souterrain, ne sachant dans laquelle Eve opérait. Toutes les pièces semblaient plongées dans le noir. Enfin une porte s'ouvrit. Le médecin légiste l'accueillit avec un grand sourire.

– Toutes les salles d'autopsie sont vides ! Tu n'es pas encore au travail ? interrogea-t-il.

Elle enlaça son torse « comme une liane autour d'une branche » !

– Non ! Comme il n'y a personne, j'ai pensé que cela serait plus sympa d'opérer dans l'amphithéâtre, répondit-elle.

Celui-ci ressemblait à une arène. En piste ! Prêts pour le spectacle ! Un hémicycle leur faisait face, constitué de bancs et de tablettes en bois pour les étudiants en criminologie. Cette salle de théâtre morbide lui rappela des souvenirs enfouis de jeune élève commissaire, lorsqu'il avait fréquenté les mêmes sièges pour assister à sa première autopsie.

Au centre de la pièce, le corps mutilé et décharné de la prostituée reposait sur une table en fer. Deux projecteurs éclairaient, de façon impudique, le corps de la défunte dans le moindre de ses replis.

– Tu as déjà fait l'amour dans une salle d'autopsie ? demanda Eve en caressant de sa langue le lobe de son oreille droite.

– Plusieurs fois ! répondit-il pour la taquiner.

Elle le repoussa. Ses lèvres firent une moue théâtrale. Il la saisit par la taille. Elle tenta de se débattre. Wuenheim se pressa contre sa poitrine et l'embrassa langoureusement. Elle se laissa dompter.

– Tu l'as déjà fait ? questionna de nouveau la jeune femme.

– Bien sûr que non ! Et toi ?

Eve lui rendit son baiser. Ses fines mains se baladaient sur les muscles de son corps. A son tour, il repoussa son attaque amoureuse :

– Réponds-moi ! insista-t-il.

Elle baissa les yeux. Elle ne put retenir un sourire coupable.

– C'était bien avant notre rencontre ! dit-elle, en forme d'excuse.

Elle prit sa main gauche et la posa un peu plus bas que sa hanche.

– C'était un brancardier, continua-t-elle, observant le regard jaloux de son compagnon. Mais rassure-toi, il ne travaille plus ici !

Elle lui caressa la joue.

– Et puis, ça n'avait vraiment pas été terrible ! avoua-t-elle enfin.

Il reprit un visage plus amical.

– Je suis certaine, dit-elle, que tu serais capable de me faire rapidement oublier ce souvenir.

La main droite d'Eve glissa du torse jusqu'à l'entrejambe du policier.

– Ne t'inquiète pas, il n'y aura pas de spectateurs aujourd'hui, ajouta-t-elle avec un regard coquin.

Wuenheim explosa fougueusement. Embrassant à nouveau Eve, il écarta sa blouse blanche, dégageant son sein gauche. Surpris, il l'interrogea du regard.

– Je crois que j'ai oublié mes sous-vêtements ! minauda-t-elle.

– Il y a donc préméditation !

La porte en bas des escaliers claqua. Ils se repoussèrent mutuellement. Eve Saint Hilaire tenta de réajuster sa blouse avant l'arrivée du perturbateur. Un gardien de la paix, tout au plus âgé d'une vingtaine d'années, accéda à l'amphithéâtre après avoir monté bruyamment les marches du corridor. Il fit trois pas avant de se mettre en position de garde-à-vous.

– Mes respects, monsieur le commissaire ! Bonsoir, madame ! dit-il en s'inclinant. Je viens de la part du capitaine Poncey. Il n'arrivait pas à vous joindre sur votre téléphone portable.

L'écran de son appareil indiquait en effet une perte de réseau, ce qui somme toute était normal au deuxième sous-sol de ce bâtiment.

– Il voulait vous indiquer que l'exploitation des appels depuis la cabine téléphonique a été positive. Le suspect a contacté l'un de vos collègues.

Le jeune homme, à l'accent du sud-ouest, continua de réciter sa leçon.

Le capitaine a dit que vous sauriez de qui on parle !

Eve Saint Hilaire lança un regard interrogateur pour obtenir une confirmation.

– Je vous remercie ! répondit Wuenheim au fonctionnaire de police. Vous pouvez retourner à vos missions.

Le jeune policier ne se fit pas prier. Ses yeux avaient du mal à quitter le corps mutilé de la femme sur la table d'opération. Il devait sans doute être effrayé à l'idée de devoir assister à l'autopsie. Rassuré, il quitta rapidement l'amphithéâtre.

– Il a téléphoné à mon père, n'est-ce pas ? demanda Eve.

Il fit un signe de la tête.

– Cela paraît évident !

– Tu vas devoir l'interroger ?

– Bien sûr ! Et cela ne me réjouit pas du tout !

L'excitation qui avait saisi les deux tourtereaux était bien retombée. La suite de cette mise en scène érotique serait reportée à une date ultérieure. Le commissaire essuya les verres de ses lunettes. Eve poussa une table roulante supportant divers instruments chirurgicaux. Elle lui tendit un masque et une blouse. Revêtu de ce costume, il alla se positionner devant les pieds de la prostituée.

Comme l'avait fait Poncey quelques heures auparavant, Eve Saint Hilaire déclencha un dictaphone qu'elle posa sur le rebord de la table en fer. Elle énonça à haute voix la date, l'heure, le nom et la qualité de son assistant. Puis elle se mit à décrire le corps sans même le toucher. Elle demanda ensuite de l'aide au commissaire pour retourner le cadavre et reprit sa description. C'était la première fois qu'il la voyait accomplir son travail de médecin légiste. Il aimait son visage devenu sérieux et ses yeux curieux. Le regard du commissaire négligeait le corps de la pauvre victime, se focalisant malgré lui sur cette blouse blanche dont on avait, dans la hâte, oublié de refermer le dernier bouton. Eve, elle, ne lui portait plus aucune attention Elle avait endossé ses fonctions et enquêtait sur les causes de la mort.

Prenant des ciseaux à grandes lames, elle coupa les liens qui attachaient encore les jambes et les bras du cadavre. Wuenheim, munis de gants en caoutchouc, se saisit de ceux-ci et les mit sous scellés. Le ventre, bien que déjà ouvert par les rongeurs, ne permettait pas à la légiste d'atteindre tous les organes vitaux. Elle cassa donc les côtes avec une pince coupante, puis élargit l'entaille. Elle ponctionna du sang dans deux flacons pour le faire analyser. Les résultats indiqueraient si la prostituée avait pu être victime d'un empoisonnement avant de recevoir les multiples coups de couteau qu'elle était en train de constater. Elle retira ensuite un à un chaque organe qu'elle découpa en morceaux pour noter leur couleur et faire de nouveaux prélèvements. Penchée sur le foie, elle grimaça sous son masque de protection.

– Je crois être en mesure de te dire les causes de la mort de cette personne ! déclara-t-elle, entretenant le suspense.

Leurs regards se croisèrent.

– Le foie a été perforé à plusieurs reprises par un objet tranchant. Vu la largeur et la profondeur des entailles, je te conseille de rechercher un couteau de cuisine avec une lame assez longue, indiqua-t-elle au commissaire.

Wuenheim nota cette information sur un petit carnet qu'il tenait dans la poche de sa veste. Relevant les yeux, il vit Eve prête à s'attaquer à la tête de la victime avec une scie électrique. Il détourna son regard lorsqu'elle se mit à découper le crâne en deux parties égales. Il avait peur que cette vision ne s'installe à demeure dans son esprit et qu'elle vienne s'insinuer dans leurs futurs ébats amoureux. Il ne voulait pas de cette face inconnue de sa compagne. Eve Saint Hilaire décalotta la peau entourant le crâne comme un enfant épluche une banane. De ses deux mains, elle sortit le cerveau rosé et le posa sur la tablette à découper.

– Tu vois, dit-elle en lui demandant de se rapprocher, le décollement de cette infime couche de tissus entourant le lobe prouve que la tête a été frappée violemment.

– Elle a été assommée ?

– C'est fort possible, répondit-elle en plongeant le cerveau dans un seau destiné au laboratoire d'analyses.

Wuenheim s'interrogea à voix haute

sur le paradoxe qui naissait de ces constatations.

– C'est très étrange ! commenta-t-il. Pourquoi a-t-il frappé de plusieurs coups de couteau la victime s'il l'avait déjà assommée auparavant ? Un tueur ne s'énerve sur sa victime que si cette dernière se défend et hurle au secours. Ce qui, dans le cas présent, n'a pas été possible !

– C'est tout à fait exact, répondit-elle.

Continuant son expertise, elle s'attacha à commenter le nombre important de morsures provenant des rats de l'immeuble du lieutenant Caramany. Elle énonça au plus près de son dictaphone toutes les parties endommagées. Elle remarqua que les extrémités des doigts avaient été dévorées mais qu'elles supportaient également des perforations.

– C'est extrêmement bizarre ! remarqua-t-elle, sollicitant une question de son compagnon.

Wuenheim s'empressa de répondre à sa demande.

– Qu'y a-t-il ?

– Les doigts des deux mains ont été lacérés avec une lame, dit-elle en approchant une loupe pour mieux observer sa découverte.

– Mais dans quel but aurait-il fait cela ? se demanda le commissaire.

– C'est comme si le tueur avait voulu endommager les empreintes digitales de la victime.

– Caramany a peut-être tailladé les doigts de cette femme pour attirer les rats. Il comptait peut-être sur eux pour faire disparaître le corps ? supposa le policier.

Eve semblait agitée. Ce cadavre recelait encore une autre énigme. Elle seule était capable de lire dans ses chairs, de décrypter le secret lié à sa mort. Penchée sur le corps, elle parcourait en détail les moindres parcelles de peau susceptibles de révéler d'autres indices.

– Quel âge a cette femme, Michel ? interrogea-t-elle, visiblement perturbée.

Wuenheim sortit de sa sacoche le dossier concernant la défunte.

– Mademoiselle Bouzy Mélanie est dans... – il parcourait la fiche d'identité de la victime recueillie au moment où l'on avait enregistré sa plainte – sa vingt-cinquième année.

– A-t-elle eu des enfants ?

Wuenheim se replongea dans la lecture du dossier.

– Apparemment non ! répondit-il rapidement.

Eve s'affairait sur le corps. Le commissaire sentait sa partenaire se crisper. Elle laissa tomber un scalpel dans sa précipitation.

– Merde ! s'exclama-t-elle.

Le policier bondit en une enjambée pour ramasser l'ustensile.

– Que se passe-t-il, bon sang ? finit-il par maugréer.

– Si mes constatations sont exactes, dit-elle à moitié tremblante, le cadavre allongé sur cette table appartient à une personne de sexe féminin ayant déjà dépassé la quarantaine.

Elle regarda le commissaire dans les yeux.

– Cette femme a déjà subi un accouchement et ses trompes sont ligaturées.

Elle reprit son souffle avec difficulté.

– Soit tes informations sont fausses, soit ce cadavre n'est pas celui de la dénommée Bouzy Mélanie, dit-elle froidement.

– Mais comment est-ce possible ? interrogea le policier. Le permis de conduire retrouvé près de son corps mentionnait cette identité.

Eve Saint Hilaire ne l'écoutait pas. Elle avait ouvert le deuxième tiroir de sa table roulante. Elle fouillait frénétiquement à l'intérieur, semblant chercher un document. Très rapidement, elle en retira un dossier contenant quelques feuillets. Wuenheim, perdu dans ses pensées, perplexe, ne prêtait plus le même intérêt aux recherches du médecin légiste. Revenant à la table d'autopsie, elle allait de la lecture des informations contenues dans le document à l'auscultation du cadavre. Elle écarta le reste des mâchoires et sembla s'affairer à dénombrer les dents encore présentes. Des gouttes de sueur dégoulinaient des tempes de la jeune femme. Elle relut ses notes comme pour s'assurer que ses soupçons étaient justifiés. Wuenheim la regarda s'asseoir sur un petit tabouret. Des larmes perlaient par-dessus le masque hygiénique.

– Un enfant, les trompes ligaturées, les

cinquième, sixième et huitième dents remplacées par des imitations en céramique, une fracture de la hanche consolidée...

Elle s'effondra en larmes. Wuenheim, dépassé par les événements, restait immobile, inquiet de la révélation à venir.

– Mais qu'y a-t-il ? Bon sang ! Vas-tu m'expliquer ! ? s'emporta-t-il.

– Michel ! put-elle enfin articuler en retirant son masque, Michel ! Cette femme ! Cette femme avec ce grain de beauté, désigna-t-elle en montrant le corps, c'est ma mère !

Chapitre Sept

Pierre Saint-Hilaire n'avait pas fermé l'œil de la nuit. Jamais aucun voyage ne lui avait paru aussi long. Prisonnier de son compartiment, il avait encaissé deux gifles coup sur coup. Son fidèle lieutenant était accusé de meurtre et recherché par toutes les polices françaises, et cette inconnue au doux nom de Monica Scalzo, après lui avoir offert un moment de réconfort, lui avait délivré ce message étrange en forme d'espoir : *elle est vivante*. Comment interpréter cette phrase ? Etait-ce juste un simple mot d'encouragement ou une certitude ? Comment cette inconnue pourrait-elle détenir des informations sur sa propre femme ? Et si c'était le cas, sa présence dans le train n'était donc pas fortuite ? Pourquoi Monica Scalzo avait-elle subitement disparu ? Toutes ces questions triturèrent le cerveau du pauvre homme pendant cette nuit interminable. L'aube se leva sur un déluge. La couleur des champs fraîchement retournés se confondait avec celle du ciel en colère. Les yeux rougis par le manque de sommeil, le commissaire laissait défiler la campagne sans même y prêter attention. Une succession de pavillons et d'immeubles annonça bientôt l'arrivée imminente à Paris. Ici et là, de longs serpents de lumières rouges ou jaunes signalaient déjà la présence d'embouteillages sur les autoroutes menant à la capitale. Le convoi, slalomant d'aiguillages en aiguillages, s'enfonçait petit à petit jusqu'au cœur de la cité. Même en refermant sa valise, Saint Hilaire ne pouvait s'empêcher de penser à la révélation de cette nuit. Pour débuter son enquête il n'avait qu'un faible indice constitué d'un prénom et d'un nom : Monica Scalzo. Etait-ce sa véritable identité ? Il n'en savait rien. La rencontre n'était sûrement pas fortuite. Avait-il été suivi ? Monica aurait-elle couché avec lui s'il n'avait pas refusé ses avances ? A ces questions, il n'avait pour l'instant pas de réponses.

Les quais de la gare de Lyon encadrèrent bientôt le convoi qui s'immobilisa en bout de voie. Il décida de mettre entre parenthèse les doutes et les incertitudes provoqués par cette rencontre nocturne. Le lieutenant Caramany devait l'appeler dans la matinée et il n'avait que très peu de temps pour prendre connaissance du dossier. Il préféra donc ne pas rentrer chez lui et se rendre directement au commissariat.

En descendant du wagon, Saint Hilaire fut happé par le flot continu des voyageurs. La bousculade faisait rage sur le quai bondé, à l'abri de la grande verrière qui résonnait sous la pluie.

A une centaine de mètres du hall des arrivées, le commissaire aperçut un « comité d'accueil » suspect. Son flair détecta immédiatement les policiers en tenue civile. L'Inspection générale des services avait dû travailler tard cette nuit. Des recherches sur les appels passés dans les cabines téléphoniques du quartier où avait disparu le fuyard, avaient déjà dû les conduire jusqu'à son numéro de téléphone portable. En marquant un temps d'arrêt, il se fit immédiatement bousculer par la personne qui le suivait. Très rapidement la foule s'écarta de lui comme le courant d'une rivière contourne le rocher. Suivre ces policiers reviendrait inévitablement à perdre son temps en palabres, durant toute la journée. Plutôt que de rendre des comptes, il préférait agir au plus vite. Il ne voulait pas manquer son rendez-vous avec Caramany. Saint Hilaire fit volte-face et rebroussa chemin pour atteindre la première bouche de métro qui s'offrait à lui depuis le quai. Il descendit rapidement les escaliers. Il sauta dans la première rame et prit place sur un siège côté fenêtre. La chenille mécanique s'enfonça dans le tunnel noir. A cet instant, et grâce au jeu des lumières, son visage se refléta dans la glace. Il n'avait pas pris le soin de se raser dans le train. Son image l'effraya. Ses traits tirés, le teint blafard et l'accentuation des rides de son front le vieillissaient d'au moins dix ans. Malgré le bercement du wagon et la chaleur ambiante, les yeux de Saint Hilaire restaient imperturbablement ouverts. L'espoir de revoir sa femme agissait comme une drogue tenant son esprit en éveil, même s'il ne disposait pour l'heure d'aucun élément sérieux qui permette de la retrouver. Il se remettait à envisager toutes les hypothèses. L'enlèvement crapuleux ? Pourquoi pas ? C'était peut-être le motif le plus sérieux depuis que Monica Scalzo était apparue dans le train. Il recevrait probablement une demande de rançon. Pourquoi les ravisseurs avaient-ils attendu si longtemps avant de se signaler ? Depuis longtemps, il avait envisagé cette possibilité. Au cours de sa carrière, il s'était forcément créé des ennemis dans le grand banditisme. Peut-être lui faisait-on payer son excès de zèle ? De plus, cette thèse lui évitait de penser à l'autre éventualité, celle où sa femme l'aurait plaqué pour un autre. Dans ses longs moments de déprime, il préférait honteusement l'imaginer ligotée au fond d'une cave plutôt que dans les bras d'un gigolo.

Quand la rame sortit de terre, de grosses gouttes glissèrent sur les vitres, brouillant la vue qui s'offrait aux voyageurs. Les six wagons roulaient sur le pont métallique qui longeait le boulevard de Rochechouart. Barbès offrait le visage des jours tristes et Montmartre s'était retiré dans les nuages. Des grues enjambaient les décombres de vieux immeubles pour clandestins. Elles reconstruisaient le nouveau Paris, repoussant la pauvreté bien loin au-delà de ses portes. Son téléphone redevint accessible aux réseaux et se mit aussitôt à sonner. Saint Hilaire sursauta. Le message inscrit sur l'écran était des plus dépouillés : *RDV planque du Grec dans 2H00 L.C.*. Caramany n'était pas prudent d'utiliser son téléphone portable, pensa-t-il, il aurait dû continuer à se servir des cabines publiques. Si Wuenheim avait mis tous les moyens pour le retrouver, il devait être en mesure de repérer ainsi le secteur où orienter les recherches.

Le temps était donc compté. Le commissaire descendit à la station Blanche et rejoignit en quelques minutes la rue Ballu. Il prit soin de regarder les véhicules stationnés devant son commissariat. Ne remarquant aucune voiture étrangère à son service, il s'enfila dans l'allée privée et pénétra dans le bâtiment. L'accueil se trouvait au premier étage, le rez-de-chaussée étant entièrement consacré aux cellules. Les marches en bois grincèrent sous son pas. Ce bruit familier lui apporta la douce sensation d'être enfin rentré à la maison. Voilà d'où venait son malheur. Il confondait trop souvent son lieu de travail et son domicile.

Claire, l'hôtesse d'accueil, discutait avec une vieille grand-mère, habituée des lieux. Cette dernière venait systématiquement dénoncer un voisin, un passant ou un automobiliste pour une quelconque incivilité. Peu importait le sujet. Ce qui comptait pour cette pauvre dame esseulée, c'était l'écoute que lui offrait sa charmante interlocutrice. Saint Hilaire tenta de franchir incognito le hall d'accueil. L'œil aguerri de Claire reconnut son patron malgré ses vêtements humides et sa barbe naissante. Elle s'arracha immédiatement de sa chaise et mit un terme à sa conversation par une courte phrase d'excuse, accompagnée d'un sourire contraint. Le commissaire ne s'arrêta pas pour autant mais se sachant repéré, amorça la conversation :

– Bonjour, Claire ! Quoi de neuf en mon absence ?

– Bonjour, patron ! Nous avons eu la visite...

– ... de l'I.G.S. ! la coupa-t-il. Je sais tout cela. Quoi d'autre ?

– Depuis ce matin, tout le gratin de la direction veut vous parler. Le téléphone n'arrête pas de sonner. J'ai au moins une quinzaine de messages, déclara-t-elle en tendant une multitude de « Post-it ».

Saint Hilaire pénétra dans son bureau et jeta sa veste sur le portemanteau.

– Le commissaire divisionnaire Pupillin exige que vous l'appeliez en premier. Il a dit que c'était très urgent. Le commissaire Wuenheim de l'I.G.S. veut que vous le contactiez immédiatement.

Claire ajouta sans reprendre sa respiration :

– Celui-là, ce n'est pas un commode, si je peux me permettre ! Avec lui, on ne doit pas rire tous les jours !

– Ma fille vit avec lui depuis un an !

lâcha Saint Hilaire en enlevant sa paire de chaussures.

L'hôtesse, gênée, stoppa net son flot de paroles. Malgré tout, elle venait de recevoir une information qu'elle pourrait retransmettre avec fierté à la machine à café du commissariat. Pressé, le policier éjecta Claire de son bureau en lui confiant la mission d'avertir le major Léognan de son arrivée. Puis il ferma la porte à clef et s'occupa de remettre de l'ordre dans son apparence physique.

*

Les analyses génétiques avaient été ordonnées d'urgence par Wuenheim. Les résultats tombèrent en tout début de matinée. Ils étaient sans appel. Les tests confirmaient les conclusions de l'autopsie pratiquée par Eve Saint Hilaire. Le cadavre découvert dans la cave de Caramany était bien celui de la mère du médecin légiste. Le chef de l'Inspection générale des services était encore sous le choc de cette annonce. Assis dans son bureau feutré, il avait quitté sa compagne après l'avoir forcée à prendre des tranquillisants. Elle n'avait pas tardé à sombrer dans un sommeil profond. Même endormi, son visage était encore sujet à des tremblements de paupières et à des mouvements de bouche disgracieux. Eve venait de découper sa propre mère. Elle avait extirpé les entrailles du ventre qui l'avait conçue. Elle avait découpé la tête de sa génitrice et charcuté son cerveau. Comment pourrait-elle vivre avec pareil souvenir ? se demandait Wuenheim. Comment surmonterait-elle cette mise en bière sordide ?

Outre ses préoccupations sur l'état de santé psychologique d'Eve Saint Hilaire, le commissaire Wuenheim n'arrivait pas à trouver le lien entre la disparition de Marthe Saint Hilaire, dix-sept mois auparavant, et la plainte pour viol contre le lieutenant Caramany. Pour quelles raisons ces deux affaires se rejoignaient-elles ? Mélanie Bouzy était la clef de l'énigme. Il devait donc absolument la retrouver. Elle serait sûrement plus facile à attraper que le lieutenant Caramany. Tout en réfléchissant, le commissaire attendait avec appréhension l'arrivée de son collègue. Il avait envoyé une équipe récupérer Pierre Saint Hilaire à l'arrivée de son train. Il ne voulait pas qu'il apprenne inopinément le décès de sa femme. C'était de sa responsabilité de lui faire part des événements de la nuit. Mais il comptait aussi le convaincre de coopérer à l'arrestation de son lieutenant.

Le jeune commissaire stagiaire Le Taillan entra dans le vaste bureau de son supérieur après y avoir été autorisé. De retour de la gare de Lyon, il expliqua à Michel Wuenheim que leur collègue Saint Hilaire ne se trouvait apparemment pas dans le train. Ennuyé de ce contretemps, Wuenheim dut se résoudre à décrocher son combiné pour joindre le commissaire divisionnaire Pupillin. Il l'informa du dernier rebondissement sans savoir que le chef de la 2e division de police judiciaire de Paris était un ami de Pierre et Marthe Saint Hilaire. La nouvelle fut dure à encaisser. Henri Pupillin qui comptait protester contre le manque de diplomatie du commissaire de l'I.G.S., se retrouva à bredouiller quelques paroles en l'air. Comment allait-il l'annoncer à sa femme ? Elles avaient été si proches. Madame Pupillin avait déjà pleuré la disparition de son amie, il lui faudrait maintenant faire un deuxième deuil. Le vieux commissaire, qui se considérait comme l'oncle d'Eve, s'inquiéta de son état de santé. Apprenant qu'elle dormait dans l'appartement de Wuenheim, ils convinrent qu'une fois l'annonce faite à madame Pupillin, celle-ci se rendrait au chevet de la jeune femme. Le commissaire divisionnaire insista pour se charger d'aviser Pierre Saint Hilaire. Même si les hommes de Wuenhein ne l'avaient pas trouvé à sa descente de train, il le pensait déjà arrivé dans la capitale. Il connaissait bien son ami et savait qu'il détestait qu'on lui impose quoi que se soit. De plus, il le savait capable de se rendre invisible aux yeux des plus expérimentés des policiers, et apte à leur fausser compagnie sans aucun souci. Henri Pupillin saurait le retrouver. Il intima l'ordre à son collègue de poursuivre les recherches afin d'interpeller Caramany. S'il avait d'abord cru à son innocence, il serait maintenant le premier à lui mettre une balle entre les deux yeux, si leurs chemins venaient à se croiser.

*

Pierre Saint Hilaire s'était installé dans son siège en cuir derrière son bureau en chêne massif. Une tasse de café fumant était posée à côté de son ordinateur. En moins de cinq minutes et avec l'aide de son nécessaire à toilette, il s'était redonné une apparence respectable. Il avait enfilé le costume de rechange qu'il laissait en tout temps dans son placard. Léognan arriva au moment où le commissaire absorbait sa première gorgée de café.

– Entrez, major ! fit-il en reposant sa tasse.

– Bonjour, patron !

– Victor, je suis extrêmement pressé ! Alors faites-moi un compte-rendu des plus synthétiques, intima Saint Hilaire.

Le major se lança dans un résumé de la journée de la veille. Il employait une syntaxe truffée d'expressions empruntées au langage administratif, tirées directement des rapports et procès-verbaux qu'il écrivait chaque jour. Il évita de commenter le caractère autoritaire et nonchalant du commissaire Wuenheim, Claire l'ayant – déjà – avisé de sa liaison avec la fille du patron. Saint-Hilaire fut rapidement surpris par le peu de ferveur avec laquelle le major défendait Caramany.

– Ne me dites pas que vous le croyez coupable ?

Le major ne savait pas mentir. Il avait élaboré avec Sarras toute une stratégie pour les amener à découvrir le couteau pendu au volet, en la présence de Saint Hilaire. Mais ce plan qu'il considérait comme « foireux » après une courte nuit de sommeil, s'écroula dès qu'il se retrouva en présence de son chef.

– Ecoutez, patron...

Léognan cherchait ses mots.

– Voilà, hier, on a fait une grosse connerie, lâcha-t-il enfin.

Le commissaire pensa qu'il n'était pas au bout de ses surprises.

– Qui « on » ? demanda-t-il.

– Moi et Sarras, balança le futur retraité. Hier soir, nous sommes restés tous les deux après la fermeture du poste. C'était la tempête encore pire qu'aujourd'hui. Pendant que nous discutions de l'affaire, un volet du bureau du lieutenant s'est mis à claquer. Alors nous sommes allés le fermer.

– Et alors ? demanda Saint Hilaire, intrigué.

– Et alors, nous avons découvert un couteau !

Le commissaire resta silencieux en attendant la suite.

– ... Il était suspendu à l'attache du volet.

– Vous avez averti le commissaire Wuenheim ?

Léognan se gratta le dessus de la tête.

– Ecoutez, l'affaire était délicate. Nous ne voulions pas nuire à la procédure ni ennuyer le lieutenant. Alors...

– Alors qu'avez-vous fait ? accéléra le commissaire.

– On a rattaché le couteau au volet ! précisa-t-il tout penaud.

– Quoi ? Vous avez remis cette preuve dehors ! Sous la pluie ! hurla Saint Hilaire.

– Oui... C'est bien ça, avoua Léognan.

– Vous comptiez me faire découvrir le

couteau pour que la sale décision me revienne, c'est cela, major ? analysa-t-il rapidement.

– Ben... C'est vous le chef, patron !

Saint Hilaire en avait pris son parti. Toutes les deux heures environ, une révélation venait perturber le cours de sa vie. Il demanda par téléphone à Claire, l'hôtesse d'accueil, de faire descendre dans son bureau le gardien de la paix, Sarras. Il lui précisa de venir avec « ce qu'il savait », ce qui raviva la curiosité de son assistante.

Yvan Sarras ne tarda pas à ramener sa masse corpulente sur la moquette moelleuse de son patron. A son air déconfit, Saint Hilaire comprit l'embarras dans lequel se trouvait le policier. Ce dernier lança un regard désapprobateur au major qui venait de vendre la mèche. Après les salutations d'usage, Sarras sortit de sous son pull un sachet plastique contenant l'arme en question. Il la déposa, paumes ouvertes, sur le bureau de son chef comme le vassal déposait jadis son offrande au Seigneur. Saint Hilaire se garda bien d'y toucher. Il regarda l'heure au réveil posé sur son bureau. Dans un peu moins d'une heure, il devrait être au rendez-vous fixé par le lieutenant Caramany. Il informa ses deux sbires de la découverte par l'Inspection générale des services, du corps sans vie de la prostituée dans la cave de l'officier de police, et les mit au courant du contenu de sa discussion avec leur collègue en fuite. Les deux hommes se regardèrent, encore abasourdis par l'annonce de ces événements.

– Vous venez donc, enchaîna le commissaire, de découvrir vraisemblablement l'arme du crime !

Sarras, sans en demander la permission, s'assit sur l'une des trois chaises qui faisaient face au bureau de son chef. Léognan, pétrifié d'avoir côtoyé quotidiennement un assassin, restait droit comme un i, ventre en avant.

L'amoncellement de preuves contre son adjoint amena immanquablement Saint Hilaire à revoir son plan. Il ne pouvait plus se rendre en catimini au rendez-vous fixé par le fuyard. Il décida donc de partager son secret avec les deux policiers pour préserver sa sécurité. Léognan protesta :

– Vous ne pouvez pas partir seul dans

la planque du Grec ! C'est trop dangereux ! Laissez-nous au moins venir en deuxième rideau pour protéger vos arrières. C'est un coupe-gorge ! s'exclama-t-il sincèrement.

– Hors de question ! rétorqua le commissaire. Caramany vous repérerait immédiatement et il penserait à un traquenard. Je ne veux surtout pas le voir disparaître dans la nature. Je jugerai sur place de sa bonne ou de sa mauvaise foi dans cette affaire. Je dois y être dans moins de trois quarts d'heure et je veux que vous gardiez le silence sur cette information.

A la mine peu convaincue de son adjoint, et au regard hagard de Sarras, Saint Hilaire insista :

– Vous m'avez entendu ?

Le gardien de la paix acquiesça de la tête.

– Si, dans deux heures, je ne suis pas réapparu, alors vous pourrez vous pointer chez le Grec. Mais en attendant, je veux que vous restiez bien sagement au commissariat comme si de rien n'était ! Et surtout, bouche cousue ! intima-t-il en joignant le geste à la parole.

Le téléphone sonna. Claire au bout du fil alerta son patron de l'arrivée du commissaire divisionnaire Henri Pupillin en personne. A peine eut-il le temps de raccrocher le combiné que son supérieur ouvrait déjà la porte de son bureau. Les deux collaborateurs de Saint Hilaire se redressèrent et saluèrent respectueusement l'autorité. Pupillin n'y prêta aucune attention et demanda fermement à s'entretenir en privé avec son ami. Les deux sbires disparurent sans demander plus d'explications. Henri Pupillin les regarda sortir du bureau et s'assura que la porte était bien close. Le visage fermé et l'air grave de son supérieur frappèrent Saint Hilaire. Henri Pupillin ne put s'asseoir.

– Tu es difficile à trouver, commença-t-il par dire.

– Je suis à mon poste ! répondit Saint Hilaire malicieusement, ce sont des hommes à toi qui m'attendaient à la gare ?

– A Wuenheim ! lâcha Pupillin.

– Je m'en doutais. Il veut me cuisiner pour que je lui serve mon adjoint sur un plateau ?

– Non, c'est pour une toute autre raison, Pierre ! dit gravement son collègue. Et je viens pour le même motif.

Chapitre Huit

Le gardien de la paix Sarras s'était installé aux côtés de Claire à l'accueil. Discutant de tout et de rien, ils attendaient avec impatience la sortie du chef de la 2e division. Le major Léognan, lui, était descendu à la brasserie pour se rouler une cigarette et ingurgiter un blanc sec pour se remettre de toutes ces émotions. A leur grande surprise, ce fut le commissaire Saint Hilaire qui jaillit de la porte de son bureau pour descendre précipitamment les escaliers sans même les regarder. Il était sorti du commissariat alors que la pluie reprenait de plus belle. L'homme et la femme s'observèrent un instant, attendant un éventuel retour de Saint Hilaire ou la sortie d'Henri Pupillin. Ne voyant rien se produire et la curiosité aidant, Sarras s'avança au fond du hall pour regarder dans l'entrebâillement de la porte du bureau de son patron. Debout, semblant faire les cent pas, le commissaire Pupillin paraissait attendre impatiemment le retour de Saint Hilaire. Le gardien de la paix, ne comprenant pas la situation, se risqua à entrer dans le bureau.

– Monsieur le commissaire divisionnaire, commença-t-il, voulez-vous que je vous raccompagne ?

Henri Pupillin posa son regard ombrageux sur le fonctionnaire.

– Ah ! C'est vous, Sarras ! dit-il en sortant de ses pensées, non, non, merci. Je vais rester un peu ici avec le commissaire Saint Hilaire. Je pense qu'il a besoin de tout notre soutien dans un moment pareil.

Au regard éberlué de son interlocuteur, le commissaire comprit que la nouvelle n'était pas encore arrivée jusqu'ici :

– Sa femme a été retrouvée morte !

Une nouvelle fois, le gardien de la paix se posa sur l'une des chaises. Il gratta son crâne rasé, abasourdi par cette information.

– Suicide ? interrogea-t-il.

Pupillin fit quelques pas vers la fenêtre puis se retourna pour faire face au fonctionnaire de police.

– C'est la femme retrouvée dans la cave de Caramany...

Sarras mit sa main gauche sur la bouche. Le ciel lui tombait dessus. Un regard rapide sur le bureau confirma ses pires soupçons. Il bondit vers Pupillin, oubliant le protocole.

– Mais où est parti le commissaire ? rugit-il.

– Il m'a demandé de l'attendre ici. Il est allé se rafraîchir le visage dans les toilettes, lâcha le commissaire divisionnaire, interloqué par la question du gardien de la paix.

– Mon dieu !, dit Sarras, il est parti le tuer !

*

Le costume de Saint Hilaire ne résista pas longtemps aux averses qui continuaient de déferler sur Paris. L'excuse donnée à son ami Henri Pupillin pour s'enfuir du commissariat ne lui avait pas permis de prendre son manteau. Il avait choisi la marche à pied pour rejoindre au plus vite son rendez-vous. Il connaissait parfaitement bien son quartier, et savait qu'il n'aurait que quelques minutes d'avance sur ses poursuivants. L'eau ruisselait sur sa colonne vertébrale et coulait dans son pantalon sans que cela ne lui fasse aucun effet. Allant de surprise en surprise, Saint Hilaire n'avait pas supporté cette dernière nouvelle. Il revoyait inlassablement le visage triste de son ami Henri Pupillin lui répéter ces mots assassins : « La femme poignardée par Caramany, c'est Marthe ! » La phrase était simple et explicite. Il n'y avait aucune fioriture de la part du commissaire divisionnaire qui savait comme il est difficile d'annoncer un décès. Les « pourquoi », les « comment » qu'il avait éructés n'avaient pas trouvé de réponse dans la bouche de son ami. Marthe était morte. Comment était-ce possible ? Lui qui, quelques heures plus tôt, avait repris espoir grâce à cette inconnue rencontrée dans le Florence-Paris. Avait-il tout simplement rêvé ? Avait-il été victime du syndrome de Stendhal ? Monica Scalzo existait-elle réellement ? L'homme avait abandonné la cuirasse du commissaire réfléchi et calme. Il était redevenu le mari. Non ! Le veuf ! Prêt à venger la mort de sa pauvre épouse. Ses pas décidés étaient longs et réguliers. Les passants s'écartaient sur son passage. Il avançait machinalement comme un automate. Dans sa manche droite, il dissimulait avec la main le couteau qui avait servi à assassiner sa femme. Caramany allait périr par l'arme qu'il avait utilisée. Saint Hilaire était bien décidé à en finir avec son adjoint. Le lieutenant lui tendait un piège. Il comptait bien déjouer ses plans. Mais surtout il espérait obtenir des réponses aux raisons de son geste, avant de mettre à exécution sa propre sentence. Qu'avait-il fait à Caramany pour qu'il s'attaque ainsi à sa famille ? Marthe connaissait-elle le lieutenant ? Et que venait faire Monica Scalzo dans ce puzzle macabre ? Saint Hilaire était bien résolu à en découdre lorsqu'il aperçut le vieil immeuble à l'entrée de la rue de Budapest.

Il passa le porche qui donnait accès à la voie encombrée de voitures de livraison. De nombreuses prostituées démarchaient déjà les touristes perdus de la gare du Nord. La planque du Grec était un immense squat où fumeurs de crack, putes, clandestins ou bobos à la dérive cohabitaient dans une déchéance totale. C'est lui qui avait donné ce surnom au bâtiment. Cela remontait à une quinzaine d'années maintenant. A cette époque, le Grec était le parrain de la mafia locale. Il régnait en maître absolu sur les bars à hôtesses, les sex-shops et les théâtres pornos. Le voyou, qui n'avait peur de personne, avait fait crever les pneus de la voiture du commissaire lorsque ce dernier s'était mis à enquêter sur ses activités. Saint Hilaire qui n'était pas du genre à reculer à la première menace, avait su accumuler suffisamment de preuves sur les malversations illicites du mafieux pour l'envoyer croupir en prison pendant une bonne vingtaine d'années. Acculé et se sachant recherché, le Grec avait disparu de la circulation. Un travesti qui était redevable au commissaire, lui balança cette cache comme étant le repère du fuyard. Le Grec refusa de se rendre lors de son interpellation, tirant à plusieurs reprises sur les fonctionnaires de police qui venaient le chercher. Saint Hilaire, en embuscade derrière une porte, avait dû faire usage de son arme. Ses deux coups de feu atteignirent leur cible. Le Grec était mort. Depuis, l'immeuble était devenu comme un symbole, un mausolée pour tous les truands de la capitale. L'esprit du Grec hantait les pièces de l'immeuble et certains fumeurs de haschich disaient même l'avoir vu flotter dans les airs.

Devant l'entrée, Maria, prostituée portugaise dont le poids devait avoisiner les deux cents kilos, trônait sur une chaise. D'ordinaire causant, Saint Hilaire ne lui fit qu'un signe amical de la tête en poussant la porte en bois de l'immeuble. Abritée sous un parapluie, Maria était la mémoire vivante de la rue. Elle était la plus âgée et sûrement la plus défraîchie de toutes les filles du quartier. Son physique ne lui permettait plus que de faire des passes à des détraqués sexuels ou à de jeunes étudiants pariant sur leurs capacités à faire l'amour à une telle monstruosité de la nature. Mais cela ne l'effrayait pas pour autant. Elle tapinait depuis plus de quarante ans, et montrait à qui voulait l'entendre ses photos de jeune première au temps de l'après-guerre. Elle était jolie à cette époque-là et les hommes qui la désiraient lui offraient des liasses de billets pour obtenir ses faveurs. Mais les années étaient passées sur elle comme sur sa rue. Comme ce décor, petit à petit, elle se dégradait.

– Fais attention, commissaire ! dit-elle avec sa voie rauque, son esprit rôde encore !

Saint Hilaire ne se retourna même pas. La porte se referma automatiquement et plongea le commissaire dans la pénombre. Il connaissait les lieux comme le fond de sa poche, même si cela faisait longtemps qu'il n'avait pas remis les pieds dans cette fosse à exclus, mais il pouvait encore se guider sans lumière. Il gravit les escaliers pour rejoindre le deuxième étage où le Grec avait perdu la vie, quinze ans auparavant. Sa main droite permit au couteau de glisser de la manche pour que sa paume parvienne à s'en saisir. Maintenant il pouvait agir à découvert. Le commissaire bloqua un instant sa montée lorsque des gémissements lui parvinrent du premier palier. Il analysa la situation et extirpa sa carte de police avec son autre main. Il reprit son ascension pour découvrir à l'étage une prostituée africaine, appuyée contre la rambarde, en train de s'accoupler avec un client en costume cravate. Le pantalon baissé, l'homme sursauta de peur en voyant l'insigne de police pointé par le commissaire. La jeune femme, elle, recula à la vue du couteau que tenait Saint Hilaire. Il leur fit un geste sec de déguerpir en silence. L'Africaine n'attendit pas que le « cadre » ait remonté son pantalon pour dévaler les escaliers. Le commissaire, désireux de ne pas perdre de temps, continua sa progression. Il atteignit le deuxième étage rapidement. Quatre couloirs éclairés uniquement par les pièces dépourvues de volet s'offraient à lui. Plusieurs gouttières inondaient le parquet moisi qui avait fait jadis la renommée de menuisiers hors pair. Pierre Saint Hilaire s'avança sans aucune hésitation dans le couloir le plus sombre qui zigzaguait au gré des anciens appartements. A chaque entrée, il se collait contre le mur. Il pointait sa tête dans l'entrebâillement des portes lorsqu'il en restait, pour s'assurer que personne ne l'attendait. Il enjamba un homme défoncé à un cocktail de drogues illicites, qui croupissait dans son vomi. Le bruit de la pluie était assourdissant. Les planchers ruisselaient des amas d'eau qui traversaient les quelques tuiles encore accrochées à la charpente du toit. Des tags multicolores et incompréhensibles décoraient tristement le couloir où s'enfonçait le commissaire. Enfin, il reconnut l'entrée de la pièce où il s'était protégé des tirs du Grec avant de riposter par deux fois. Il stoppa sa marche. Son dernier pas fit grincer le parquet. Aucun bruit ne parvenait de l'intérieur. Il regarda rapidement sa montre. Il était l'heure exacte du rendez-vous.

Caramany devait forcément se trouver derrière ce mur. Saint Hilaire serrait fort le manche du couteau. L'âme d'un bourreau, il avança ses yeux à hauteur de la porte pour inspecter l'intérieur de la pièce. Un volet claquant sous l'effet du vent distribuait alternativement de la lumière dans la salle dépourvue de meuble. Il était là. Impassible ! Assis sur une chaise. Allant même jusqu'à lui tourner le dos. Caramany avait monté un plan machiavélique. L'heure de l'explication avait sonné. Pourquoi en voulait-il à Saint Hilaire ? Pourquoi avoir tué sa femme ? Quels étaient les motifs de toute cette affaire ? Le commissaire sortit de sa cache après s'être assuré qu'ils étaient bien seuls. Il avança lentement, la main tenant le couteau légèrement en retrait derrière son dos.

– Caramany !

*

Sirènes hurlantes, la grosse cylindrée de Michel Wuenheim se frayait un chemin dans les embouteillages du boulevard de Sébastopol. Suivi de près par deux autres véhicules de police, le convoi avait quitté en urgence l'île de la Cité après que le commissaire eût reçu un appel téléphonique d'Henri Pupillin.

– Il est parti le tuer !, avait lancé le chef de la 2e division de police judiciaire. Intervenez rapidement avant qu'il ne commette l'irréparable !

Pupillin, après s'être fait expliquer par Sarras la découverte du couteau, avait obtenu de ce fonctionnaire l'adresse du rendez-vous.

Wuenheim hurlait dans sa radio l'interdiction à toutes les patrouilles de pénétrer dans la rue de Budapest. Il voulait être le premier à intervenir. Il lui fallait ces deux hommes vivants. Il avait un besoin absolu de répondre aux questions qui, maintenant, le concernaient personnellement. Caramany détenait les clefs de ce drame. Le perdre, c'était se priver de comprendre la fin de cette histoire. Arrêter Pierre Saint Hilaire pour meurtre et l'envoyer en prison, revenait à faire disparaître le dernier membre de la famille d'Eve. Elle n'avait pas besoin d'une épreuve supplémentaire. Même si la possibilité d'une quelconque entente n'avait pu être décelée dans leur courte mais violente conversation, il devait essayer de préserver son « beau-père » de la maison d'arrêt. Poncey conduisait le véhicule à vive allure. Il fonçait sur la voie des bus, éclaboussant les piétons qui se risquaient à vouloir traverser. Un taxi à l'arrêt fit lever le pied du capitaine.

– Foncez ! ordonna Wuenheim.

Poncey donna un coup de volant à

gauche. Le véhicule écrasa une borne en plastique servant à délimiter la voie prioritaire. Maintenant, les trois voitures se faufilaient entre le flot des automobilistes parisiens. Le commissaire stagiaire Le Taillan, assis à l'arrière de l'habitacle, s'accrochait désespérément aux poignées du plafond pour maintenir un équilibre précaire.

Comment Caramany avait-il fait pour dissimuler la femme de Saint Hilaire durant plus d'un an ? Pourquoi l'avait-il tuée maintenant ? Quel élément déclencheur l'avait motivé ? Le cerveau du policier était en ébullition malgré les soubresauts de la course contre la montre. Le central radio annonça que le quartier était bouclé. Au moins, la poursuite s'arrêterait d'une manière ou d'une autre aujourd'hui, pensa-t-il. La chaussée était glissante. Pourtant Poncey ne ralentissait pas l'allure ordonnée par son chef. Une jeune fille équipée d'écouteurs dans les oreilles et se dandinant en marchant, ne sembla pas entendre les sirènes des voitures de police. Elle amorça la traversée du carrefour d'où débouchait le convoi sans se soucier des trois bolides qui venaient dans sa direction. Poncey eut tout juste le temps de faire déraper son véhicule pour éviter l'adolescente, sans toutefois arrêter sa course. L'inconsciente, surprise par la manœuvre, resta paralysée sur la chaussée, face aux deux autres voitures. La première choisit de monter sur le trottoir et alla s'encastrer contre la rambarde d'une bouche de métro. La seconde dérapa en pivotant comme une toupie et vint s'arrêter à quelques centimètres de la passante.

Poncey regarda dans son rétroviseur, puis interrogea du regard son supérieur.

– Continuez ! dit-il en prenant le combiné de sa radio.

Il avisa immédiatement la salle radio d'envoyer des secours pour aider les accidentés. Les essuie-glaces balayaient le pare-brise dans des mouvements saccadés. Au loin, des gyrophares clignotants indiquaient le point à atteindre. Le Taillan, enfoncé dans son siège arrière, se frottait le crâne. Au moment du dérapage, il avait tapé malgré lui contre l'une des vitres de la voiture.

Poncey eut à peine le temps de stopper le véhicule en pleine rue que son supérieur bondissait déjà de l'habitacle. Le capitaine de police aurait aimé être remercié pour la rapidité de sa conduite, mais il savait Wuenheim avare en compliments, à fortiori dans ces circonstances. Il sortit en dernier et jeta les clefs de la voiture à un gardien de la paix en faction.

– Garez-la-moi ! pria-t-il en poursuivant les deux commissaires qui, déjà, passaient devant la grosse Maria.

Arrivé à hauteur de la prostituée du siècle dernier, Poncey s'arrêta net. Son instinct de policier lui commandait de ne pas agir en mouton de Panurge.

– Il y a une autre issue ? demanda-t-il.

*

Un guet-apens ! Sa fureur l'avait conduit à agir comme un débutant. Maintenant, il jouait les équilibristes sur une poutre détrempée de la charpente du toit. Pas d'autre solution. Il devait fuir. Saint Hilaire était en colère. En colère contre lui-même. Il s'était laissé manipuler par une personne machiavélique. Elle lui avait tendu un piège et il s'y était engouffré sans réfléchir. Maintenant il devait essayer de s'en sortir comme un insecte tente d'échapper à la toile de l'araignée. Se servant des bras pour garder son équilibre, il avançait lentement sur le vieux bois pourri. Lorsqu'il s'était retrouvé derrière son adjoint, il était prêt à le poignarder dans le dos sans attendre plus d'explications tant sa colère était grande. Mais, après avoir prononcé son nom à trois reprises et sans aucune réponse ou geste de sa part, il avait fait pivoter du pied la chaise où était installé le lieutenant Caramany. Avec stupeur, il avait découvert le corps ligoté de son officier transpercé de multiples coups de couteau. Les sirènes hurlantes des voitures de police l'avait extirpé de son état de choc.

Le visage du lieutenant offrait une grimace figée permettant de penser qu'il avait dû souffrir au cours des derniers instants de sa vie. Le corps ensanglanté laissait apparaître des chairs mutilées. Il avait regardé son couteau et compris immédiatement qu'il ferait le coupable idéal au regard des événements de ces dernières heures. Entendant déjà des bruits de pas dans la cage d'escaliers, il avait décidé de fuir par les étages supérieurs, bloquant sa lame dans la ceinture de son pantalon.

Maintenant il arrivait au bord du précipice. La longue poutre sortait du bâtiment et surplombait une courette. L'autre extrémité soutenait la charpente du toit de l'immeuble voisin. Les deux constructions étaient jumelles et n'avaient dû faire qu'un seul bâtiment en des temps lointains. Une vingtaine de mètres le séparait du sol. La pluie toujours aussi pugnace se mit une nouvelle fois à lui fouetter le visage. Il hésita un instant à s'engager sur cette voie. Les cris des poursuivants, de plus en plus proches dans les étages du bâtiment, le décidèrent à passer à l'acte. Il engagea son pied gauche pour tester l'adhérence de la poutre à découvert. Saint Hilaire avait toujours aimé les balades en pleine nature. Cette poutre lui rappelait les nombreux troncs d'arbres qu'il avait l'habitude de franchir au-dessus des torrents de montagne.

Il fixa du regard le toit d'en face percé par la poutre plus que centenaire. Ses chaussures de ville n'étaient pas le meilleur équipement pour jouer à l'équilibriste. Pourtant, il amorça une marche lente, un pied devant l'autre, écartant les bras au maximum pour contrer les rafales du vent. A mi-chemin, un clou dépassant de la structure bloqua son talon gauche. Le pied trébucha et le torse de Saint Hilaire partit en avant. Ses avant-bras moulinèrent dans le vide pour compenser la translation de poids. Il se sentit tomber. D'une impulsion rapide du pied droit, il redressa son corps parallèlement à la poutre et plongea dessus comme on s'accroche à un radeau dans une mer déchaînée. La face contre le bois mouillé, le commissaire distinguait parfaitement le carrelage marron qui recouvrait le sol de la cour intérieure. Au cours de ces nombreuses années de services, il avait ramassé plus d'un cambrioleur écrasé par terre après avoir dérapé sur des toits mouillés. Aujourd'hui, il allait peut-être terminer comme eux. Comment aurait-il pu imaginer une telle fin ? Son trousseau de clef tomba d'une des poches de sa veste. La chute dura quelques secondes avant qu'il ne rebondisse sur le sol. Saint Hilaire mesura ce que serait la sienne s'il faisait un nouveau faux pas.

*

Wuenheim ne connaissait pas les lieux. Il entra le premier et accéda immédiatement au premier étage. Il courait de pièce en pièce, tenant à deux mains son revolver. Bientôt rejoint par Le Taillan, il le laissa continuer la fouille de l'étage et grimpa au deuxième. Le dédale des couloirs ralentissait sa progression. Il devait se méfier de chaque recoin d'où pourraient surgir Caramany ou Saint Hilaire. Voulant sincèrement éviter à son probable futur beau-père de commettre l'irréparable, il hurlait son nom en lui proposant son aide. Bientôt il arriva devant la macabre découverte. C'était trop tard ! Caramany gisait sur la chaise. Une mare de sang s'était formée au pied du policier. Il n'avait pas volé ce qui lui arrivait, mais sa disparition rendait plus obscurs les motifs de son geste. Il ne pourrait apporter aucune explication à Eve. Il lui annoncerait seulement que son père était devenu un meurtrier, et que son devoir était de le retrouver et de l'interpeller.

– Mon Dieu ! s'exclama Le Taillan en entrant dans la pièce.

– Le Taillan, appelez-moi l'Identité judiciaire ! Je vais fouiller les étages supérieurs. Il n'a pas dû avoir le temps de s'enfuir ! dit Wuenheim en disparaissant dans l'encadrement de la porte.

Il opta pour monter directement au dernier étage. La seule issue était les toits. Les grandes jambes de Wuenheim grimpèrent quatre à quatre les escaliers, jusqu'au septième étage. Au-dessus du palier de la cage d'escalier, une trappe ouverte laissait deviner un grenier. Sans aucune hésitation, il sauta en l'air et parvint à enfiler un coude. Aidé par des abdominaux musclés, il tira l'ensemble de son corps au-dessus de l'ouverture. Il se retrouva dans une soupente haute de cinq bons mètres. Par chaque fissure, la pluie s'infiltrait dans le plancher avant de s'écouler dans les étages inférieurs. Wuenheim remarqua la longue poutre qui surplombait la pièce. Des tonneaux entreposés les uns sur les autres permettaient de l'atteindre. Peu désireux de jouer les équilibristes, Wuenheim se saisit d'une échelle en bois posée à même le sol et vint la coller contre le mur opposé, juste à côté de l'ouverture d'où la poutre gagnait l'extérieur. Lorsqu'il se retrouva enfin sur le bois détrempé, il aperçut pour la première fois Saint Hilaire qui, agrippé à la poutre, au-dessus du vide et sous la pluie, semblait paralysé.

– Saint Hilaire !

Le fuyard se retourna. Leurs yeux se croisèrent, l'un voyant le père de sa compagne, l'autre découvrant le séducteur de sa fille.

– Revenez Saint Hilaire ! intima-t-il.

Saint Hilaire se redressa agilement sur ses deux pieds. Il n'avait pas l'intention de s'expliquer. Un complot le visait tout particulièrement, et il ne pouvait faire confiance à personne. Il avança sur la poutre, décidé à se sauver.

– Stop ! ordonna Wuenheim en pointant son arme à feu vers le commissaire.

Saint Hilaire se retourna une nouvelle fois. Il lut dans le regard de son collègue que celui-ci n'utiliserait jamais son revolver contre lui. Il ne pouvait pas tuer ainsi le père de sa future femme. Saint Hilaire reprit son avancée, et disparut dans le grenier de l'autre immeuble. Wuenheim rangea rapidement son arme et décida d'imiter le fuyard. Malheureusement, les vingt mètres qui séparaient la poutre du sol réveillèrent son vertige congénital. Tremblant comme une feuille, il tenta cependant de poser un pied hors du toit. Il voulait le poursuivre. Il devait l'attraper. Mais la peur l'emporta sur sa volonté. Le vide l'attirait. Il ne pourrait aller plus loin sans tomber. Il resta là. Incapable d'avancer. Bloqué.

*

Saint Hilaire roula dans le grenier, tombant dans de vieux cartons. Sa veste se déchira dans le dos. Il mit quelques instants avant de s'extraire de l'amas d'immondices qui avait amorti sa chute. A l'extérieur, il entendait encore Wuenheim hurler son nom. Sans demander son reste, il se dirigea vers l'autre extrémité du bâtiment. Une fenêtre lui indiqua qu'il était à proximité de la cité de Londres. Le quartier devait être verrouillé par une cinquantaine de voitures de police. Rejoindre la terre ferme ne lui serait d'aucune utilité. Il devait se décider vite. L'immeuble serait bientôt investi par la horde de Wuenheim. Un cliquetis retentit aux oreilles du commissaire. Il reconnut le bruit familier d'un revolver et leva automatiquement les mains en l'air.

Poncey, en fin limier, avait choisi de couvrir les arrières en cas de fuite de l'un des protagonistes. Il tenait en joue le commissaire. Le canon de son arme n'était qu'à quelques centimètres du crâne de Saint Hilaire.

– Je ne le tenais pas en estime ! déclara Poncey, c'était un voyou, mais de là à le tuer...

– Je n'y suis pour rien ! répondit le commissaire. Tout ceci fait partie d'un plan élaboré pour me nuire.

– Bien sûr, monsieur le commissaire, fit Poncey avec ironie, vous verrez tout cela avec votre confrère, le commissaire Wuen...

Saint Hilaire balança un coup de tête en arrière qui atteignit le nez de Poncey. Une giclée de sang jaillit de ses narines comme un geyser. Le capitaine chuta en arrière. Par réflexe, son index s'agrippa à la gâchette de son arme. Le coup de feu partit. Saint Hilaire sentit comme un coup de poing le percuter à l'épaule. Il fut projeté contre le mur. Poncey, à terre, semblait sonné par la charge. Le pistolet, à même le sol après qu'il lui ait échappé, n'était qu'à quelques mètres du policier. Portant ses mains par réflexe à hauteur de son nez cassé, il vit, à travers ses doigts, Saint Hilaire qui touchait son épaule ensanglantée. Il profita de ce moment de faiblesse pour bondir sur son arme de service. Malgré sa blessure, le commissaire, voyant son assaillant tenter de reprendre le dessus, avança rapidement de deux pas et balança un coup de pied dans le torse du capitaine de police. Poncey roula à terre sans même avoir eu le temps d'attraper le revolver. L'épaule droite saignant abondamment, le commissaire s'empara du revolver de sa main gauche et s'engouffra dans la cage d'escalier, abandonnant le policier à ses gémissements. Il devait maintenant disparaître, se soigner et réfléchir... Comment riposter ? Comment contre-attaquer ? Un rapide état des lieux lui fit choisir sa route. Un seul endroit à proximité pourrait lui offrir le gîte dont il avait tant besoin. Et à coup sûr, son hôte serait surpris de la visite !

Chapitre Neuf

Lorsqu'elle ouvrit les yeux, Eve Saint Hilaire ne reconnut pas immédiatement la femme qui lui tournait le dos. Elle cligna plusieurs fois des paupières. Sur la table de chevet, elle aperçut la boîte de tranquillisants qui lui rappela le cauchemar qu'elle était en train de vivre. Elle eut du mal à maîtriser ses tremblements qui firent se retourner Irène Pupillin, qui la veillait depuis plus d'une heure.

– Ma chérie ! dit-elle en lui prenant la main, je suis désolée !

Eve esquissa un léger sourire mais aucun son ne parvint à sortir de sa bouche.

– C'est affreux ! Henri m'a tout raconté, et j'en suis encore bouleversée, avoua Irène Pupillin en portant un mouchoir à ses yeux.

Elle avait la cinquantaine éclatante. Toujours impeccablement coiffée, maquillée à outrance pour effacer les effets de l'âge, les ongles des doigts manucurés, très élégante, cette femme devait passer son temps à s'occuper d'elle. Elle n'avait jamais travaillé. Les revenus de son mari lui permettaient de vivre aisément, sans avoir le souci des fins de mois difficiles. Eve trouva la force de demander :

– Quelle heure est-il ?

– Midi passé, répondit Irène en l'aidant à s'asseoir contre son oreiller. Tu veux manger quelque chose ? J'ai ramené des petits gâteaux de Normandie. Je t'en sers quelques-uns avec une bonne tisane ?

Irène Pupillin se sentait l'âme d'une mère auprès de cette nouvelle orpheline.

– Je peux aussi te préparer des œufs au plat avec du bacon, si tu préfères...

– Merci, Irène, merci ! dit Eve pour la faire taire, je n'ai pas faim. Je crois que je n'aurai plus jamais faim.

– Ne dis pas des choses pareilles ! Il faut arrêter de broyer du noir. La vie nous réserve à tous des bons moments et d'autres moins agréables. Nous n'y pouvons rien. Comment crois-tu que j'ai pu me relever de la disparition de Jean-Marc ?

Les Pupillin avaient perdu leur fils dans un accident de la route, il y avait plus de vingt ans. Ni elle, ni son mari ne s'en étaient réellement remis. Henri gardait son chagrin au fond de lui, contrairement à son extravertie de femme.

– Rien ne sera plus jamais pareil pour toi. Et pourtant, la vie continuera ! Certes, la disparition de ta mère laissera un immense vide que tu ne pourras jamais combler. Mais un jour, tu reprendras goût à la vie.

Irène souffla dans son mouchoir, contrôlant ainsi son émotion.

– Tu sais, ma pauvre Eve, il m'arrive encore de culpabiliser d'être heureuse ! Mais c'est comme ça !

La jeune femme n'avait aucune envie de philosopher. Elle enchaîna :

– Où est Michel ?

– Il est retourné au travail.

Irène reprit peu à peu son calme.

– Ils vont l'arrêter, ma chérie, dit-elle pour la rassurer. Michel et Henri sont sur le pied de guerre. Ils vont arrêter ce salaud !

Une larme coula sur la joue d'Eve dont le regard se perdait dans le vide.

– J'ai toujours cherché à reporter la faute sur mon père, avoua-t-elle. L'hypothèse de l'enlèvement me paraissait impossible. Je pensais simplement qu'elle en avait eu marre d'attendre papa. Je l'ai rejeté. Il me fallait un coupable. Comme je me sens sotte à présent !

– Mais non ! Mais non ! la rassura son interlocutrice. Nous continuons à voir régulièrement Pierre et je t'assure qu'il ne t'en veut pas. Il aimerait tant te retrouver. Et c'est, je pense, ce que ta pauvre mère aurait souhaité.

Les deux femmes se regardaient maintenant droit dans les yeux.

– Il y a toujours quelque chose de positif à retirer d'un malheur. Pour toi, il est urgent que tu renoues avec ton père.

La sonnette de la porte d'entrée retentit. Irène se leva prestement et s'élança dans le couloir. Derrière la porte d'entrée, Henri Pupillin attendait patiemment qu'on lui ouvre. Il entra à l'invitation de sa femme et demanda à voix basse dans quel état se trouvait la jeune fille. Irène Pupillin le rassura en partie. Ils pénétrèrent ensemble dans la chambre où Eve se reposait. Le commissaire divisionnaire s'efforça de trouver les mots pour exprimer sa tristesse, et lui présenta ses plus sincères condoléances. Elle reprenait peu à peu du poil de la bête, ce qui n'étonnait guère madame Pupillin qui connaissait son caractère, et interrogea immédiatement le policier sur les suites de l'enquête.

– C'est pour cela que je suis venu, dit-il, je voulais te le dire personnellement. L'assassin de ta mère a été tué.

Le visage d'Irène marqua un temps de surprise. Eve resta de marbre. Aucune joie ne s'inscrivait sur ses lèvres. Le décès de sa mère était si récent que seule cette perte comptait pour elle. Elle n'avait pas encore nourri de sentiment de vengeance à l'encontre de son assassin. Henri Pupillin se racla la gorge.

– C'est ton père qui l'a tué.

Eve resta sans voix.

– Comment ? lança Irène, interloquée.

– Il a tué le lieutenant Caramany avec

le propre couteau qui a servi au meurtre de Marthe.

– Ça ne m'étonne pas de ton père ! Et il a eu bien raison !

Henri la fusilla d'un regard désapprobateur. Eve sortit de sa torpeur.

– Je veux le voir ! déclara-t-elle.

– Ce n'est pas possible ! répondit Pupillin, embarrassé.

– Pourquoi, Henri ? Je sais que tu peux donner les instructions nécessaires pour qu'on me laisse m'entretenir avec lui, juste cinq minutes !

Elle s'était redressée.

– Je dois m'excuser auprès de lui, et lui dire que je ne suis qu'une pauvre sotte. Tu comprends ? implora-t-elle.

– Ce n'est pas possible ! répéta le commissaire. Il s'est enfui après avoir commis le meurtre. Nous le recherchons à l'heure où je te parle.

Il jeta un œil à sa femme.

– J'ai mis tous mes hommes sur l'affaire. Et surtout je me suis évertué à ne leur répéter qu'une seule et unique consigne : ne pas faire usage de leur arme.

– Mais alors ! s'exclama Irène Pupillin, il risque d'aller en prison ?

Henri resta muet.

– Mon Dieu, le pauvre homme !

– Le juge d'instruction a délivré un mandat d'arrêt à son encontre. Toutes les polices de France vont être sur son dos, finit par ajouter Henri.

Eve rejeta les draps qui la recouvraient et bondit hors du lit.

– Que fais-tu, ma chérie ? interrogea la femme du commissaire divisionnaire.

– Je dois réparer ma faute, déclara Eve. J'ai un très bon ami avocat. Je vais lui demander de s'occuper de sa défense. Il faudra plaider la folie passagère ou le coup de sang.

La combattante renaissait de ses cendres. Elle venait de perdre sa mère, mais n'était pas prête à voir disparaître son père derrière des barreaux.

– Tu devrais te reposer, conseilla Irène.

– Je viens avec toi ! dit l'homme d'action qu'était Henri. Je témoignerai s'il le faut. J'attesterai qu'il n'était pas dans un état normal lorsque je lui ai annoncé le décès de Marthe.

La jeune femme et le vieux policier disparurent avant qu'Irène Pupillin ne s'en aperçoive. Laissée seule dans l'appartement, elle alla s'accouder à la fenêtre. Le temps était aussi sombre que ses idées. La tristesse qu'elle dissimulait devant Eve revint la torturer : de nouvelles larmes se mirent à couler.

Chapitre Dix

Les traits particulièrement troublés de son visage ne permettaient pas de donner un âge à cette dame toute de noir vêtue. Assise au bord de la table ronde recouverte d'un tapis vert de casino, elle tournait la tête dans tous les sens, le regard effrayé, comme si elle était agressée par quelques fantômes invisibles.

L'homme qui lui faisait face paraissait dans un tout autre état d'esprit. Sa silhouette, toute en rondeur, dégageait une impression de sérénité, renforcée par le halo lumineux qui l'enveloppait. En communion avec l'au-delà, il attendait une manifestation de sa boule de cristal, sur laquelle ses mains étaient posées.

– Alors ? interrogea la femme, impatiente.

– Chut ! souffla l'être en transe.

Elle trépignait sur sa chaise. A deux cents euros de l'heure, elle estimait être en droit d'attendre une réponse plus rapide de la part de cet homme qui semblait dormir. Soudain, une lumière jaune vint éclairer la boule de cristal tandis que le pied droit du devin jouait avec dextérité de trois pédales.

– Ils sont tous là ! finit-il par lâcher d'une voix étrange. Ils sont en colère !

Alors, devant les yeux éberlués et effrayés de la pauvre femme, l'homme entra dans de violentes convulsions, et accusa d'une voix nasillarde :

– Assassin ! Assassin ! Tu dois payer !

La femme se recroquevilla sur sa chaise, terrifiée.

– Pardonnez-moi ! implora-t-elle.

Elle semblait avoir perdu la raison. Les yeux du devin retrouvèrent leur calme, comme si de rien n'était.

– Ils veulent que je paye ! Mais comment rembourser des morts ? interrogea la folle. Je n'y peux rien s'ils ont tous brûlé dans mon hôtel !

– Il n'y avait pas d'extincteur, fit remarquer le mage, et les morts savent tout !

Elle se mordillait les ongles. Elle ne voyait aucune solution pour régler ses comptes.

– Attendez ! dit l'homme dans un éclair de malice. Je préside une association pour la préservation et la sauvegarde du Quartier Saint-Georges. Une contribution pourrait peut être calmer les esprits.

La pauvre femme parut réfléchir quelques instants. Puis d'un geste brusque, elle sortit son chéquier de son sac à main, et écrivit nerveusement un montant susceptible de contenter les pauvres disparus. Elle retira le chèque et le tendit au mage. Il en prit connaissance et ne put s'empêcher de manifester une certaine déception :

– Cinquante euros pour six morts ! Cela fait moins de dix euros pour une vie perdue à tout jamais !

Elle comprit que le compte n'y était pas. Elle reprit le chèque violemment, préférant oublier son avarice plutôt que d'affronter les revenants. Elle parut hésiter sur le montant qui conviendrait à calmer les six derniers clients de son établissement. Le mage se sentit pousser les ailes d'un conseiller.

– Deux zéros de plus, ce serait, je pense, satisfaisant !

La femme ne parut pas apprécier la remarque. Il appuya sur l'une de ses trois pédales cachées sous la table, et la boule de cristal se mit à briller de nouveau. Il feignit la surprise, reculant sur sa chaise. Elle n'hésita plus un instant et rédigea la somme demandée.

– Tout se passera bien maintenant, dit-il pour la rassurer.

La cliente se leva, partagée entre le sentiment d'avoir remboursé ses dettes et celui d'avoir été escroquée. Le mage resta assis comme s'il n'en avait pas terminé. Il toussa pour attirer l'attention de la pauvre dame qui semblait ne pas comprendre.

– Vous avez oublié... si je peux me permettre..., mes propres émoluments... reprit-il avec condescendance.

Cette fois en colère, elle plongea la main dans son sac et en extirpa deux billets de cent euros qu'elle jeta négligemment sur la table avant de se diriger vers la sortie. Comme à son habitude, l'homme ne toucha pas à l'argent, feignant de s'en désintéresser totalement, et se leva pour raccompagner la pauvre folle.

– Merci encore pour notre association de quartier, et n'hésitez pas à me contacter à nouveau s'ils reviennent vous déranger, dit-il mielleusement.

Un sourire de satisfaction se lut sur son visage tandis qu'il se frottait les mains. Un pincement à l'oreille gauche le fit aussitôt redescendre de son nuage. Saint Hilaire était apparu comme par magie dans son dos, pressant fermement le lobe du faux mage entre son pouce et son majeur.

– Dis-moi, Troplong, je n'ai jamais entendu parler de cette association... ? interrogea le commissaire.

– C'est que... C'est que..., balbutia l'homme sur la pointe des pieds, c'est que je ne l'ai pas encore créée. Je comptais le faire ce soir !

– Tu vois, j'ai épluché plusieurs fois tes comptes bancaires... Et je me suis toujours demandé comment tu arrivais à dissimuler l'argent que tu escroquais à tous les pauvres cinglés du quartier.

Le mage Troplong riait jaune.

– Pierre, il faut bien que je vive ! finit-il par répondre.

La mâchoire de Saint Hilaire se crispa. Il lâcha le mage pour tenir son épaule endolorie. Le sang perlait à travers sa chemise déchirée. Le teint blafard, il tomba lourdement sur le parquet du charlatan.

Les deux hommes se connaissaient depuis leur tendre enfance. Ils avaient partagé les mêmes bancs d'école dans le quartier. Cette amitié s'était distendue avec le temps : l'un avait choisi la police et une vie de famille quand l'autre avait préféré des chemins moins classiques. Le mage Troplong était une personnalité de la rive droite de Paris. Il avait dû son succès et sa renommée à une émission télévisée qui, durant les années quatre-vingts, l'avait laissé exercer ses dons de voyance en direct auprès d'un public acquis à sa cause. L'homme extravagant avait monté un cabinet de voyance sur les Champs-Elysées où les plus grandes stars étaient venues le consulter jusqu'au jour où l'une de ses prédictions se révéla complètement erronée. La personne lésée n'était autre que le numéro deux du ministère des Finances de l'époque. Il rendit la monnaie de sa pièce au mauvais conseil, par le biais d'une armée d'inspecteurs des impôts qui débarquèrent un beau jour dans le cabinet de voyance. Mis sur la paille, il abandonna les strass et la lumière pour dispenser ses bons conseils aux gens du peuple. Il monta un nouveau cabinet dans l'appartement de sa mère qui demeurait toujours à Pigalle. Cette dernière, voyant défiler chez son fils autant de manifestations de la détresse humaine, préféra quitter le monde des vivants quelques mois après son emménagement. Depuis, il demeurait seul dans cet appartement. Parfois, il accordait à de jeunes garçons rencontrés dans de sordides boîtes parisiennes, la faveur de passer la nuit avec lui dans le lit douillet de sa pauvre mère disparue.

Allongé sur un canapé violet, Saint Hilaire reprenait peu à peu ses esprits. Sa chemise mouillée avait été remplacée par un tee-shirt moulant noir, portant l'inscription en lettres roses « *love sex* ».

Il toucha son bras blessé et sentit un bandage entourer la plaie. Le mage Troplong installé dans un confortable fauteuil en cuir, le regardait tout en tournant une petite cuillère dans une tasse de thé.

– J'ai fait ce que j'ai pu ! fit-il en regardant la blessure. Mais la balle est à l'intérieur, il va falloir que quelqu'un s'occupe de ça !

Saint Hilaire tenta de se redresser pour s'asseoir. Il cligna des yeux et chercha à savoir si sa perte de connaissance avait duré longtemps.

– Tu as perdu conscience, il y a environ deux heures. Mais je ne me suis pas inquiété car tu ronflais comme un bienheureux.

Puis il tendit son bras encore valide pour montrer l'accoutrement qui avait remplacé sa chemise ensanglantée.

– Ne t'inquiète pas, je te passerai un pull pour le dissimuler.

– Où est mon arme ?

– Bien cachée dans de la porcelaine ! répondit Troplong en désignant du regard une soupière posée à proximité.

Saint Hilaire était dans le brouillard. Il se prit la tête entre les mains et ferma à nouveau les yeux. Comment en était-il arrivé là en moins de vingt-quatre heures ? Hier, il représentait son pays à un congrès en Italie et, aujourd'hui, il devait être recherché par toutes les polices de France.

– Tu veux un thé, Pierre ? demanda le mage en reposant sa tasse.

– Non, merci ! Sers-moi plutôt un verre de whisky.

– Tu as raison, nous avons besoin d'un remontant.

Il se leva pour prendre une bouteille dans un bar aménagé dans la commode en bois.

– Du quinze ans d'âge ! annonça-t-il fièrement. Cela devrait nous ragaillardir !

– Rien n'a changé chez ta mère, enchaîna le commissaire. J'ai l'impression de revenir quarante ans en arrière.

– J'aurais bien tout transformé, déclara le mage, mais j'ai trop peur que ma mère revienne d'entre les morts pour me poursuivre si je touchais à la moindre de ses affaires !

– C'est sûr ! Elle n'était pas commode, la vieille ! confirma Saint Hilaire. Enfin, tu ne risques pas grand-chose. Tu as autant de visions que j'ai de millions d'euros sur mon compte en banque, lâcha-t-il, sur un ton ironique.

– Tu n'as jamais voulu croire en mon pouvoir, dit Troplong en remplissant deux verres.

– Tu as raison sur ce point. Par contre, j'ai toujours cru en ta détermination à escroquer ton prochain ! sourit le policier en attrapant l'un des deux verres.

Ils trinquèrent. Troplong but une énorme gorgée, laissant juste quelques mesures pour être poli. La boisson lui donna du courage.

– Dis-moi, Pierre, commença-t-il, comment se fait-il qu'un commissaire de police pénètre dans mon appartement par la fenêtre des toilettes et s'écroule dans mon entrée avec une balle logée dans son épaule ?

Saint Hilaire but une seconde gorgée et posa le verre sur la table basse avant de répondre.

– Marthe est morte...

Le mage lâcha un petit cri particulier qui trahissait ses penchants.

– ... Elle a été assassinée.

La surprise passée, les yeux du mage réclamèrent encore des explications. Deux rasades d'alcool plus tard, Troplong était au courant de toutes les péripéties vécues par son ami, ces derniers mois. Saint Hilaire s'était gentiment prêté à cet exercice, moins pour satisfaire la curiosité de Troplong que pour synthétiser les événements et tenter de comprendre ce qui lui arrivait. Jouant cartes sur table, il avait cependant omis volontairement de parler de sa rencontre surprenante avec Monica Scalzo dans le Florence-Paris. Y avait-il vraiment un lien ? La question risquait d'attendre encore longtemps une réponse, faute d'avoir d'autre élément pour approfondir cette piste. Sa douleur à l'épaule le faisait souffrir. Tant que la balle resterait dans ses chairs, il aurait du mal à se concentrer pour élucider le meurtre de sa femme. Maintenant qu'il se savait hors de cause dans la disparition de Marthe, sa fille consentirait sûrement à l'aider. Il fallait absolument qu'il renoue des liens avec Eve. Elle pourrait être une alliée sur la piste des auteurs du meurtre de sa mère. En dépit de sa liaison avec Wuenheim, il devait arriver à la contacter sans que son confrère en soit informé.

Saint Hilaire ne mit pas longtemps à convaincre son « hôte » de téléphoner à sa fille pour fixer un rendez-vous. L'homme grassouillet était un fin calculateur. Rendre un service à un commissaire de police, c'était comme tirer un joker au poker. Ses activités litigieuses nécessiteraient forcément un jour ou l'autre que le policier lui renvoie l'ascenseur pour le sortir du pétrin. L'aider dans son enquête, c'était prendre une assurance sur l'avenir. Jointe alors qu'elle se trouvait dans la salle d'attente de son avocat, Eve avait commencé par marquer sa surprise devant la requête farfelue qui lui était faite. Troplong avait prétexté une apparition de sa mère dans sa boule de cristal. Elle désirait révéler à sa fille l'identité de son véritable assassin. Croyant à une plaisanterie de mauvais goût, elle avait commencé à menacer son interlocuteur de poursuites judiciaires. Pour la convaincre du sérieux de sa démarche, le mage lui avait donné des détails sur sa vie personnelle que seule une personne proche pouvait connaître. Intriguée par cet appel et désireuse d'innocenter son père, elle avait consenti à rencontrer le voyant en respectant les conditions imposées par sa défunte mère : être seule au rendez-vous. Eve n'était pas de nature craintive. Munie de sa bombe lacrymogène, elle saurait se défendre... L'important était d'explorer cette piste. Soit elle identifierait le tueur, soit elle démasquerait un charlatan.

Chapitre Onze

Eve ne mit pas plus de trois quarts d'heure pour rejoindre le cabinet de voyance. Repérant une plaque dorée portant le nom de Troplong et sa qualité de mage à l'entrée de l'immeuble, elle fut en partie rassurée. Ce n'était pas un piège ; peut-être un charlatan qui voulait profiter d'elle. Elle réajusta le tailleur gris qu'elle avait mis en hâte lorsqu'elle était partie chez son avocat. Acceptant de respecter les consignes du mage, elle avait abandonné le commissaire divisionnaire Pupillin, prétextant un rendez-vous oublié chez le médecin. Celui-ci n'avait pas protesté, pensant qu'une telle visite ne pourrait être que bénéfique à la pauvre enfant.

Lorsque la porte s'ouvrit, elle ne fut pas surprise de se trouver face à une caricature du personnage qu'elle s'attendait à voir. Troplong avait revêtu pour la circonstance une grande toge bordeaux, la tête enrubannée d'un foulard de soie bleu nuit. Le large décolleté de sa tunique laissait entrevoir une griffe de lion qui pendait sur sa poitrine. Eve se laissa diriger dans le couloir tout en serrant sa bombe lacrymogène dans la poche. Son instinct l'avertissait du danger. Troplong ouvrit la porte de la pièce où il consultait. Dans l'entrebâillement, la jeune femme aperçut la boule de cristal posée sur le guéridon. Le mage l'invita à entrer la première. Elle n'avait pas franchi la porte que celle-ci se referma, la faisant sursauter au moment même où elle découvrait le visage de son père qui se tenait debout, appuyé contre une commode.

– Papa ! lâcha-t-elle avec surprise.

– Chérie...

A peine avait-il fait le premier pas que sa fille bondissait dans ses bras, fondant en larmes. La tête blottie contre l'épaule de Saint Hilaire, elle déversa un flot d'excuses. Elle regrettait son silence, son mutisme. Il lui fallait un coupable et elle l'avait choisi. Elle implora son pardon. Elle ne voulait plus le perdre. Elle n'avait jamais imaginé que sa mère puisse être enlevée. Pour quelles raisons ? Dans quel but ? Pour elle, cette thèse était absurde. Elle avait cru que la seule explication possible tenait à l'absence quasi permanente de son père. Sa mère en avait eu assez, et avait fini par tout plaquer. Elle s'était trompée. Elle ne savait pas comment se faire pardonner.

Il lui tapotait dans le dos comme il le faisait lorsqu'elle n'était encore qu'une enfant. Il la réconfortait, entrecoupant ses excuses par des « ce n'est rien », « c'est normal », « je ne t'en veux pas ». Mais Eve continuait son chemin de repentirs. Elle expiait ainsi son comportement injustifiable. Enlaçant son père de ses bras, elle s'accrochait à lui comme si le destin pouvait le lui ravir d'une minute à l'autre. Puis, reprenant quelque peu ses esprits, elle l'informa de ses démarches auprès de son avocat pour assurer sa défense. Il fallait qu'il se rende. Michel Wuenheim était chargé de son interpellation. Elle ne pouvait mentir ni à l'un, ni à l'autre. Son avocat l'avait assuré d'un acquittement devant la cour d'assises s'il plaidait la démence passagère due à la colère. Il devait maintenant se livrer à la police. Elle ne voulait pas qu'il lui arrive malheur dans sa fuite. Elle voulait tout simplement reprendre le cours de sa vie avec un fiancé aimant et un père présent.

Saint Hilaire s'opposa obstinément à toutes ses demandes. Il dut se détacher d'Eve pour la fixer dans les yeux.

– Je n'ai pas tué le lieutenant Caramany ! dit-il sèchement.

Sa fille marqua un temps de surprise.

– Lorsque je suis arrivé sur les lieux du rendez-vous, il était déjà mort. On l'avait poignardé.

Eve resta sans voix.

– Comprends-tu ? demanda-t-il. Je suis tombé dans un piège. Je ne sais pas ce que l'on manigance, mais l'on cherche visiblement à nuire à ma personne..., ainsi qu'à toute ma famille !

Sa fille semblait décontenancée. Ces révélations innocentaient son père, mais laissaient apparaître que le véritable meurtrier de sa mère courait toujours dans la nature.

– Mais qui donc pouvait être au courant de votre rendez-vous ? s'inquiéta-t-elle.

– Je n'en ai aucune idée pour le moment, répondit Saint Hilaire. C'est pour cela que j'ai besoin de tes services.

Ils s'assirent tous les deux autour du guéridon. Sans le faire exprès, le pied d'Eve appuya sur l'une des trois pédales et la boule de cristal s'éclaira. Elle sursauta, puis comprit le mécanisme de la supercherie. Elle ne put s'empêcher d'en sourire. Saint Hilaire la regardait. Elle avait les mêmes yeux en amande que Marthe. Le sourire qui laissait apparaître une dentition parfaite, était la copie conforme de celui de sa mère. Comment avait-il pu les délaisser à ce point ? Pourquoi avait-il mis autant d'assiduité dans son travail ? Il regrettait maintenant d'avoir été trop consciencieux dans son métier.

– Que veux-tu que je fasse ? demanda la jeune femme.

– J'aimerais que tu retournes à l'Institut médico-légal. J'ai besoin que tu détermines exactement les causes de la mort de Caramany.

– Mais... je n'ai pas le droit de pratiquer cette autopsie. Tu es l'assassin présumé du lieutenant. Le procureur ne me laissera pas l'examiner car je serais alors juge et partie. Tu es mon père et je pourrais être soupçonnée de faire un rapport tronqué en ta faveur.

– Je ne te demande pas un examen légal ! précisa-t-il.

– Tu veux que je me rende hors-la-loi ?

– Ma chérie ! J'ai absolument besoin de savoir si Caramany est bien mort de ses blessures. Je pense que la scène a été montée de toutes pièces dans le squat. On l'a peut-être drogué ou saoulé pour le conduire sur les lieux de sa mort. Je dois donc absolument connaître les conclusions du médecin légiste.

– Il faut en parler à Michel, il nous aidera, affirma-t-elle dans un élan de sincérité.

– C'est hors de question ! s'insurgea le commissaire. C'est trop risqué ! Tous les indices me désignent comme l'auteur du meurtre de Caramany. Même si je suis ton père, Wuenheim appliquera le règlement et me placera en garde à vue le temps de l'enquête. J'ai besoin de rester libre car je suis le seul à pouvoir comprendre et résoudre cette affaire. Le couteau avec lequel je suis parti et qui a été accroché à la fenêtre du bureau du lieutenant n'a pas pu être utilisé pour le meurtre de Caramany...

Il sortit l'arme d'une enveloppe. Eve eut un mouvement de recul.

– Ton examen devrait normalement révéler que je n'ai pas pu tuer mon adjoint avec cette arme.

– Tu pourras donc reprendre ton enquête au sein de la police, dit-elle fièrement.

– Je l'espère, ma chérie ! répondit-il pour la rassurer. Mais je dois également te demander d'examiner une nouvelle fois ta mère...

Le regard d'Eve s'assombrit.

– Il faut absolument effectuer une comparaison entre la lame de ce couteau et les perforations faites dans le corps de ta mère. Je dois savoir si cet ustensile est bien celui dont s'est servi le tueur pour assassiner Marthe.

– Tu me demandes de planter un couteau dans le corps de maman pour savoir si c'est bien l'arme du crime ? énonça la jeune femme terrifiée.

Saint Hilaire fronça des sourcils.

– Je lui ai déjà découpé la tête à la scie électrique, coupé les côtes à l'aide d'une pince, et toi, tu me demandes maintenant de la poignarder !

Des larmes coulèrent sur ses joues.

– Je sais ce que tu as enduré depuis hier soir..., mais c'est le seul moyen de progresser dans cette enquête. Tu es la seule à avoir les compétences et l'accès libre à l'Institut médico-légal. Fais-le pour elle ! Pour qu'elle repose en paix !

On frappa trois coups. La porte s'ouvrit sans attendre une autorisation. Troplong portait un plateau sur lequel une théière et deux tasses étaient posées.

– Je vous ai fait un peu de thé ! dit-il de sa voix mielleuse. Cela vous donnera du courage avant l'opération !

– Mais quelle opération ? s'enquit la jeune femme.

*

Wuenheim ne décolérait pas. Cela faisait deux fois qu'il laissait échapper ses suspects. Caramany lui avait faussé compagnie dans les caves de son immeuble, et maintenant c'était au tour de Saint Hilaire de disparaître de la circulation. Comment avait-il réussi à passer à travers les mailles du filet ? La police cernait le quartier. Des policiers munis de jumelles guettaient sur les toits le moindre mouvement. Et pourtant le fuyard s'était évanoui dans la nature. Malgré sa blessure, il avait su déjouer tous les pièges tendus par ses services. Mais il ne pouvait aller bien loin avec une balle dans le corps. Il devait se terrer dans une cache pour panser ses plaies. A lui, le chasseur, de retrouver sa proie avant que celle-ci n'ait recouvré toutes ses forces. Wuenheim ne pouvait compter que sur lui-même pour mettre un terme à cette poursuite. L'indisponibilité de ses proches collaborateurs le laissait seul aux commandes. Poncey était parti se faire examiner le nez aux urgences de l'hôpital, et le commissaire stagiaire Le Taillan accompagnait le corps de Caramany à l'Institut médico-légal pour assister à son autopsie.

L'enquête était donc close. Mais la mort du lieutenant refermait ce dossier sans laisser d'explications à son geste. Michel Wuenheim n'était pas du genre à classer une affaire sans connaître les véritables motivations du meurtrier. Il ne lui restait qu'une seule piste à exploiter. Retrouver Mélanie Bouzy, celle qui avait déclenché toute cette procédure en portant plainte contre le lieutenant Caramany. Avait-elle été tuée par le policier ou avait-elle préféré fuir sachant l'homme dangereux ? La découverte de la mère d'Eve était-elle une simple coïncidence ou était-elle liée d'une manière ou d'une autre à la disparition de la prostituée ? Toutes ces incertitudes tourmentaient l'esprit du commissaire alors qu'il retournait dans son service. Muni de la photographie de la plaignante, il décida sans plus attendre d'effectuer un détour par les rues entourant la place Pigalle. Ce quartier de prédilection était l'endroit où Mélanie Bouzy proposait ses charmes.

Malgré l'heure tardive, la voiture du commissaire fut rapidement prise dans un bouchon à hauteur du boulevard de Rochechouart. Il profita de ce ralentissement pour s'enquérir de l'état de santé de sa bien-aimée.

– Allô ! dit la jeune femme en décrochant son téléphone portable.

– Eve ! Je suis content de t'avoir. Comment vas-tu ? demanda Wuenheim, soucieux.

Elle était dans l'incapacité de répondre correctement à son fiancé. Assise sur un tabouret, surplombant son père allongé sur le canapé violet recouvert d'un vieux drap usé, elle mettait en pratique ses connaissances en chirurgie pour extraire la balle qui avait pénétré dans le bras droit de Saint Hilaire. Ce dernier, après avoir refusé le thé préparé par Troplong, ne s'était pas fait prier pour ingurgiter deux nouveaux verres de whisky. Maintenant, il mordait à pleines dents une cuillère en bois de cuisine, grimaçant à la vue des deux couteaux que tenait sa fille pour charcuter son épaule. Eve, concentrée dans l'opération et ne pouvant s'arrêter, bloqua son téléphone portable dans son cou pour continuer la conversation.

– Ça va.

Elle hésita un temps.

– Me reposer m'a été bénéfique.

Saint Hilaire eut un rictus de douleur. Son visage en sueur ne cachait pas ses souffrances. Malgré ses principes, elle allait se résoudre à mentir à son bien-aimé. Son père était dans une telle détresse qu'elle se devait de l'aider. Peut-être qu'ensemble ils seraient capables d'interpeller le véritable meurtrier de sa mère. Elle aurait tout le loisir ensuite d'expliquer à Michel Wuenheim les raisons qui l'avaient conduite à lui mentir.

– Tu es à l'appartement ? demanda le chef de l'Inspection générale des services.

– Non, je suis allée voir mon avocat pour qu'il assure la défense de mon père lorsqu'il se sera rendu, et maintenant je suis chez mon médecin, mentit-elle.

– C'est bien ! Je vois que tu as déjà repris le dessus. Tu sais ? Je ne crois pas ton père capable de se livrer à la police...

Eve venait enfin de saisir la balle entre les lames des deux couteaux.

– Il le fera le moment voulu, j'en suis sûre ! répondit-elle en donnant un coup sec pour extraire le plomb des chairs meurtries.

Saint Hilaire lâcha un hurlement.

– Eve, que se passe-t-il ? interrogea Wuenheim.

– Ce n'est rien ! le rassura-t-elle. Je suis dans la salle d'attente. C'est un patient qui vient d'éternuer.

Troplong, qui était à ses côtés, essuya le front en sueur du policier. L'opération se déroulait sans autre anti-douleur que l'alcool ingurgité auparavant.

– Êtes-vous sur sa piste ? demanda Eve à toutes fins utiles.

– Non, pas le moins du monde ! répondit Wuenheim, désespéré. C'est à croire que ton père s'est volatilisé !

Eve, détestant mentir, préféra couper court à la conversation.

– Excuse-moi, chéri, mais c'est à mon tour. Le médecin est là. Je te rappelle un peu plus tard !

Redressant la tête, elle laissa glisser son portable à terre. Elle souleva délicatement les manches des couteaux de cuisine, réussissant à retirer le morceau de plomb qu'elle déposa sur un coin de table. Sans prendre le temps de faire une pause, elle s'empara d'une aiguille et d'une bobine de fil mises à disposition par le mage. Elle prévint son père que la douleur allait être encore plus désagréable. Saint Hilaire, à moitié conscient, enfonça de plus belle ses canines dans la cuillère en bois. Le sang s'écoulait en abondance et il fallait refermer la plaie au plus vite. Habituée à obstruer les ouvertures pratiquées dans les corps de ses cadavres, Eve exerça son art de couturière sur son père.

Wuenheim, incapable d'avancer dans le dédale de véhicules, préféra garer sa voiture sur le boulevard et continuer à pied. La pluie avait cessé avec l'arrivée de la nuit. Les égouts regorgeaient encore d'eau sale, et les caniveaux s'étaient transformés en ruisseaux déferlant largement sur la chaussée. Tandis qu'il avançait sur le terre-plein central du boulevard, il observait de part et d'autre les vitrines illuminées des sex-shops et autres boutiques érotiques qui grouillaient dans le quartier. Les enseignes clignotantes, les photos géantes de femmes dénudées, les publicités racoleuses attiraient le badaud en manque de satisfaction sexuelle. Très vite, il s'enfonça dans les ruelles mal famées qui conduisaient toutes jusqu'au sommet de la butte Montmartre.

Marchant lentement, les mains dans les poches, il dévisageait les nombreuses prostituées. Allant même parfois à se faire passer pour un client, il demandait tantôt à l'une, tantôt à une autre, si elles ne connaissaient pas une consœur du nom de Mélanie Bouzy. Soudain, au détour d'un passage coincé entre deux vieux immeubles, il sembla reconnaître la jeune femme au bras d'un homme. Le couple s'enfonça dans l'impasse et disparut dans la pénombre. Wuenheim ne fit pas l'erreur de les suivre. Il attendit, bien sagement dissimulé sous une porte cochère, que les deux amants d'un soir réapparaissent sous les lumières des lampadaires. Comme il l'avait prévu, l'homme ressortit seul quelques minutes plus tard. Mélanie Bouzy suivit peu après et se remit à aborder les touristes. Wuenheim s'avança auprès d'elle et la salua. Connaissant l'âge de la jeune femme, il fut surpris de voir comment l'alcool et la drogue pouvaient vieillir un visage bien avant l'heure. Elle annonça tout de suite la couleur. La fellation était à vingt euros et le reste à cinquante. Le commissaire ne tenta pas de négocier et accepta la première offre. Elle lui prit la main et l'emmena dans le passage où il l'avait vue disparaître avec le client précédent. La pénombre régnait dans la ruelle. Une odeur de friture s'évaporait d'un conduit et se mélangeait aux relents d'urine. Wuenheim ne laissa pas la prostituée s'agenouiller pour faire son office. Il sortit sa plaque et dévoila son identité. Elle crut au départ que le policier désirait une ristourne et lui proposa de le faire gratuitement pour ne pas avoir d'ennui. Le commissaire dut lui préciser les raisons de sa présence et lui rappela son passage éclair au commissariat pour porter plainte contre le lieutenant Caramany. Aux premières explications, il comprit qu'elle le mènerait en bateau s'il n'était pas plus persuasif. Il la menaça de la faire embarquer chaque soir par une patrouille de nuit si elle ne se mettait pas à coopérer immédiatement avec lui. La jeune femme, dont le soutien-gorge rose fluo dépassait largement de son chemisier, consentit finalement à expliquer les circonstances de sa plainte. Elle reconnut avoir menti et n'avoir jamais subi d'attouchement de la part de Caramany. Elle avait été contactée par un homme qui avait utilisé la même technique d'approche que Wuenheim. Se faisant passer pour un client, ils s'étaient enfoncés tous les deux dans l'impasse. Au contraire du commissaire, il avait profité largement des charmes de la droguée avant d'abattre les cartes de son jeu. La menaçant de poursuites si elle ne coopérait pas, il lui avait promis de croupir trois longues années en prison. N'ayant d'autre choix que d'accepter le marché, Mélanie Bouzy avait donc exécuté les ordres du client. Elle devait incriminer un certain Caramany, lieutenant de police, et l'accuser de viol. L'homme lui avait fait répéter plusieurs fois certains renseignements privés, comme la disposition des meubles dans son appartement pour accréditer les dires de sa déposition. Elle devait ensuite disparaître de la capitale, en contrepartie de quoi l'inconnu s'était engagé à annuler la procédure. Mais la droguée s'était retrouvée si rapidement en manque de came qu'elle était vite revenue sur son trottoir de prédilection, malgré l'interdiction qui lui en avait été faite. Wuenheim insista pour connaître le nom du maître chanteur. La prostituée semblait l'ignorer. Par contre, elle était sûre de sa qualité de policier. L'homme avait en effet enlevé son étui et son revolver de sa ceinture avant d'abuser gratuitement d'elle. Son porte-cartes était tombé de sa poche lors de leurs ébats et elle avait pu distinguer son insigne juste avant qu'il ne le reprenne. C'était donc un vrai policier ! Wuenheim aurait aimé avoir plus de précisions sur l'apparence physique de l'homme, connaître son âge, la couleur de ses cheveux. Mais la femme ne se souvenait pas de son visage. La ruelle était sombre, comme il pouvait le constater, et les clients nombreux. Le commissaire extirpa de sa poche le permis de conduire de l'intéressée, placé dans un sachet plastique, et lui demanda pour quelles raisons ce document avait été retrouvé sur le lieu d'un crime. Mélanie Bouzy parut affolée. Elle n'avait eu aucune mauvaise conscience à salir la réputation d'un flic pour éviter un séjour en prison. Mais de là à participer à un crime, çà, elle ne l'aurait jamais accepté. Elle jura son innocence à Wuenheim et expliqua qu'elle avait été contrainte de lui remettre le document sous la menace. Il n'insista pas plus. Elle semblait de bonne foi. Il lui remit sa carte de visite, et lui intima l'ordre de se présenter à l'Inspection générale des services le lendemain, pour établir une déposition. L'emmener maintenant était la désigner comme balance aux yeux du quartier. Il préféra la laisser retourner à son travail.

Les renseignements obtenus de Mélanie Bouzy lui suffisaient amplement pour développer une nouvelle théorie. Saint Hilaire était peut-être à l'origine de toutes ces manigances... Avait-il découvert une liaison amoureuse entre Caramany et sa femme ? Le commissaire avait alors imaginé cette fausse plainte pour nuire à son adjoint. La disparition de la prostituée allait automatiquement déclencher une perquisition au domicile du lieutenant. Entre-temps, il avait tué sa femme puis l'avait déposée dans la cave de Caramany. Le commissaire se vengeait ainsi de deux personnes différentes dans un même plan diabolique ! Si le cadavre n'avait pas été identifié, Caramany aurait été condamné pour le meurtre de Mélanie Bouzy et aucun lien n'aurait pu être fait entre cette affaire et le commissaire Saint Hilaire. Si lors de l'autopsie, l'identité de Marthe Saint Hilaire apparaissait, comme cela s'était réellement produit, Caramany passait pour un détraqué sexuel et un sérial killer avec la disparition dans la nature de Mélanie Bouzy. Tout ce qu'aurait pu dire l'officier de police pour sa défense n'aurait pas tenu, et il aurait croupi au fond d'une cellule pour une bonne vingtaine d'années. Ce que Saint Hilaire n'avait visiblement pas prévu, c'était l'évasion de son lieutenant... En fin connaisseur des salles d'audience, Saint Hilaire avait alors dû penser que les jurés de la cour d'assises, sensibles aux malheurs d'un pauvre commissaire de police, l'acquitteraient assurément. Un commissaire tuant l'assassin pervers de sa femme verrait sans aucun doute sa condamnation réduite au minimum, à l'unanimité des votants ! Saint Hilaire n'avait donc plus qu'à feindre un coup de sang à l'annonce du décès de sa femme, pour justifier l'assassinat de son officier en lui tendant un piège dans un squat, rue de Budapest.

Wuenheim était sous le choc de cette thèse qui semblait si bien coller à la réalité des faits. Mais comment pourrait-il faire part de ses doutes à Eve ? Elle venait d'endurer une terrible épreuve. Lui avouer ses pensées et incriminer son père dans le meurtre de sa mère était au-dessus de ses forces. Il se résolut à lui mentir pour lui éviter un chagrin supplémentaire. Lorsque le moment serait venu, et que Saint Hilaire serait passé aux aveux, alors et seulement alors, il l'en informerait. En attendant, il devait s'atteler à la poursuite de son propre « beau-père ».

*

Pierre Saint Hilaire avait une nouvelle fois perdu connaissance. L'aiguille perforant sa peau, le fil glissant dans chaque entaille en étirant ses chairs avaient eu raison de ses forces. Lorsqu'il se réveilla, sa vision n'était pas encore bien nette. Il se frotta les yeux pour apercevoir Troplong endormi dans un fauteuil qui lui faisait face. Son vieil ami avait sûrement voulu le veiller durant son délire. Il se releva non sans mal et sentit immédiatement une douleur à l'épaule droite. Son bras avait été nettoyé. Un large pansement recouvrait la plaie refermée. Sur la table basse qui le séparait du mage, des traces de l'opération subsistaient. Des ciseaux ensanglantés reposaient sur un morceau de coton, une bouteille d'alcool à 90° soutenait une bobine de fil noir. Son sang avait taché également quelques magazines disposés près de lui. Saint Hilaire s'essaya à la position verticale. Son équilibre restait précaire mais il réussit quand même à se stabiliser. Ses jambes musclées lui permettaient de se maintenir debout, même si le cerveau était encore embrumé. Un arrière-goût de whisky lui restait au fond de la gorge. Sa langue pâteuse était totalement déshydratée.

Affalé sur son siège, Troplong ouvrit un œil, puis bâilla en étirant tous les membres de son corps.

– Déjà remis ? demanda le mage.

Saint Hilaire ne prêta aucune attention à la question et demanda :

– Où est Eve ?

– Elle est partie, dès l'opération terminée. Elle était impatiente d'examiner le corps de Caramany, répondit-il. Tu as de la chance d'avoir une fille comme elle, ajouta Troplong sérieusement.

Le commissaire ignora cette réflexion de célibataire endurci.

– Où est la cuisine ? reprit-il, désireux de se rafraîchir.

– Au fond du couloir à droite.

Il quitta la pièce et longea le couloir au papier peint fleuri. Quelque chose clochait ! Il lui semblait avoir oublié un élément important de son enquête. Tout en traversant l'appartement, Saint Hilaire essayait d'identifier ce qu'il n'avait pas remarqué. Il cherchait dans son esprit un indice qui aurait dû le frapper. Son instinct de policier ne le trompait jamais. Ses yeux avaient détecté une information capitale que son cerveau n'avait pas reconnue. Il entra dans la cuisine. Sur un égouttoir métallique, il trouva un verre à pied. Il s'en saisit et le plaça sous le robinet. Reprenant mentalement son enquête depuis le début, il passa en revue tout ce qu'il avait appris au cours de ces deux dernières journées. Chronologiquement, il revit son voyage entre Florence et Paris, son arrivée à la gare, sa discussion avec le major Léognan et le gardien de la paix Sarras, puis l'annonce du décès de sa femme par son ami le commissaire divisionnaire Pupillin... Les images de sa fuite après avoir découvert Caramany poignardé dans le squat du Grec, la bagarre avec un policier de l'Inspection générale des services, et enfin son arrivée chez le mage Troplong défilaient dans son esprit en ébullition. Soudain, il lâcha le verre. Il se précipita dans la salle d'attente et se jeta sur les magazines qui jonchaient la table basse. Il les feuilleta nerveusement un à un. Troplong se redressa sur son siège pensant que son ami délirait à nouveau. Méticuleusement, le commissaire jetait au sol les magazines épluchés. Son attention se porta sur la couverture d'une dernière revue qui restait encore sur la table basse.

– C'est elle ! lâcha-t-il.

Chapitre Douze

Elle tapait nerveusement du pied. Eve Saint Hilaire venait de rentrer le code confidentiel dans son ordinateur, et attendait avec impatience que le logiciel de l'Institut médico-légal la laisse accéder aux dossiers des personnes autopsiées. Après avoir quitté le cabinet de Troplong et abandonné son père en plein délire, la jeune femme avait foncé directement en taxi sur son lieu de travail. Elle était entrée discrètement par une issue de secours qui jouxtait son bureau. Quand elle accéda enfin à la page d'interrogation de son serveur, elle tapa les lettres C.A.R.A.M.A.N.Y. sur son clavier et, en un instant, le dossier s'afficha sur l'écran. La pièce restait dans le noir. Eve ne désirait pas signaler sa présence.

L'autopsie avait été réalisée par l'un de

ses collaborateurs quelques heures auparavant. Elle fit défiler l'identité complète du policier tué pour lire directement les conclusions de son collègue. Les causes de la mort étaient surlignées en rouge : *le décès est dû à une perte importante de sang causée par la perforation de l'artère fémorale, du poumon droit et du cœur*. Eve cliqua ensuite sur le sous-dossier : *analyses*. Aucune trace de poison n'avait été détectée dans le sang de l'officier de police, pas plus que la présence d'alcool, de produits stupéfiants ou de somnifères. Ces conclusions contredisaient la thèse de son père. Caramany avait certainement été tué sur place. Il n'y avait pas eu de mise en scène.

Une clef tourna dans la serrure. Eve appuya sur la touche *échap* et la fiche de renseignement disparut de l'écran. Une femme de ménage enfonça la porte brutalement tout en tirant un aspirateur. Elle poussa un cri de surprise lorsqu'elle alluma la lumière. Eve la rassura immédiatement. Elle se leva aussitôt et bafouilla une excuse avant de sortir du bureau. Elle se faufila dans le couloir sans être vue de personne, et s'engouffra dans la cage d'escaliers qui devait la conduire au sous-sol. Elle pressa son allure, désirant ne pas être remarquée. Elle devait rester méfiante. Malgré l'heure tardive, il était encore possible de rencontrer dans le bâtiment un médecin légiste, voire un policier. Les accidents mortels de la circulation et les meurtres ne manquaient pas à Paris. Les lumières de l'Institut médico-légal restaient bien souvent allumées, très tard dans la soirée.

Les corps des victimes étaient tous entreposés dans une chambre froide composée d'une dizaine de tiroirs réfrigérés, intégrés dans la structure d'un pan de mur. La pièce semblait déserte. Eve fut rassurée et se dépêcha d'entrer. Une fois à l'intérieur, elle ressentit une légère appréhension. Sa mère était dans l'un de ces compartiments mortuaires. Les images de son autopsie l'obsédaient sans cesse et pourtant elle s'apprêtait à recommencer l'opération. Le temps pressait. Elle devait examiner sa mère mais également le lieutenant Caramany. Courageuse, elle décida de commencer par le plus éprouvant pour elle. Elle mit quelques secondes à trouver le tiroir portant l'étiquette *Marthe Saint Hilaire.* Elle posa la main sur la poignée mais fut comme paralysée par la peur de revoir sa mère. Une douleur se fit sentir au creux de l'estomac. Son pouls s'accéléra. Une larme coula sur son visage. Elle essaya de respirer lentement pour calmer ses battements de cœur. Enfin, dans un grand geste, elle fit glisser le bac métallique. Marthe Saint Hilaire apparut nue, blanche et immobile comme une statue. Elle n'était pas dans l'état où elle l'avait abandonnée. Un préparateur avait recousu toutes les entailles pratiquées par Eve lors de l'autopsie. La peau entourant la tête avait été refermée sur le crâne et une longue cicatrice verticale rassemblait les deux parties du tronc. Eve restait debout, les bras ballants, se recueillant devant cette dépouille dont le visage défiguré par les morsures des rats n'avait pu être réparé par le chirurgien. Elle pleurait. Elle ne reconnaissait pas dans ce corps l'apparence de celle qui avait été sa mère. Ce n'était qu'un cadavre et pourtant ! C'était bien Marthe Saint Hilaire qui gisait devant sa fille.

Cela ne servait à rien de rester plus longtemps devant ce spectacle morbide. Tandis que ses larmes continuaient de couler, elle sortit de son sac le couteau que lui avait remis son père. Elle lâcha à voix haute un « pardonne-moi, maman », puis choisit une perforation nette qui avait été faite dans le bas-ventre de la pauvre défunte. Elle approcha la lame de l'entaille redoublant de pleurs, puis l'enfonça doucement. Eve poignardait sa mère. Le premier test était concluant, elle retira le couteau des chairs et l'essaya une nouvelle fois. Elle pénétra par une autre ouverture dans le muscle de la jambe gauche. La taille de la lame était identique en largeur et en longueur aux dimensions de la blessure. L'arme était bien celle dont on s'était servi pour tuer sa mère. Elle essuya la lame avec un kleenex. Le sang de sa mère s'imprégnait sur le mouchoir, dessinant un semblant de rose fanée sur le tissu. Quelques larmes vinrent se mêler à ce curieux dessin. Elle renouvela une nouvelle fois ses excuses à sa mère avant de repousser délicatement le tiroir qui se fondit dans le mur d'acier.

Eve appuya son dos contre les compartiments et prit une grande respiration. Le plus dur était fait. Elle venait de vérifier que l'arme découverte accrochée à la fenêtre du bureau de Caramany était bien celle qui avait servi à tuer sa mère. Mais la torture n'était pas encore finie. Elle devait maintenant passer au meurtrier présumé de Marthe. Tenant toujours le couteau dans sa main, elle se remit en quête du cadavre de Caramany. Cette fois-ci, elle tira avec beaucoup moins d'appréhension le tiroir métallique qui contenait l'officier de police. Lui aussi était nu. Son corps, tout comme celui de Marthe, avait été recousu après l'autopsie. Seules les entailles pratiquées par l'assassin restaient ouvertes. Le bel athlète n'était plus que l'ombre de lui-même. Ses muscles, dépourvus de vie, s'étaient affaissés. Quelqu'un ne le connaissant pas de son vivant aurait pu croire qu'il avait eu de l'embonpoint. Eve ne s'arrêta pas à ces détails. Elle testa la lame de son couteau dans une première blessure, avec un certain plaisir même si sa culpabilité était devenue discutable au regard des derniers événements. Ses nerfs à cran lui auraient volontiers permis de se défouler sur le cadavre si son désir d'aider son père n'avait pas été prioritaire. A sa grande surprise, le premier essai fut concluant. Le couteau aurait très bien pu être à l'origine de cette entaille. Doutant de ce résultat, elle renouvela son expérience à trois reprises dans trois autres perforations différentes. A chaque fois, l'examen se révéla positif. Comment était-ce possible ? se demanda la jeune femme. Cela signifiait que le tueur devait connaître l'emplacement de la cachette du couteau. Il avait dû le prendre en pleine nuit, tuer Caramany puis le ramener dans sa cachette originale, avant que le personnel du commissariat ne prenne son service. Tout ceci paraissait impossible ! Il fallait qu'elle prévienne son père de cette découverte. Il serait peut-être plus à même de rassembler les pièces du puzzle. Elle frissonna.

La pièce n'était pas chauffée et le froid qui se dégageait du tiroir l'agressait directement. Avant de refermer une dernière fois le corps dans son cercueil temporaire, son attention fut attirée par une légère tâche bleutée au niveau de la pomme d'Adam. Elle examina la marque après avoir pris le temps d'enfiler soigneusement un gant en caoutchouc. Un coup de poing, voire même une manipulation un peu sèche du médecin légiste auraient pu en être la cause. Eve Saint Hilaire, méticuleuse et consciencieuse, décida de pratiquer une ouverture de la gorge pour éliminer toutes les hypothèses possibles. En l'absence de scalpel et pour ne pas avoir à retourner dans son bureau, elle décida d'opérer avec le couteau qui était en sa possession. Malgré l'importance de la lame, elle réussit à inciser proprement le cou de l'officier de police. Elle écarta les chairs et chercha à comprendre les causes du bleuissement de la peau à cet endroit précis. Très rapidement, elle ne put réprimer un « mon Dieu ! » de surprise. Le larynx était complètement écrasé. Tout portait à croire que le cou avait subi un étranglement. Son père avait donc raison. Le lieutenant Caramany avait d'abord été victime d'une strangulation. Puis, on lui avait probablement perforé le corps avec l'arme qui se trouvait au commissariat dans le but de tendre un piège à son père.

Eve simula avec ses mains la pression que l'officier de police avait dû subir avant de décéder. Jouant avec ses doigts, elle conclut, d'après les dégradations internes de sa gorge, que Luc Caramany avait été tué par derrière. Cela étant, elle était capable de déterminer si le meurtrier était droitier ou gaucher en examinant les traces de pressions laissées sur le corps par les pouces de l'assassin. Pour ce faire, elle retourna le cadavre tant bien que mal, utilisant les techniques apprises au cours de sa formation pour basculer le corps sur le côté. Deux enfoncements se trouvaient bien à la base du cou juste au-dessus des omoplates. Les pouces s'étaient appuyés à cet endroit pour permettre aux autres doigts du tueur de serrer la gorge de la victime. L'examen ne prit que quelques secondes. L'homme qui avait imaginé toute cette mise en scène était gaucher.

Des pas retentirent dans le couloir. Eve sursauta. Le corps qu'elle tenait sur un côté retomba lourdement sur le dos écrasant ainsi le couteau resté sur la table métallique. Elle n'avait plus le temps de soulever le cadavre pour retirer le couteau. Elle repoussa des deux mains le tiroir qui s'enfonça dans le mur au moment même où la porte d'entrée s'ouvrit.

Le commissaire stagiaire Le Taillan, accompagné du gardien de la paix Sarras, parurent surpris de tomber nez à nez avec le médecin légiste. Tout le monde était au courant de l'autopsie qu'elle venait de pratiquer sur sa mère. On ne pouvait décemment l'imaginer qu'accablée de chagrin, ailleurs que dans ce lieu sinistre. La jeune femme restait prostrée près des compartiments à cadavres. Le Taillan se sentit obligé d'entamer la conversation.

– Madame Saint Hilaire... vous... vous vous sentez bien ?

– J'ai tenté de regarder son visage mais je n'ai pas eu le courage d'ouvrir le tiroir, mentit-elle en reniflant.

Ses yeux rougis par les larmes versées auparavant aidèrent la jeune femme à convaincre les deux arrivants.

– Je voudrais voir le salaud qui a tué ma mère ! dit-elle méchamment en regardant les policiers.

– Ecoutez ! répondit Sarras, un peu hésitant. Croyez-vous que cela soit une bonne chose de voir le corps de l'assassin de votre mère ?

– J'en ai besoin ! Je veux le voir. Il n'a eu que ce qu'il méritait ! lança-t-elle en bonne comédienne.

– Est-ce que le commissaire Wuenheim est au courant de votre démarche ? interrogea Le Taillan, craignant la réaction de son chef.

– Je vous en prie ! supplia-t-elle en s'approchant du commissaire stagiaire, je suis venue ici pour me recueillir devant ma mère.

Une larme glissa à point sur l'une de ses joues.

– ... Le commissaire Wuenheim n'est pas informé de ma présence ici, ne lui dites rien, s'il vous plaît.

Les deux hommes étaient subjugués par la beauté du visage d'Eve. La tristesse de certaines femmes les rendait encore plus désirables aux yeux des hommes. Eve faisait partie de cette catégorie. Comme hypnotisé, le commissaire stagiaire accepta la présence du médecin légiste pendant leur opération. En effet, le corps de l'officier de police devait faire l'objet d'une identification formelle. Sa famille demeurant en province, il avait été demandé qu'un fonctionnaire de police du commissariat Saint-Georges soit désigné pour venir reconnaître son malheureux collègue. Le major Léognan, ne désirant pas quitter le 9e arrondissement à l'heure du dîner, avait sans hésitation envoyé son adjoint, Yvan Sarras, pour exécuter cet office.

C'était la première fois que le gardien de la paix rencontrait la jeune femme. La renommée de sa beauté était arrivée jusqu'à lui mais il ne l'imaginait pas aussi attirante.

Sa silhouette fine, ses longues jambes et ce regard perçant le troublaient. Ils se placèrent l'un en face de l'autre autour du tiroir que le commissaire stagiaire s'apprêtait à ouvrir.

– Prête ? lança-t-il à destination du médecin légiste.

Elle renifla une fois puis lui fit signe de la tête. Il tira avec force sur la poignée. Le cadavre de Caramany réapparut. Eve le scruta avec attention. Elle cherchait à détecter si une partie du couteau dissimulé ne dépassait pas de sous le corps. Une certaine tension la secoua de légers spasmes que les deux policiers mirent sur le compte de la découverte du meurtrier de sa mère. Sarras regardait toujours la jeune femme, plus intéressé par ses formes que par le corps sans vie qui lui était présenté.

– Alors ? interrogea Le Taillan, pour détourner le gardien de la paix de ses fantasmes.

Le policier baissa la tête.

– C'est bien lui ! dit-il simplement.

Lui aussi paraissait perturbé. La vue de son ancien collègue semblait lui rappeler qu'il exerçait un métier dangereux.

– C'est bizarre ! murmura le commissaire stagiaire. J'ai assisté personnellement à l'autopsie et je ne me souviens pas avoir vu votre collègue pratiquer une ouverture au niveau de la gorge ! dit-il à l'attention d'Eve.

La jeune femme semblait embarrassée. Pourtant elle répondit du tac au tac.

– Cela n'a rien d'étonnant. Les causes de la mort étant plus que faciles à déterminer, le médecin légiste qui vous a accompagné a peut-être oublié un prélèvement obligatoire. Il sera revenu un peu plus tard pour l'effectuer..., proposa-t-elle avec aplomb.

Les deux hommes parurent gober l'excuse inventée en un temps record par la jeune femme. Pour ne pas avoir à en dire plus, Eve sortit un mouchoir en papier de sa poche et le porta à ses yeux. Lorsqu'elle releva la tête, son regard rencontra celui de Sarras. L'enquêteur au crâne rasé semblait lui porter un vif intérêt. Elle fit comme si elle ne le remarquait pas.

– Monsieur le commissaire, dit-elle de sa voix la plus douce, avez-vous fini ?

– Eh bien, je crois qu'il n'y a aucune ambiguïté ! Il ne me reste plus qu'à faire signer mon procès-verbal à monsieur Sarras, répondit-il en repoussant le tiroir dans le mur.

Sous prétexte de se recueillir devant le corps de sa mère, Eve demanda à rester seule. Les deux hommes adoptèrent une expression grave comme l'auraient fait deux croque-morts et se retirèrent de la pièce, non sans avoir présenté leurs condoléances à la jeune femme. Une fois seule, elle retira le couteau encore caché sous le corps de Caramany et le glissa dans son sac. En fouillant dans les placards de la salle, elle trouva le matériel nécessaire pour recoudre l'entaille qu'elle venait de réaliser sur le cou du policier. Les traces de son passage ainsi effacées, il ne lui restait plus qu'à quitter discrètement l'Institut médico-légal. Son père serait probablement surpris de ses découvertes. Mais en dissimulant autant de nouveaux indices à son fiancé, elle prenait le risque de détériorer leur relation. Si son père n'avait pas été aussi catégorique, elle aurait couru rejoindre son bien-aimé pour l'en informer. Pourtant, elle décida de respecter les consignes du commissaire Saint Hilaire. La soirée était déjà bien avancée, elle ne pouvait plus rien faire pour le moment. Elle décida qu'il était temps de rentrer. Plutôt que d'aller chez elle, elle préféra retourner chez Michel Wuenheim. Maintenant, elle allait devoir affronter ses propres cauchemars. S'endormir seule l'effrayait. Une présence à ses côtés ne serait pas de trop.

Chapitre Treize

Saint Hilaire avait radicalement changé de look. Dans la garde-robe de Troplong, il avait opté pour une grande veste kaki. Grâce à une capuche bordée de fourrure, il réussissait à dissimuler son visage aux caméras qui surveillaient les couloirs du métro. Il avait préféré laisser l'arme du capitaine Poncey dans la soupière du mage pour éviter tout incident, en cas de contrôle d'identité fortuit dans la rue. Comme à son habitude, son pas était rapide et décidé. Pour la première fois, la chance venait de lui sourire. Le destin, qui ne l'avait pas épargné depuis son retour à Paris, semblait s'éclaircir enfin, tout comme les conditions climatiques.

Les ressources du cerveau humain l'avaient toujours étonné. Sans en être conscient, son esprit avait analysé chaque détail de la salle d'attente de son ami, enregistrant toutes les photographies des journaux mis à disposition des clients sur la table basse. Un long travail de comparaison s'était alors mis en place dans les méninges du policier. Chaque image avait été décortiquée puis analysée. Le résultat ne s'était pas fait attendre. Sur la couverture d'un magazine *people*, le portrait de Monica Scalzo s'affichait gracieusement. L'annonceur était une agence de location de mannequins pour des soirées privées. L'encadré du journal confirmait au commissaire que tous ces événements étaient bien liés entre eux. Dans quel but avait-on engagé Monica Scalzo ? Pourquoi lui avait-on demandé de le séduire dans le train Florence-Paris ? Voilà les questions auxquelles Saint Hilaire comptait bien obtenir des réponses.

La publicité indiquait un numéro de téléphone disponible sept jours sur sept, vingt-quatre heures sur vingt-quatre. Le policier avait sollicité un dernier service du mage en lui demandant d'appeler ce numéro. Ne sachant pas qui serait au bout du fil, Saint Hilaire ne désirait prendre aucun risque pour préserver son anonymat. Troplong, toujours partant pour jouer la comédie et participer aux enquêtes de son ami policier, se fit passer pour un riche homme d'affaires allemand, désireux d'être accompagné pour sortir au restaurant. Il fit part de ses exigences d'après la description que lui avait faite Saint Hilaire de Monica Scalzo. L'interlocutrice à la voix suave lui avait demandé de patienter quelques instants, le temps qu'elle ait confirmation que la jeune femme correspondant aux critères demandés soit disponible. Au bout de quatre ou cinq minutes, la charmante voix donna une réponse positive. Elle demanda où le mannequin devait le rejoindre et réclama un paiement immédiat par carte bleue. Les yeux de Troplong sortirent de leurs orbites en entendant le tarif pratiqué. Saint Hilaire lui demanda par signes d'utiliser sa propre carte de crédit. Méfiant à l'égard des gens qui étaient derrière toute cette affaire, le commissaire préférait ne pas être démasqué par les numéros de sa carte de paiement. A contrecœur, le mage énonça la série de chiffres qui se trouvaient sur sa carte. Une fois le transfert d'argent effectué, la femme au bout du combiné reçut pour instructions d'envoyer son employée au restaurant de l'Hôtel Palazio, rue de Rivoli, pour 22H00, et de demander la table réservée au nom de monsieur Troplong.

Lorsqu'il sortit de la bouche de métro à la station des Tuileries, Saint Hilaire fut surpris par le flot de voitures qui circulaient encore rue de Rivoli. Derrière lui, l'accès au jardin était déjà fermé. Pressé par le temps, il préféra risquer de traverser les quatre voies en sens unique plutôt que de marcher sur deux cent mètres pour emprunter un passage piéton. Deux véhicules le klaxonnèrent vigoureusement avant qu'il n'atteigne le trottoir opposé. Une fois sous les arcades de pierres qui protégeaient les badauds ébahis devant les vitrines des bijouteries, Pierre Saint Hilaire ralentit son pas pour observer la situation. Il n'était plus qu'à quelques mètres de l'Hôtel Palazio et ne voulait surtout pas se faire prendre à son propre jeu. Il désirait par-dessus tout créer un effet de surprise et profiter de cet avantage. Mais son plan ne pouvait fonctionner que si la personne envoyée par l'agence de mannequins était bien Monica Scalzo. Cette société avait peut-être à disposition des dizaines de jeunes femmes prêtes à se vendre pour distraire les riches hommes d'affaires esseulés qui peuplaient la capitale. Saint Hilaire décida d'attendre derrière une colonne d'où il pouvait sans problème espionner le voiturier de l'hôtel. Une femme qui devait plaire et assurer un service de qualité ne pouvait arriver autrement qu'en voiture.

A 21H55, un luxueux taxi noir vint s'arrêter devant le palace. Dans sa tenue rouge, l'employé de l'établissement ouvrit la portière arrière de la berline et s'inclina légèrement. Une jeune femme élégante en descendit gracieusement et adressa un sourire ravageur, en guise de pourboire, au voiturier qui sembla s'en contenter. Saint Hilaire ne reconnut pas immédiatement celle qui l'avait tant charmé dans le compartiment du train. Le chignon avait disparu pour laisser place à une crinière blonde. Sa robe de soirée et le collier de perles qu'elle portait avec grâce avaient fait disparaître la simplicité naturelle qui avait tant subjugué Saint Hilaire à leur première rencontre. Elle paraissait plus grande que dans ses souvenirs. Monica Scalzo était perchée sur de hauts talons aiguilles qui ne la gênaient aucunement pour marcher. Il resta à contempler son déhanché jusqu'à ce qu'elle disparaisse dans l'établissement. Saint Hilaire préféra attendre cinq minutes supplémentaires. Il voulait qu'elle se languisse, qu'elle s'impatiente. Le choc ne serait que plus rude. Enfin, il se décida à entrer.

L'immense hall de l'hôtel regorgeait de personnel s'affairant à des tâches aussi diverses qu'inutiles. Un escalier monumental de marbre rose conduisait à la réception des chambres. En bas, une jolie hôtesse accueillit le commissaire par un « welcome » typique de ces établissements à clientèle anglosaxonne. Il se fit conduire devant un comptoir en chêne massif. Il annonça sa réservation au nom de Troplong et aussitôt un homme en queue-de-pie le devança jusqu'à la salle de restaurant. Quatre peintures bibliques décoraient les hauts plafonds et une multitude de dorures recouvraient les murs. Des tables rondes plus ou moins grandes étaient disposées dans la pièce. Des plantes et des éléments de décoration permettaient à chacune de préserver une certaine confidentialité. Tout en s'effaçant devant Saint Hilaire, le maître de rang tendit le bras en avant pour désigner la table réservée. En le découvrant, la jeune femme transperça le policier du regard. Celui-ci retrouvait dans ses yeux surpris et furieux tout l'éclat qu'il en avait gardé en mémoire. Le sourire crispé, le commissaire s'assit face à sa charmante « escort-girl » sans lui demander la permission. Monica Scalzo paraissait embarrassée par cette rencontre impromptue. Saint Hilaire attaqua d'emblée :

– Si j'avais su qu'on désirait me payer une pute pour distraire mon voyage, j'en aurais peut-être mieux profité ! dit-il en oubliant les formules de politesse d'usage. Vous pourriez peut-être me dire qui je dois remercier d'une telle attention ?

– Ne soyez pas grossier, s'il vous plaît ! répliqua-t-elle en colère.

– Qu'auriez-vous fait si j'avais accepté vos avances ? dit Saint Hilaire pour démontrer ses propos.

– Cela ne vous regarde pas ! C'est personnel et beaucoup plus compliqué que cela paraît.

– J'ai tout mon temps ! sourit le policier. Je suis venu exprès pour entendre vos explications.

Monica Scalzo, visiblement nerveuse, se leva promptement.

– Je n'ai rien à vous dire ! Laissez-moi tranquille !

Saint Hilaire lui attrapa le poignet droit et exhiba sa carte de police. La femme parut surprise. Ce n'était plus à un homme perdu qu'elle avait affaire mais à un commissaire de police bien décidé à élucider le mystère.

– Vous allez bien sagement vous asseoir ou je téléphone à mon confrère des mœurs pour qu'il se penche sur votre petite agence de location ! menaça-t-il.

La jeune femme ne se fit pas prier. Elle se rassit, gardant intacte toute son agressivité.

– Tout flic que vous êtes, vous allez arrêter de me traiter de prostituée !

La colère rougissait les joues de la belle blonde.

– Je ne couche jamais avec les clients ! s'insurgea-t-elle.

– Quelle était votre mission me concernant ?

– Pour vous, c'était spécial, avoua-t-elle, c'est un détective privé qui m'a embauchée.

Saint Hilaire parut surpris de la réponse. Elle poursuivit :

– Il arrive quelquefois qu'ils aient recours à nos services pour obtenir des renseignements.

– Mais je ne vous ai rien dit d'important ce soir-là ! répondit-il sans comprendre.

– Et pourtant j'ai amplement rempli ma mission, lâcha-t-elle.

Le maître de rang arriva sur ces entrefaites pour leur proposer les suggestions du jour. Le couple ainsi formé écouta sagement l'énoncé des plats. Monica Scalzo opta pour une sole et Saint Hilaire pour une pièce de bœuf. Avec l'accord de la jeune femme, le policier pencha en faveur d'un bourgogne rouge pour agrémenter le repas. La tension semblait redescendue d'un cran. Le décor et les saveurs n'étaient pas propices à l'affrontement. Le commissaire comprit rapidement que la jeune femme était prête à parler.

– Je ne comprends toujours pas ce que vous avez appris de moi durant le voyage, dit-il, pour revenir au sujet qui le préoccupait.

La jeune femme se pencha sur la table, approchant un peu plus son visage de celui de son interlocuteur.

– Je devais savoir si vous étiez toujours amoureux de votre femme...

Saint Hilaire fut saisi par cette révélation. Qui pouvait tirer profit d'une telle information ? Comment ce renseignement avait-il été exploité au cours des événements récents ? Et par qui ? Les questions se pressaient au sortir de sa bouche.

– Je n'en sais rien ! Je n'en sais rien ! C'est le détective qui m'a embauchée qui est le seul capable de vous donner toutes les réponses, essaya-t-elle de le convaincre. Je ne connaissais même pas votre profession ! Pensez-vous que si je l'avais sue, j'aurais accepté la mission ?

Le commissaire ne savait quoi penser. Les pièces du puzzle étaient trop nombreuses. Bien souvent, à force d'enquêter, les indices parvenaient petit à petit à s'emboîter pour délivrer la solution de l'énigme. Mais cette fois-ci, aucun lien ne surgissait entre les différents éléments déjà recueillis. Un serveur, portant un torchon blanc impeccable sur le bras, vint déverser quelques centilitres de vin dans le verre de Saint Hilaire. Le policier trempa ses lèvres dans le nectar. Il fit un signe positif de la tête invitant le sommelier à remplir leurs verres. L'homme disparut, sitôt sa mission accomplie.

– Qu'avez-vous dit exactement au détective après notre rencontre ? poursuivit le commissaire.

Monica prit une voix douce pour répondre.

– J'ai dit que vous n'aviez pas encore tourné la page.

Visiblement embarrassée par cette réponse, elle saisit son verre et but une gorgée de vin.

– Je n'ai pas pu juger si c'était l'amour ou les remords qui vous empêchaient de coucher avec une autre femme. Mais j'ai assuré au détective que vous n'étiez pas encore prêt pour une nouvelle aventure amoureuse, conclut-elle.

Ce fut au tour de Saint Hilaire de paraître gêné. Etre aussi facilement mis à nu par une femme le gênait. D'ordinaire secret, il se retrouvait dans une situation où une inconnue en savait plus sur lui que n'importe lequel de ses amis.

Le repas fut servi. Les deux convives attaquèrent leurs assiettes respectives, profitant de ce moment pour garder le silence. Chacun observait l'autre à tour de rôle. La compagnie était charmante, le décor était parfait. Tout était rassemblé en ce lieu magique pour démarrer une nouvelle idylle.

– C'est votre véritable nom, Monica Scalzo ? demanda-t-il, curieux.

Elle termina sa bouchée puis essuya ses lèvres avec sa serviette.

– Bien sûr que non, répondit-elle. C'est une règle que nous avons établie avec ma sœur : ne jamais donner notre véritable identité !

Saint Hilaire parut intrigué.

– Votre sœur fait également cela ?

– Oui, nous sommes deux sœurs jumelles, expliqua-t-elle. La seule chose qui nous différencie, c'est notre couleur de cheveux. Ses cheveux sont bruns et les miens, blonds. Lorsqu'un client téléphone, les critères sont toujours identiques : grande, fine, avec de la poitrine, sourit-elle. Deux seuls éléments varient : la couleur des cheveux et celle des yeux. Le problème des yeux est rapidement réglé avec des lentilles de contact et pour les cheveux, nous nous répartissons le travail selon la demande.

– En fait, vous gérez une entreprise familiale ! synthétisa le policier.

– C'est exactement cela, confirma la jeune femme en riant. Mais nous ne faisons qu'accompagner nos clients dans des dîners ou des réceptions. Notre business est trop important pour que nous nous risquions à tout gâcher en couchant avec eux, assura la belle blonde. Et puis, ce n'est pas du tout notre genre, enchaîna-t-elle en le fixant droit dans les yeux.

– Et si j'avais accepté vos avances ? se risqua à demander Saint Hilaire.

Elle baissa son regard, comme gênée par la question.

– Pourquoi avoir quitté le train à Milan ? insista-t-il.

– Ecoutez !

Elle tenait nerveusement sa fourchette entre ses doigts.

– Cela ne sert à rien de revenir sur ce qui a été fait. J'étais embarrassée. Vous étiez tellement touchant. Votre détresse m'a sincèrement rendue mal à l'aise. Lorsque vous vous êtes blotti contre moi, j'ai eu honte de vous tromper.

La femme qui se cachait sous le nom de Monica Scalzo paraissait véritablement perturbée par cette expérience.

– Vous ne vous en êtes peut-être pas rendu compte, mais j'ai pleuré. J'aurais aimé vous dire ce qu'il en était, vous avouer ma mission. Vous savez, la plupart du temps, les gens que j'accompagne sont ceux qui ont demandé le service. Vous, c'était différent ! La commande ne venait pas de vous. Et pourtant, j'aurais tant voulu que tout ceci soit vrai.

– Pour moi, cela l'était ! affirma Pierre Saint Hilaire. Enfin... Le temps que je découvre la supercherie. Mais vous ne répondez pas à mes questions ! insista-t-il.

– Je me suis enfuie parce que je ne pouvais pas faire tout le voyage avec vous, avoua-t-elle.

Elle ne lui laissa pas le temps d'enchaîner.

– C'est comme cela ! J'ai été prise à mon propre piège. Je devais tenter de vous séduire et c'est tout le contraire qui est arrivé.

Elle n'osa pas le regarder.

– Rassurez-vous, dit Saint Hilaire à voix basse, je crois qu'il y a eu match nul...

Le repas se termina rapidement. Malgré l'ambiance agréable, ni l'un ni l'autre ne désiraient conclure leur dîner par un dessert. En gentleman, le commissaire paya l'addition avec la carte de crédit du mage Troplong. Saint Hilaire avait en effet convaincu le voyant de lui prêter sa carte pour continuer à préserver son anonymat. Le policier saurait lui rembourser un jour ou l'autre la dette de son escapade.

Saint Hilaire n'avait pas laissé le choix à sa compagne en l'installant à ses côtés à l'arrière d'un taxi. Il n'était pas homme à laisser tomber une affaire, même à une heure tardive. A la demande polie de l'enquêteur, la jeune femme donna au chauffeur le nom et l'adresse du détective privé. Il était impatient de connaître le commanditaire de sa filature. Qui pouvait bien vouloir se renseigner sur sa vie privée ? Le calme qui régnait dans l'habitacle de la voiture lui permit de passer en revue toutes les personnes susceptibles d'avoir un motif à se venger de sa personne. Ils étaient légion, après plus de vingt ans de carrière dans la police ! Sans l'aide de ce détective, il ne pourrait sûrement plus progresser dans son enquête. Dehors, les monuments de Paris défilaient sans relief. La tour Eiffel était éteinte. La place de l'Etoile était quasi déserte. Le rond-point géant et la vitesse du taxi firent basculer la jeune femme contre l'épaule du policier.

– Excusez-moi ! dit-elle en restant collée à l'homme.

– C'est une manie que nous avons d'être toujours l'un contre l'autre, déclara-t-il avec humour.

Elle ferma les yeux. Elle voulait croire qu'il oublierait leur mauvais départ. Elle espérait qu'il tournerait définitivement la page qui le retenait lié à son passé. Là, contre cet homme qu'elle voyait pour la seconde fois, elle comprit qu'elle était réellement amoureuse. Saint Hilaire se pencha de son côté et vint poser sa tête contre la sienne. Il sentait ses cheveux qui portaient son parfum.

– Vous ne m'avez toujours pas dit votre véritable nom, lui glissa-t-il à l'oreille.

– Rebecca Fortia... Monica, c'est le prénom de ma sœur.

– Enchanté de faire votre connaissance, Rebecca ! dit-il en lui tendant la main.

Elle l'accepta sans hésitation. Leurs doigts se croisèrent. L'un contre l'autre, ils ne cherchaient plus à jouer la comédie. Ils profitaient pleinement de la banquette arrière du taxi comme ils avaient su apprécier le compartiment du train qui les ramenait en France.

– Nous y sommes ! claironna le chauffeur.

Chapitre Quatorze

Le chef de l'Inspection des services était enfin de retour à son domicile. La journée avait été riche en rebondissements et le policier commençait à ressentir une certaine fatigue. Wuenheim se dirigea vers le bar et considéra qu'il avait bien mérité un remontant. Quelques instants plus tard, il épanchait sa soif devant la grande baie vitrée du salon. Les lumières de la capitale ciselaient la nuit et le Sacré Cœur veillait comme toujours sur la butte Montmartre.

Où pouvait bien se trouver Eve ? A cette heure tardive, elle avait certainement quitté le cabinet de son médecin. Son téléphone portable ne répondait pas. Elle devait être chez elle. Il aurait aimé avoir de ses nouvelles, pouvoir la serrer dans ses bras pour la réconforter, l'embrasser, apaiser son chagrin et la préparer à une autre mauvaise nouvelle.

Comment allait-il lui expliquer les soupçons qui pesaient maintenant sur son père ? Comment lui dire qu'il était probablement un tueur machiavélique ? Comment la convaincre que toute cette macabre histoire n'était que le fruit du génie malfaisant de son père ? Wuenheim ne savait que faire. Devait-il la laisser espérer ? Ou au contraire, l'informer avant qu'il ne soit trop tard ? Ce choix lui torturait l'esprit. Il était le seul à connaître la vérité. Il pourrait choisir de se taire, de faire comme si de rien n'était... Mais cela ne lui correspondait pas.

Wuenheim se resservit un verre en analysant les incohérences de l'affaire. En effet, Saint Hilaire avait un alibi en béton qui le disculpait du meurtre de sa femme : son voyage à Florence. Tout ceci l'amenait à émettre deux hypothèses : soit le commissaire Saint Hilaire ne s'était pas rendu à son colloque en Italie, soit il avait un complice pour tuer sa femme et la déposer dans la cave du lieutenant Caramany. Demain, il vérifierait auprès des instances italiennes la présence effective du commissaire au congrès de Florence. Quant à la seconde théorie, il n'avait aucun moyen d'identifier un quelconque comparse. Pourquoi quelqu'un tenterait-il d'aider à commettre un crime passionnel ? Cela n'avait aucun sens. Ces questions sans réponses le convainquirent de taire ce qu'il savait pour le moment.

La serrure de la porte d'entrée s'actionna. Eve Saint Hilaire apparut dans la lumière du couloir. Ses traits étaient tirés. Ses cheveux décoiffés. Elle rangea rapidement son sac dans un placard comme si cela était prioritaire puis esquissa un pâle sourire à Wuenheim.

– Où étais-tu, ma chérie ? demanda tendrement le policier. Je m'inquiétais ! J'ai fini par penser que tu étais allée dormir chez toi.

Eve se blottit contre Wuenheim sans répondre à ses interrogations.

– Tu vas bien ? insista-t-il.

– J'étais à L'I.M.L., répondit-elle enfin.

– Mais ! Je ne comprends pas ! fit-il en

reculant d'un pas pour croiser son regard.

– Il fallait que je me recueille... Je devais lui demander pardon ! lâcha-t-elle en tremblant légèrement du menton.

Eve ne mentait pas. Même si sa mission première était autre, elle avait ressenti le besoin de revenir auprès de sa mère. Il n'en fallut pas plus à Wuenheim pour être sincèrement convaincu de la bonne foi de sa compagne. Elle, toute à la honte de ce premier mensonge, n'osa le regarder en face et profita de son large torse pour y dissimuler ses yeux qui ne savaient mentir. Mais elle ne devait pas mettre en péril l'enquête de son père. Elle lui devait bien ça.

– J'ai tenté de te téléphoner mais tu ne répondais pas ?

– Oui, mon portable est déchargé, répondit-elle en allant le brancher à une prise électrique.

Cet incident l'avait empêchée de contacter Saint Hilaire. Elle devait maintenant trouver le moment adéquat pour le joindre et lui transmettre les informations recueillies au cours de la soirée.

– Tu devrais aller te doucher pendant

que je range mes affaires, déclara-t-elle. Je suis fatiguée et j'aimerais me retrouver aussi vite que possible sous la couette, ajouta-t-elle en l'embrassant sur la joue.

Wuenheim accéda à sa demanda et disparut dans la salle de bains.

*

Il était assis à la même place, dégustant un plat de spaghettis à la bolognaise. Si Léognan n'avait pas voulu se rendre à l'Institut médico-légal pour ne pas louper l'heure de l'apéritif, il n'en restait pas moins curieux des suites de l'affaire. Yvan Sarras connaissait bien son supérieur direct et avait su le retrouver sans problème. Le vieux Berbère était derrière son comptoir et l'établissement aux vitres teintées semblait toujours aussi désert. La serviette en papier coincée dans le col du major Léognan ne l'avait pas empêché de tacher sa chemise. Comme d'habitude, ses moustaches rougies par la sauce italienne gardaient captives quelques bribes de nourriture. Le gardien de la paix fit une grimace devant un tel spectacle.

– Tu es profondément répugnant ! lâcha-t-il à son supérieur.

Le policier ne parut pas en prendre ombrage. Il avait une certaine manière de vivre, avec ses petits bonheurs quotidiens. Son apparence lui importait peu. Il y avait bien longtemps qu'il n'avait plus essayé de plaire à une femme et la nourriture lui procurait maintenant autant de satisfaction que les plaisirs charnels. Le patron arriva pour la commande de Sarras.

– Ce qui est bien avec toi, ajouta le policier, c'est que tu arriverais à dégoûter n'importe quel crève-la-faim de manger ce que tu avales !

Le patron du restaurant comprit l'allusion et se retira promptement.

– Moi, personne n'arriverait à m'empêcher de manger ! répondit-il en avalant une bouchée de spaghettis.

Victor Léognan s'empara du pot de parmesan et saupoudra une nouvelle fois son plat.

– Alors, tu as présenté tes condoléances au lieutenant Caramany ? interrogea-t-il.

– Il est bien mort ! répondit Sarras en enfilant ses mains dans les poches de son blouson. C'est la première fois que je vois un collègue sur la table du médecin légiste. Je n'en reviens toujours pas !

– Qui aurait pu le prévoir ? reprit Léognan. Caramany semblait si sérieux, si fier d'être policier.

– En tout cas, le patron ne l'a pas loupé ! renchérit le gardien de la paix. J'ai dénombré cinq ou six coups de couteau. Il n'y est pas allé de main morte !

Sarras paraissait impressionné par ce qu'il avait vu.

– Les aléas de la vie sont capables de transformer n'importe quel agneau en un fauve sanguinaire. En plus, les médecins avaient oublié de recoudre son cou. Le lieutenant n'était vraiment pas sous son meilleur jour !

– Ils ont dû vouloir vérifier si Caramany n'avait pas été étouffé ! lâcha Léognan en reprenant une nouvelle cuillerée.

– La fille de Saint Hilaire a dit que

c'était pour des prélèvements, répondit Sarras.

– La fille du commissaire était avec vous ?

– Oui ! Cela peut te paraître bizarre mais elle était venue en catimini se recueillir devant le corps de sa mère. Je ne la connaissais pas mais c'est une bombe sexuelle !

– Tu ne penses qu'avec ta queue ! rétorqua le préretraité.

– Je crois qu'elle est encore plus belle que sa mère...

– Tu as connu madame Saint Hilaire ? demanda Léognan.

Sarras parut surpris d'une telle question.

– Bien sûr ! Elle était venue aux vœux du patron, il y a deux ans. Rappelle-toi ! Tu étais resté bloqué au lit pour t'être empiffré de chocolat durant toutes les fêtes.

Le major acquiesça.

– C'est vrai que je n'avais jamais été aussi malade que ce jour-là ! Toujours est-il que je n'ai jamais vu ni la femme, ni la fille du commissaire. J'ai bien entendu dire qu'elles étaient ravissantes toutes les deux, mais c'est tout !

Son adjoint avait le regard brillant. Léognan sentit l'homme s'enflammer.

– Ne te fais aucune illusion, Yvan ! Ce n'est pas une femme pour toi. Comme sa mère, elle s'est entichée d'un commissaire de police. Et je te rappelle que tu n'es qu'une petite merde de gardien de la paix !

– Les grades n'ont rien à voir avec mon pouvoir de séduction ! rétorqua Sarras, froissé.

Léognan se mit à rire.

– Je suis sûr qu'elle n'a jamais connu un vrai homme, dit Sarras en gonflant ses pectoraux. Je ne comprends pas comment une femme si belle, si intelligente, si sensuelle peut accorder ses charmes à une personne aussi détestable que le commissaire Wuenheim.

– L'argent, mon ami ! L'argent ! Elles sont toutes pareilles. Elles préfèrent s'emmerder au lit et courir les boutiques que le contraire ! asséna le major Léognan.

– Que connais-tu du comportement féminin ? se vanta Sarras. Je suis sûr que si j'avais un peu de temps seul à seul avec elle, la petite fille du commissaire ne mettrait pas longtemps à me tomber dans les bras !

– Je ne te le souhaite pas, dit franchement Léognan. Cela voudrait dire que tu aurais un jour ou l'autre le patron sur le dos. Et je t'assure qu'il ne vaut mieux pas avoir un homme comme lui à ses basques !

*

Tremblante, elle s'était dépêchée d'ouvrir son sac à main caché dans le placard. Avec le couteau que lui avait remis son père, s'y trouvait un morceau d'enveloppe déchirée sur lequel était inscrit le numéro de téléphone du mage. Saint Hilaire ne lui avait pas emprunté que la carte de crédit ! Elle fonça sur son portable qui se trouvait en charge dans le salon. La porte du couloir donnant accès à la salle de bains était en partie fermée. Eve entendait l'eau du robinet couler dans le lavabo. Elle composa les dix chiffres sur le clavier et glissa le bout de papier dans sa poche.

– Oui, allô ! entendit Eve en reconnaissant la voix de son père.

– C'est Eve, chuchota-t-elle. Comment vas-tu ?

– Je suis sur une nouvelle piste, indiqua Pierre Saint Hilaire sans fournir plus d'explication.

– Ecoute ! Je suis allée faire ce que tu m'as demandé.

Un léger courant d'air la fit sursauter. Elle cacha rapidement son téléphone derrière le bar tandis que la tête de Wuenheim apparaissait à la porte de la salle de bains.

– Chérie, tu n'aurais pas vu mon rasoir ? demanda le commissaire.

– As-tu regardé sous les serviettes ? J'en ai déplacé quelques-unes tout à l'heure, répondit Eve sans pouvoir cacher son embarras.

L'homme disparut aussitôt. Eve attendit quelques instants avant d'entendre un « merci » qui l'encouragea à reprendre la conversation.

– Papa ?

– Oui, je t'écoute, répondit Saint Hilaire.

– Tu avais raison de A jusqu'à Z ! Mes

examens prouvent que le couteau a bien servi à tuer maman mais également le lieutenant Caramany, avoua-t-elle à voix basse.

– Mon Dieu ! Mais comment est-ce possible ? lâcha le commissaire.

– Ce n'est pas tout... dit-elle pour capter son attention. J'ai découvert que ton adjoint avait été étranglé. Tes soupçons étaient exacts ! Il y a eu mise en scène pour te faire passer pour un assassin.

– Je m'en doutais ! triompha son père qui enfin avait la confirmation d'un complot qui se tramait contre sa personne. Ecoute-moi bien ! Ta mère est malheureusement morte et l'on a tenté de me faire porter le chapeau et – il reprit sa respiration – on peut supposer que pour une raison que nous ne connaissons pas encore, quelqu'un en veuille à notre famille toute entière. C'est pourquoi tu dois absolument être très prudente.

– Je suis avec Michel ! répondit-elle pour le rassurer.

– Reste avec lui ce soir ! Et demain, va à ton travail. Au moins là-bas, tu seras en sécurité. Je te rappelle dès que possible.

– Ne devrais-je pas tout lui dire ?

– Non, c'est trop tôt ! Je me méfie de tout le monde. Le couteau était dans mon commissariat et pourtant, quelqu'un l'a subtilisé pour tuer Caramany. Je n'exclus pas des complicités dans les rangs de la police. Nous devons être très vigilants et ne compter que sur nous-même ! dit Saint Hilaire avec force raison.

– Le revoilà ! eut-elle le temps de prévenir avant de raccrocher.

Le commissaire Wuenheim, torse nu, sortit du couloir revêtu seulement d'une serviette nouée sur le bas de son ventre. Eve admira son corps. L'heure ne se prêtait pourtant pas au batifolage mais la vision de son torse musclé lui donna envie d'être cajolée. Elle déposa habilement son téléphone sans que son compagnon le remarque et vint s'abriter une nouvelle fois contre lui.

– Va réchauffer le lit..., le pria-t-elle, la joue droite appuyée contre sa poitrine, je prends une douche et j'arrive tout de suite.

Elle l'embrassa dans le cou et se sauva dans la salle de bains.

Wuenheim, resté seul, perdit son sourire de façade. Il se dirigea vers le bar et s'empara du téléphone portable de sa compagne. Il sélectionna le listing des derniers appels et nota le numéro qui venait d'être composé. Le visage d'Eve avait interpellé le commissaire lorsqu'il était sorti par surprise de la salle de bains. Son instinct et sa curiosité lui avaient signalé que quelque chose ne tournait pas rond. Méfiant par nature, il avait déclenché la douche sans entrer dans le bac et était retourné derrière la porte pour espionner sa bien-aimée. Il n'avait entendu que les derniers mots de la conversation. Eve aurait aimé l'informer de quelque chose mais son interlocuteur ne le voulait pas. Par le fait d'accepter de garder le silence et de lui dissimuler ainsi des informations sûrement capitales, il comprit que c'était son père qui se trouvait au bout du combiné. Il s'empara à son tour de son téléphone.

– Le Taillan ! C'est Wuenheim ! Je sais qu'il est très tard mais j'ai besoin de vous !

Il lui ordonna de rechercher l'identité et les coordonnées du titulaire de la ligne appelée par Eve et de préparer une équipe d'intervention pour le lendemain matin, six heures. Puis il lui fit part de ses nouvelles hypothèses et lui donna les consignes à suivre.

– Demain matin, je veux que le capitaine Poncey file Eve Saint Hilaire dès sa sortie de mon appartement ! Qu'il me tienne au courant de ses moindres faits et gestes. Elle peut nous conduire à lui... Et surtout elle ignore le danger qu'il peut représenter ! Il a tué sa femme, pourquoi ne tuerait-il pas aussi sa fille ?

Chapitre Quinze

Saint Hilaire s'était excusé auprès de Rebecca Fortia, puisqu'elle se nommait ainsi, lorsqu'il avait souhaité s'isoler quelques instants pour répondre à l'appel de sa fille. Elle était restée tranquillement assise dans le taxi avec le chauffeur qui attendait que l'on veuille bien lui payer sa course. Le compteur tournait encore. A travers la vitre de la portière, Rebecca regardait Saint Hilaire s'agiter tout en parlant. L'homme lui plaisait. Une sorte d'attraction la retenait à bord du taxi au lieu de fuir. La conversation ne dura que quelques minutes avant que Saint Hilaire ne lui fasse signe de descendre. Il paya le chauffeur et ils restèrent seuls devant une élégante résidence, entourée d'une impressionnante végétation.

– Vous avez fait la paix avec votre fille ? interrogea la jeune femme.

– C'est malheureusement cette affaire qui nous a rapprochés ! confia le commissaire.

Mais l'heure n'était pas aux confidences, déjà il pensait aux suites de son enquête.

– Où se trouve le cabinet de votre détective ?

Rebecca lui indiqua des bureaux situés au rez-de-chaussée du bâtiment. A cette heure tardive, il ne devait plus y avoir personne dans les locaux. Le policier annonça que c'était bien ce qu'il escomptait, ce qui parut choquer la jeune femme. Rebecca Fortia n'était pas consciente de l'illégalité dans laquelle cette enquête était menée. Pour éviter de réveiller toute la résidence, le commissaire décida de contourner l'aile gauche de l'immeuble pour s'attaquer à une fenêtre. Rebecca se mit à douter de sa fonction de policier et lui rappela qu'elle se trouvait en robe de soirée, ce qui n'était pas forcément pratique pour jouer les monte-en-l'air. Saint Hilaire ne prêta pas attention à ses remarques et lui demanda de presser le pas. Ils traversèrent de nombreux taillis, évitant ceux à proximité des lampadaires, puis franchirent la pelouse au pas de course. Stoppé par une porte-fenêtre, le commissaire sortit un couteau suisse de sa poche et s'attaqua immédiatement à la serrure. Rebecca fut étonnée de voir avec quelle dextérité l'homme de loi réussissait à fracturer une porte d'entrée. Le mécanisme ne lui résista pas longtemps. La fenêtre ouverte, le policier s'engagea en premier dans la pièce obscure. En franchissant la porte vitrée, le bas de la robe de la jeune femme vint se coincer dans le système de fermeture. Elle força sans s'en rendre compte sur le tissu et un pan entier de sa tenue se déchira laissant apparaître le galbe ravageur de ses jambes.

– Merde ! lâcha-t-elle à haute voix.

Saint Hilaire lui posa son index sur la bouche.

– Chut... chuchota-t-il.

Ses yeux ne purent s'empêcher d'examiner la jeune femme ainsi découverte.

– Je vous préfère comme ça !

– Tous les mêmes ! lui renvoya-t-elle pour calmer ses ardeurs.

Muni d'une lampe de poche, le commissaire avançait prudemment dans les différentes pièces de l'appartement, interrogeant Rebecca sur l'endroit exact où elle avait rencontré son employeur. Elle désigna la dernière pièce juste à côté de la porte d'entrée comme étant le bureau du détective privé. Ils s'y engouffrèrent rapidement en se gardant bien d'allumer la lumière.

– N'aurait-il pas été plus facile de prendre rendez-vous avec lui demain matin ? demanda-t-elle, toujours à voix basse.

– Je n'ai pas le temps d'attendre ! J'ai absolument besoin de connaître l'identité de la personne qui m'espionne ! dit-il en forçant la serrure du tiroir du bureau.

Saint Hilaire plaça sa lampe torche dans la bouche pour libérer ses deux mains. Une cinquantaine de dossiers classés par ordre alphabétique étaient soigneusement rangés dans des pochettes cartonnées. Son index glissa sur les étiquettes et s'arrêta net sur celle portant son nom.

– Bingo ! fit-il en retirant le dossier qui le concernait.

Il ouvrit la première page et tomba nez à nez avec le press-book de Rebecca Fortia. Il prit quelques secondes pour admirer les formes charmantes de la jeune femme photographiée en bikini sur une plage de sable fin.

– Dès que cette affaire sera terminée, je vous invite à la mer ! plaisanta-t-il.

– Je ne suis pas dans vos moyens ! répondit-elle en souriant.

– Ce n'était pas une proposition professionnelle, répondit le policier, je pensais plutôt à une invitation d'ordre privé...

La lumière jaillit dans le bureau. Un homme sur le pas de la porte braquait un pistolet automatique en direction des deux cambrioleurs. Rebecca eut le réflexe de mettre les bras en l'air tandis que Saint Hilaire restait immobile : un genou à terre, la lampe torche dans la bouche et tenant encore dans ses mains le dossier.

– Tiens donc ! Des visiteurs ! lâcha l'homme en pyjama.

Le propriétaire des lieux mit quelques instants avant de reconnaître Rebecca.

– Mademoiselle Fortia, je ne m'attendais pas à vous voir ici ! dit-il en dévisageant les jambes nues de la jeune femme.

Elle parut gênée de la situation. Ce qu'elle redoutait le plus venait d'arriver. Elle avait trahi la confidentialité qui la liait à un client. Sa sœur serait sûrement folle de rage en apprenant la nouvelle. Le détective ne semblait pas vouloir plaisanter. Les cheveux frisés en bataille, la marque des draps encore imprimée sur le front, le visage sombre des mauvais jours donnaient à l'homme des allures de fou. De nature à fouiller dans la vie des autres, il n'appréciait guère de voir deux individus pénétrer dans son pré carré. Il mit en joue le commissaire, l'index posé sur la gâchette.

– Si vous voulez bien lâcher votre lampe que nous puissions faire les présentations ! intima-t-il à Saint Hilaire.

Ce dernier cracha la torche comme l'on se débarrasse d'un gros cigare. La lampe tomba au sol bruyamment.

– Ah ! J'aurais dû m'en douter ! s'esclaffa le détective. Si la photographie que l'on m'a donnée est bien ressemblante, vous êtes le célèbre commissaire Saint Hilaire ?

– C'est exact ! répondit ce dernier.

– C'est une drôle d'association que voilà ! Celle que j'engage et celui qu'elle doit suivre ! Ensemble pour me cambrioler ! fit l'homme dont le sourire laissa apparaître deux fausses dents en argent.

Saint Hilaire balaya d'un regard le bureau. Des médailles accrochées au mur, deux sabres dans une vitrine, un drapeau libanais portant les armes d'un bataillon de forces spéciales, cela ne faisait aucun doute ! Il avait affaire à un ancien militaire. Peut-être un légionnaire en retraite ou un ancien barbouze désireux de vivre incognito. L'arme qu'il tenait avait probablement servi lors d'une mission en Afrique. L'homme serait dur à convaincre.

– Ecoutez... commença le commissaire, je vais vous expliquer !

– Lâchez ce dossier pour commencer ! ordonna fermement le détective. Et mettez les mains en l'air pour que je les voie !

Saint Hilaire s'exécuta. Le détective privé se décala lentement sur sa gauche et glissa jusqu'à une vitrine où étaient exposés différents objets. Il s'empara d'une paire de menottes qu'il balança à la jeune femme.

– Mettez-les lui !

Rebecca s'exécuta. Saint Hilaire, qui s'était redressé, lui tendit ses poignets. Elle le fixa du regard. Ses yeux l'interrogeaient sur la manière dont il allait pouvoir les sortir de ce mauvais pas. Elle semblait véritablement déstabilisée et s'en remettait totalement au policier. Le cliquetis des menottes détendit le visage du détective. Il s'assit dans un fauteuil en velours jaune tout en gardant la pointe de son arme braquée en direction du policier.

– Vu l'heure tardive à laquelle vous effectuez cette perquisition, je suppose qu'il n'y a rien d'officiel ni de légal dans votre visite de courtoisie ! asséna l'homme à la soixantaine passée. Je ne pense pas qu'un juge permette de fouiller le cabinet d'un détective privé à deux heures du matin !

– Monsieur Vergelesses, tout ceci est

de ma faute ! dit Rebecca. Nous avons décidé de faire de la publicité dans un journal à grand tirage et malheureusement le commissaire Saint Hilaire a reconnu ma photographie, avoua-t-elle pour amadouer l'ex-militaire.

– Cela ne m'étonne guère ! Le policier est tenace !

Saint Hilaire commençait à s'impatienter de toutes ces politesses.

– Je suis venu savoir qui a commandité ma filature, dit-il sèchement.

Le détective exhiba une nouvelle fois sa dentition dans un large sourire de satisfaction.

– Avez-vous déjà vu un enquêteur privé donner les noms de ses clients ? Si, dans un élan de gentillesse, je vous fournissais l'identité du demandeur, je ruinerais immédiatement ma carrière. Vous savez bien, tout comme moi, que la confidentialité est le maître mot de ce métier !

Son cou supportait une longue cicatrice dont les extrémités remontaient jusqu'aux oreilles. « Le sourire kabyle », pensa Saint Hilaire en son for intérieur. Il avait dû échapper à une exécution. Et

Vergelesses ! Quel était ce nom probablement emprunté ? Sa peau mate, la cicatrice, cette identité bidon, le commissaire en était convaincu : il faisait face à un agent secret, un espion sous une fausse identité, se cachant de quelques tueurs revanchards.

– Je sais tout cela mais j'ai réellement besoin de cette information ! dit-il sérieusement. Quelqu'un s'est attaqué à mes proches et je dois absolument l'arrêter avant qu'il ne poursuive ce qu'il a commencé.

– Je suis au courant, monsieur Saint Hilaire.

L'homme s'enfonça un peu plus dans son fauteuil. Le commissaire, tout en répondant aux questions de Vergelesses, calculait le temps approximatif qui lui serait nécessaire pour bondir sur le militaire. En cinq ou six enjambées, il devrait pouvoir l'atteindre. L'homme poursuivit :

– J'ai de très bons amis dans les rangs de la police qui m'informent régulièrement des avis de recherches ! Et d'ailleurs, il me semble bien que l'un d'entre eux vous concerne ? demanda le détective, connaissant déjà la réponse.

Rebecca Fortia marqua sa surprise par le froncement de ses sourcils. Elle interrogea le commissaire du regard. Vergelesses comprit alors que la jeune femme n'avait pas été mise au courant de toute l'affaire.

– Comment cela ? intervint le détective. Vous ne lui avez pas dit que vous étiez un criminel !

– Qu'est-ce qu'il raconte ! demanda prestement la jeune femme.

– Ce n'est pas ce que vous croyez, tenta d'expliquer Saint Hilaire, les dévisageant l'un après l'autre.

La jeune femme porta une main à sa bouche.

– Vous devriez surveiller vos fréquentations, mademoiselle Fortia ! ajouta Vergelesses. Une virée nocturne avec l'assassin d'un lieutenant de police, cela peut vous conduire directement à la case prison !

– Mon Dieu ! Vous m'avez emmenée avec vous alors que vous êtes recherché par la police pour meurtre ?

La femme recula d'un pas.

– Cela fait bizarre de se sentir trompée, n'est-ce pas, mademoiselle Fortia ?

lança goguenard l'enquêteur privé. Eh bien, c'est exactement ce que je ressens à votre encontre ! Vous avez trahi mon identité.

– Je vais vous expliquer ! Tout ceci relève d'un complot monté de toutes pièces contre ma personne.

– Il a tué l'assassin de sa femme ! continua le légionnaire à l'intention du mannequin.

Le visage de Rebecca blêmit à l'annonce du détective. Elle avait failli succomber au charme d'un criminel. Son cœur palpitait. Que faisait-elle là ? Comment s'était-elle laissée prendre au piège si facilement ? Elle qui d'habitude était si méfiante.

– Ne l'écoutez pas..., dit Saint Hilaire pour se défendre, je comptais vous en parler...

Le détective riait à pleines dents. La confusion du couple lui fit baisser la garde. Le commissaire épiant sans relâche la vigilance du détective, comme un chat guette sa proie, bondit au moment opportun sur l'enquêteur privé. Un coup de pied vint percuter le pistolet automatique et le projeter contre le mur.

L'arme retomba sur la moquette à quelques centimètres de Rebecca. Les deux genoux du policier se plantèrent dans les cuisses du détective et ses deux poings attachés par les menottes, vinrent cogner le menton de l'ex-militaire. L'attaque rapide et percutante lui fit perdre connaissance. Le commissaire, tournant le dos au jeune mannequin, se dégagea du fauteuil où gisait le pauvre détective. Il se retourna pour demander à sa complice de lui ôter les menottes.

– Rebecca ! Non ! cria-t-il, surpris.

La femme, choquée par les révélations de Vergelesses, s'était emparée du pistolet automatique et braquait maintenant le policier.

– Vous m'avez trompée ! lança-t-elle en tremblant.

– C'est faux ! répondit-il avec aplomb. J'ai juste préféré ne pas vous révéler tous les dessous de l'affaire. Je ne voulais pas vous mêler à ça !

– Est-ce vrai que vous avez tué un homme aujourd'hui ? demanda Rebecca.

– Quelqu'un a tout fait pour qu'on le pense... Mais ce n'est pas vrai ! Croyez-moi ! Pensez-vous que j'aie réellement la tête d'un assassin ? dit-il en avançant son torse sur l'arme.

– Je ne sais plus quoi penser ! répondit la belle blonde. Votre femme a été tuée ?

– Oui. Elle a été poignardée...

Il la fixait des yeux.

– Je dois retrouver qui a fait cela...

La jeune femme, incapable d'appuyer sur la gâchette, se mit à pleurer.

– Donnez-moi ça, chuchota le commissaire en la désarmant.

Il s'empara du pistolet. Dans sa robe déchirée, elle était belle, désirable. Une véritable *James Bond girl,* pensa-t-il lorsque ses lèvres vinrent se poser sur celles de Rebecca. Leurs deux corps s'enlacèrent brutalement. L'envie si longtemps réprimée explosait au moment le moins opportun. Handicapé par l'arme détenue dans ses mains menottées, il était dans l'incapacité d'explorer les formes délicieuses du mannequin. Un râle du détective les fit revenir à la réalité.

– Vite, détachez-moi ! demanda-t-il.

Une fois libre, il bloqua le pistolet automatique dans la ceinture de son pantalon puis menotta le sexagénaire à l'unique radiateur de la pièce. Sans attendre qu'il se réveille, il retourna à son dossier dont il enleva le press-book de la jeune femme pour constater que le reste avait été supprimé.

– Merde ! Il n'y a plus rien !

– Comment est-ce possible ?

– Je n'en sais rien, mais votre ami Vergelesses va devoir répondre à cette question..., dit-il en le regardant d'un air qui en disait long.

L'eau claqua contre le visage du détective puis ruissela sur son pyjama. Le seau d'eau déversé par Saint Hilaire suffit à réveiller l'ex-militaire qui mit quelques secondes avant de recouvrer tous ses esprits.

– Félicitations, Saint Hilaire ! Je n'avais pas été mis KO depuis l'Indochine !

Le commissaire enchaîna.

– Où est le dossier me concernant ?

L'homme, trempé, se frotta le visage contre le rebord du fauteuil.

– J'ai tout détruit ! Lorsqu'on m'a informé du mandat d'arrêt prononcé à votre encontre, j'ai brûlé tout ce qui vous concernait.

Le détective parlait avec difficulté. Sa mâchoire était encore endolorie par le double uppercut du policier.

– Je n'ai gardé que les photos de mademoiselle Fortia, reconnut-il.

Saint Hilaire regarda le mannequin qui paraissait gênée de cet aveu.

– Je dois savoir qui vous a demandé de me surveiller, martela le policier avec insistance.

– Si un seul de mes clients apprend que je divulgue une telle information, je ne trouverai plus jamais personne pour me faire confiance ! Comprenez-moi, cria l'homme en tirant sur sa paire de menottes.

Le commissaire dégaina d'un geste sec l'arme du détective et l'enfonça dans la joue droite du prisonnier.

– On a tué ma femme et mon adjoint, tout le monde me prend pour un meurtrier, alors croyez-vous que j'hésiterais une seule minute à vous mettre une balle dans le cerveau ! ? menaça-t-il.

Les yeux de Saint Hilaire semblaient sortir de leur orbite. La folie se lisait dans son regard.

– N'aggravez pas votre cas. Vous faites fausse route...

Le commissaire posa son pied sur la paire de menottes. Avec l'aide du radiateur et sous la pression de sa jambe, il fit plier lentement le poignet de Vergelesses. Ce dernier hurla sous la torsion du bracelet.

– Je vous le demande une dernière fois, ordonna le policier déterminé, qui vous a embauché ?

Les muscles de l'avant-bras du policier se crispèrent, le pouce de sa main arma le chien du pistolet. Un déclic se fit entendre. L'arme était prête à faire feu. Une goutte de sueur glissa du front de Saint Hilaire et vint s'écraser sur le nez du détective. Le commissaire ne bluffait pas.

– Arrêtez, arrêtez ! C'est votre femme qui m'a engagé ! C'est votre femme !

Saint Hilaire recula d'un pas, stupéfait. Il venait à peine de se faire à l'idée que Marthe avait été enlevée, et sauvagement poignardée. Toute sa théorie retombait une nouvelle fois à plat. A ses questions, le détective répondit que Marthe Saint Hilaire s'était présentée librement dans son cabinet deux mois auparavant. Elle avait été assez vague sur ses motivations, expliquant seulement qu'elle était victime d'un chantage et que pour en finir, elle devait absolument savoir si son mari était encore amoureux d'elle. Toutes ces révélations se percutaient dans l'esprit troublé du policier.

– Je ne comprends pas..., fit Saint Hilaire, qui la faisait chanter ?

– Je ne sais pas ! Elle ne me l'a pas dit ! Elle m'a seulement confié la mission de connaître vos sentiments à son égard.

Le commissaire était abasourdi par tout ce qu'il entendait. Pourquoi Marthe désirait-elle connaître ses sentiments ? N'était-ce pas plus simple de le lui demander au lieu d'engager un détective privé ? Plus son enquête avançait et moins il comprenait ce qui lui arrivait.

– Elle m'a dit qu'elle avait fait une erreur dans le passé et qu'elle désirait la réparer, précisa Vergelesses.

– Ne vous a-t-elle rien dit d'autre qui puisse nous aiguiller sur le maître chanteur ?

– Elle m'a demandé d'enquêter aussi sur l'homme que vous avez tué...

– Je ne l'ai pas tué, répliqua par réflexe le policier. Que voulait-elle savoir sur Caramany ?

– Juste s'il travaillait encore au commissariat Saint-Georges, avoua Vergelesses. Et ne me demandez pas dans quel but, je ne le sais pas...

– Peut-être avait-il une liaison avec votre femme ? se risqua Rebecca.

Même si l'idée venait de l'effleurer, Saint Hilaire ne voulut pas y croire.

– Comment lui avez-vous donné le compte-rendu de vos investigations ? demanda-t-il en rangeant l'arme à feu à la ceinture.

– Je lui ai adressé un rapport. C'est ce qu'elle m'avait demandé de faire. Je ne l'ai jamais revue par la suite, finit-il par dire.

Le commissaire demanda naturellement l'adresse à laquelle il avait posté son courrier.

– C'est très simple ! C'est au 1, rue de la Chapelle, dans le 18e arrondissement. Mais elle m'a demandé d'inscrire un autre nom que le sien sur l'enveloppe... précisa le détective en préservant un certain suspense. Madame Pupillin, je crois ! Oui, j'ai la mémoire des noms, c'est ça ! Irène Pupillin !

Chapitre Seize

Le bélier en acier tenu par un solide gaillard portant casque et gilet pare-balles, attendait l'autorisation du commissaire Wuenheim pour défoncer la porte du mage Troplong. Le numéro relevé par le commissaire sur le téléphone portable d'Eve Saint Hilaire avait été identifié durant la nuit. Lorsqu'il apprit l'adresse de son propriétaire, le policier ne put retenir sa joie. La cité de Londres se trouvait derrière la rue de Budapest. C'était l'endroit idéal pour cacher un fuyard jouant les équilibristes sur les toits du quartier. Saint Hilaire avait dû se réfugier chez une de ses connaissances pour soigner sa blessure, et se terrer comme un renard pourchassé par la meute. Sans réveiller sa compagne dont le visage indiquait qu'elle se reposait enfin, Michel Wuenheim avait quitté son domicile en pleine nuit pour retourner à l'I.G.S.. Une fois son équipe constituée, ils avaient investi l'immeuble du mage, dans un silence pesant. Le commissaire regarda sa montre. 5H58. Dans deux minutes, l'heure légale pour pénétrer chez un particulier permettrait enfin aux policiers d'envahir l'appartement de Troplong. La file indienne des agents de police amassés dans les escaliers était impressionnante. Caramany, puis Saint Hilaire, avaient réussi chacun à leur tour à fausser compagnie à Wuenheim. Cette fois-ci, il s'était donné les moyens d'éviter que le fugitif ne s'échappe à nouveau. Des hommes à lui, placés sur les toits voisins, braquaient leurs fusils d'assaut en direction des fenêtres du cabinet de voyance.

A six heures précises, sans plus attendre, il abaissa son bras, signalant ainsi le début de la charge. Le vaillant policier, planté devant la porte, balança alors le lourd bélier d'avant en arrière pour prendre son élan. Puis, s'appuyant sur la pointe des pieds, il laissa basculer son corps entraîné par la force de la poutre métallique. Ni les deux verrous ni la serrure de la porte du mage ne résistèrent à l'assaut. La porte explosa sous le choc. Munis de lampes torches puissantes, les policiers s'engouffrèrent dans l'ouverture en hurlant des « police » à qui voulait entendre. Chaque pièce fut fouillée méticuleusement pour y détecter toute présence humaine.

Le mage Troplong, qui avait passé une nuit radieuse, dormait à poings fermés, enlacé contre un jeune danseur. Son giron, musclé à souhait, avait subi ses ardeurs jusqu'aux confins de la nuit. L'argent du mage était source d'appât pour ces jeunes errants sans le sou. Un ballet de petites lumières fut la première vision de Troplong à son réveil. Rapidement, il sentit le bout du canon d'un fusil à pompe contre sa joue. Le jeune homme partageant sa couche, lâcha alors un cri aigu d'affolement. N'étant pas toujours regardant sur l'âge de ses conquêtes, le mage crut à une dénonciation calomnieuse.

– Il est majeur ! Il est majeur ! s'évertua-t-il à crier, pensant qu'on l'interpellait pour détournement de mineur.

Les deux hommes furent rapidement maîtrisés et ficelés sur le lit de leurs ébats. On informa Wuenheim de la capture de deux individus. Ce dernier, attendant sur le seuil de l'appartement la fin de l'intervention de la brigade spécialisée, bondit de joie en apprenant la nouvelle. Enfin il le tenait. Saint Hilaire ne pourrait pas nier son plan diabolique lorsqu'il lui présenterait toutes les preuves amassées contre lui. Il devait absolument lui faire tout avouer pour qu'Eve comprenne sa détermination à l'arrêter. L'interrogatoire risquerait d'être rude mais il y mettrait toute sa force et son énergie. Le salaud ne devait pas s'en sortir comme cela ! Mélanie Bouzy était son joker. S'il le fallait, il la confronterait au père d'Eve pour détruire son système de défense. Il avait les cartes en mains. Wuenheim se sentait enfin maître du jeu lorsqu'il entra dans le nid douillet du mage.

Sa stupeur fut à la hauteur de sa déception. Le jeune mâle nu et menotté aux côtés de Troplong n'était pas l'homme recherché.

– Merde ! s'exclama-t-il à haute voix.

Le dandy, complètement affolé par la situation, hurlait et se débattait dans tous les sens.

– Embarquez-le ! ordonna sèchement le commissaire.

Les hommes de Wuenheim s'exécutèrent et un calme relatif revint dans la pièce.

– Ecoutez ! Je peux tout vous expliquer ! pleurait Troplong.

La nuisette rose portée par le mage semblait amuser les policiers casqués. Le commissaire n'y alla pas par quatre chemins. Il posa son genou gauche sur le ventre du charlatan. La respiration bloquée, le teint rougissant, la star de la divination commença à suffoquer.

– Où est Saint Hilaire ?

Son regard des mauvais jours prouvait son impatience d'en finir. Il enfonça un peu plus son genou dans les bourrelets de Troplong.

– Arrêtez ! Arrêtez ! implora celui-ci. Je vous en supplie !

Malgré ses cris de douleurs, Troplong résistait bien à ce simulacre d'interrogatoire. Il n'était pas du genre à cracher le morceau aussi facilement. Sachant de quel service ils étaient issus, le mage était conscient que les enquêteurs ne pourraient pas porter atteinte à son intégrité physique plus longtemps. C'est alors que le commissaire stagiaire Le Taillan entra en scène, tenant entre le pouce et l'index droit le revolver, découvert dans la soupière de la salle d'attente. Au sourire affiché par Wuenheim, le mage sut que tout était perdu.

– Un revolver spécial police... ! Je connais un collègue qui va être ravi de retrouver son arme de service. Savez-vous ce que coûte le recel d'une arme de fonctionnaire de police, monsieur Troplong ?

Le mage réfléchit. Nier l'évidence n'était pas dans son intérêt. Il avoua tout ce qu'il savait. D'un bloc. Un flot discontinu de paroles sortit de sa bouche sans même laisser le temps au commissaire de poser des questions. En moins de cinq minutes, celui-ci sut tout sur Monica Scalzo, son agence de location de mannequins, sa rencontre avec Saint Hilaire dans le train de nuit Florence-Paris, le rendez-vous fixé au restaurant de l'Hôtel Palazio. Troplong, effrayé par l'armée qui assiégeait son antre, donnait tous les renseignements en sa possession. Modifiant légèrement les faits, il indiqua même avoir remis à Saint Hilaire sa carte de crédit ainsi que son téléphone portable sous la menace d'une arme. Lorsqu'il arriva au chapitre concernant la fille du commissaire, Wuenheim l'arrêta net.

– Stop ! ordonna le policier.

Il se retourna vers Le Taillan.

– Que l'équipe rentre au service ! Attendez-moi en bas, nous allons retourner au bureau préparer une petite visite de courtoisie à l'agence de mannequins !

Les hommes du commissaire disparurent aussi vite qu'ils étaient entrés. Seul à seul, Wuenheim aborda la question d'Eve Saint Hilaire. Le mage raconta la visite de la jeune femme. Torturé par une douleur soudaine au creux de l'estomac, le commissaire ne supportait pas d'entendre cette vérité. Il avait malheureusement la confirmation qu'Eve s'était rangée du côté de son père et qu'elle lui avait délibérément menti. Il devait absolument la convaincre qu'elle poursuivait une mauvaise route en tentant d'aider son père. Malheureusement, cette conversation-là devrait attendre. La filature qu'il venait de mettre en place sur sa compagne devenait le seul moyen qui pouvait encore le conduire jusqu'à Saint Hilaire. Une nouvelle fois, il était arrivé trop tard ! La rage s'empara de tout son être. Il se sentit abandonné par les siens. Le mauvais sort ne pouvait quand même pas s'acharner sur lui indéfiniment. Toute sa vie il avait appris à surmonter les mauvaises passes. Celle-ci le touchait plus particulièrement, mais il n'était pas de ceux qui renonçaient aussi facilement. Sans plus attendre, il reprit les forces nécessaires à la poursuite de son enquête.

– Vous allez m'arrêter ? demanda le mage, inquiet.

Wuenheim afficha un large sourire.

– Vos dons de divination sont remarquables !

*

Il roulait trot vite à son goût. Assise sur le siège avant, côté passager, Rebecca Fortia réfléchissait aux événements de cette soirée. Ils avaient abandonné le détective privé à son radiateur, enchaîné à ses menottes et hurlant de colère. Après avoir dérobé les clefs de voiture de l'enquêteur, Saint Hilaire avait joué avec le bouton de déverrouillage des portières sur le parking de la résidence, pour faire clignoter les phares d'un superbe cabriolet rouge. Tout heureux de cette découverte, il s'était mis au volant du bolide et profitait du boulevard périphérique parisien pour tester ce que la voiture allemande avait dans le ventre. Le jeune mannequin invita son pilote à ralentir l'allure, presque jalouse de l'intérêt que portait le commissaire à son nouveau jouet. La lumière orange dispensée par les lampadaires du boulevard, les nappes successives de brouillard rencontrées dans la nuit, donnaient à la route un air d'irréalité. A l'arrière comme à l'avant, régnait le néant. Où étaient-ils exactement ? Elle n'en savait rien ! Les buildings dépassés par la voiture paraissaient être désertés. Ici et là, quelques étages seulement étaient éclairés. Des femmes de ménage, sorties trop tôt de leur lit, devaient s'activer à nettoyer les bureaux de cadres encore endormis. Un camion-poubelle, surgissant de nulle part, traversa un pont qui les surplombait. Saint Hilaire revenait chez son ami. Il lui avait promis de lui rapporter sa carte de crédit et son téléphone portable. Maintenant qu'il était avec Rebecca, il pouvait s'en passer. Le mannequin allongea ses longues jambes sur le tableau de bord. La vitesse du véhicule s'abaissa immédiatement. Saint Hilaire ne pouvait réfréner l'ardeur de ses yeux à contempler la dentelle qui ornait le dessus de ses bas. Elle sourit de sa victoire sur le bolide.

– Regardez la route ! lui intima la jeune femme en souriant.

La belle était fatiguée. La soirée n'avait pas répondu à ses attentes. Sa rencontre avec Saint Hilaire avait fait voler en éclats ses principes de sécurité. En moins d'une nuit, elle avait aidé un fuyard recherché par la police, elle avait participé au cambriolage et à la séquestration d'un détective privé, pour finir à bord d'une voiture volée ! Comment allait-elle s'en sortir ? Comment réagirait sa sœur ? Elles pourraient tirer un trait sur leur business ! Tout était fini ! Et pourtant, elle n'avait jamais été aussi heureuse. Lorsque Saint Hilaire l'avait plaquée contre le mur pour l'embrasser farouchement, elle s'était abandonnée à lui, s'offrant généreusement à ses baisers. Dès qu'elle l'avait aperçu dans le train, elle avait su qu'il représentait un danger pour elle. Glaciale avec les hommes, elle savait les tenir à distance respectable. Mais les rares élus qui trouvaient grâce à ses yeux et auprès de son cœur pouvaient tout se permettre. Elle devenait alors aussi docile qu'un cheval sauvage dompté. Sans éprouver aucune honte, elle se laissait mener par cet homme qu'elle ne connaissait pas. Sans se plaindre. Elle admirait sa main posée virilement sur le levier de vitesses. Elle eut envie de la caresser. Pouvait-elle se le permettre compte tenu de la situation ? Il s'était refusé à elle dans le train. Mais son baiser n'était-il pas la preuve d'une faille naissante dans sa ligne de conduite ? Elle savait qu'une idylle se préparait à l'horizon. Elle n'attendait que cela. Et pourtant, elle avait conscience qu'il ne se livrerait complètement qu'une fois son enquête terminée. Elle devait l'aider à tourner la page. Elle était le chapitre suivant de sa vie. Elle le savait. Elle le voulait.

La voiture s'engagea dans la rue Saint-Lazare pour s'échouer à un feu rouge. A quelques centaines de mètres, des lumières bleues clignotantes illuminaient le square de la Trinité.

– Des girophares ! fit Saint Hilaire, inquiet devant l'impressionnante armada stationnée à proximité de la cité de Londres.

Wuenheim le talonnait. Comment avait-il appris son passage chez le mage ? Il n'en savait rien. Mais tout ce qui le reliait à son ami devait disparaître.

Il abaissa sa vitre électrique et se débarrassa du téléphone portable et de la carte de crédit du mage, qui roulèrent sur la chaussée avant de disparaître dans la bouche d'un égout. Donnant un coup de volant sur sa droite, il fit s'échapper le bolide par la rue de Mogador et accéléra.

– Que faisons-nous maintenant ? interrogea Rebecca.

Elle aurait aimé faire une pause, lui

proposer de dormir quelques heures dans l'appartement qu'elle partageait avec sa sœur. Mais Saint Hilaire n'était pas prêt à renoncer à la quête de la vérité. Le fil qu'il déroulait le conduirait inexorablement jusqu'au bout de la nuit. Sa décision était prise : ils profiteraient des quelques heures restantes avant le lever du jour pour rendre visite au studio où avait résidé sa femme.

Grâce à une circulation fluide, le cabriolet traversa le nord de Paris en moins d'un quart d'heure. La voiture passa sous le métro aérien après l'avoir longé sur le boulevard Barbès, puis remonta la rue Marx Dormoy. Le quartier n'était pas aussi chic que celui des grands boulevards. Des corps alcoolisés ou défoncés par la drogue jonchaient, ici et là, les trottoirs sales. Les rideaux baissés des magasins supportaient des tags plus ou moins laids. La vitre d'un arrêt de bus avait été brisée. Une multitude de morceaux de verre s'éparpillaient sur la chaussée. Une dizaine d'Africains, munis de battes de base-ball, s'engouffrèrent dans une bouche de métro. Saint Hilaire plaignit le pauvre gars qui croiserait bientôt leur route en se rendant à son travail. C'est ce qu'il appelait le loto de la malchance. Un jour, pour une raison ignorée, vous vous trouvez au mauvais moment, au mauvais endroit. Sans que cela soit de votre faute, sans avoir à vous reprocher quoi que se soit, vous devenez une victime.

A l'angle du carrefour suivant, une boulangerie se trouvait au numéro un de la rue de la Chapelle et il décida de cacher la voiture volée dans l'Impasse du Curé, située juste à sa gauche. Le bolide ne resterait pas longtemps en état dans ce lieu sombre et sordide. La rue s'arrêtait en contrebas des voies ferrées qui serpentaient jusqu'à la gare du Nord. Vergelesses serait bientôt découvert crocheté à son radiateur et l'alerte concernant le vol de son véhicule bientôt communiquée à toutes les patrouilles de police. Saint Hilaire prit soin de laisser les clefs en évidence sur le capot de la voiture. Le premier qui aurait l'idée de l'utiliser pourrait conduire l'Inspection générale des services sur une fausse piste. Malgré cela, il abandonna avec un certain regret cette voiture de rêve qu'il ne pourrait jamais s'offrir.

Une brise matinale soufflait dans l'impasse dénuée de réverbère, faisant trembler Rebecca de froid. Elle aurait aimé se blottir dans les bras du commissaire, mais celui-ci, obnubilé par ce qu'il allait découvrir dans le logis de sa femme, ne remarqua pas le visage grelottant de sa compagne.

L'immeuble était aussi accueillant que la rue. Une odeur d'urine vous agressait dès l'entrée. Des fils électriques pendaient librement des plafonds comme des lianes dans la jungle. Des boîtes aux lettres en ferraille, toutes plus ou moins détériorées, étaient accrochées à une poutre qui longeait le couloir d'entrée. Ils lirent sur l'une d'entre elles : « Pupillin 3e », et accédèrent à l'étage indiqué. Par chance, chaque palier ne desservait qu'un seul appartement. Saint Hilaire colla son oreille contre la porte pour essayer de déceler un quelconque bruit. Le silence semblait régner à l'intérieur, et la serrure de la porte ne résista pas longtemps à la lame de son canif. Rebecca Fortia fut impressionnée de la facilité avec laquelle le commissaire venait à bout de ces mécanismes. A l'intérieur du studio, Saint Hilaire trouva rapidement le compteur électrique. Il abaissa l'interrupteur et une pauvre ampoule de faible ampérage dissémina dans la pièce une lumière diffuse.

Un lit, une télé posée sur une table et deux chaises constituaient le seul mobilier du logis. Un vasistas servait d'unique fenêtre. A travers sa vitre sale, Rebecca distinguait déjà les premières lueurs du jour. Comment avait-elle pu vivre ici ? se demanda le policier. Elle qui était si raffinée. Qui avait passé tant d'heures avec un décorateur pour réaménager leur appartement ! Cette pièce ne lui correspondait en rien ! Qu'avait-il fallu pour qu'elle change à ce point ? Quel avait été l'élément déclencheur ? Saint Hilaire se sentit perdu au milieu de cette pauvre chambre de bonne. Une enveloppe posée sur la table attira son attention. Elle portait le tampon de l'agence du détective Vergelesses. Il s'empara du paquet et en sortit les différents documents. La première photographie le représentait dans un musée de Florence.

– Tu m'as espionné toute la journée ? demanda-t-il.

– Oui et tu ne t'en es même pas rendu compte ! répondit Rebecca, fière d'avoir berné un policier. Je sais très bien jouer les touristes maniaques de photos !

Saint Hilaire lui adressa un regard amoureux. Pourtant, il se remit aussitôt à trier les papiers qu'il extirpait de l'enveloppe. Il lut en diagonale la partie du rapport de Vergelesses le concernant et préféra s'attarder sur le chapitre dédié au lieutenant Caramany. Le détective indiquait que l'officier de police était toujours en poste au commissariat de la rue Ballu. Il avait une vie tranquille et n'avait visiblement aucun vice qui pourrait être retenu contre lui. Des photographies du lieutenant prises à la volée dans la rue en compagnie du major Léognan et du gardien de la paix Sarras, complétaient le dossier. Rebecca, lasse de ces péripéties, s'autorisa à s'allonger sur le lit, laissant son compagnon d'un soir à ses lectures. Elle posa délicatement sa tête sur l'oreiller moelleux et étira ses membres. Quelque chose de dur dans son dos la fit se retourner. Elle écarta l'édredon et découvrit sous le drap un cahier à couverture cartonnée. Plusieurs pages avaient été déchirées, comme si l'auteur avait eu du mal à écrire son histoire. Malgré les ratures, Rebecca réussit à déchiffrer quelques mots. Leur sens la fit pâlir. Elle se leva du lit, tenant la page griffonnée et alla la déposer devant Saint Hilaire.

– Je suis désolée ! dit-elle, troublée.

Le commissaire reconnut l'écriture féminine de Marthe. Son visage se figea. Les battements de son cœur s'accélérèrent. Ces quelques mots résonnèrent dans sa tête comme des coups de fouet : *Je t'ai trompé, pardonne-moi !*

Chapitre Dix-Sept

Suivant à la lettre les consignes de son père, Eve Saint Hilaire s'était rendue à l'Institut médico-légal dès le lendemain matin. Elle s'était appliquée à remettre de l'ordre dans ses dossiers, ne sachant comment distraire son esprit. Son père en cavale, elle décida de prendre en charge les démarches à accomplir pour les obsèques de sa mère. Connaissant nombre de professionnels dans ce milieu-là, elle régla assez rapidement les préparatifs de l'enterrement. Elle choisit un cercueil en noyer avec quatre poignées en argent. Respectant les volontés de sa mère, elle réserva le funérarium pour le lendemain et choisit une urne, imitation bronze, pour recueillir ses cendres. Elle fit prévenir le cimetière du Père Lachaise pour que soit ouvert le caveau familial où reposaient déjà ses grands-parents maternels. Enfin, elle se décida pour un morceau de marbre noir portant l'inscription en lettres finement dorées, *Souvenirs de Marthe, femme et mère regrettée,* pour décorer la tombe.

Après cette matinée macabre, elle décida d'aérer son esprit durant la pause déjeuner. Elle sortit à pied et marcha le long des quais jusqu'à une boutique de fleurs située à mi-chemin entre l'île de la Cité et l'Institut médico-légal. Le ciel était enfin dégagé et la vie semblait reprendre son train-train quotidien. Eve flânait. Au gré de sa balade, elle contemplait les bateaux-mouches qui voguaient sur la Seine. Les touristes, profitant de cette parenthèse ensoleillée, grouillaient sur les ponts supérieurs des navires. Sur combien de photos souvenirs se trouverait-elle à tout jamais gravée ? se demanda la jeune femme, en faisant face aux flashs des péniches. Le vent avait chassé les nuages, mais l'air était encore frais et elle préféra marcher dans les rayons du soleil. Sa mère était décédée. Son père était en fuite. Et pourtant le monde continuait à tourner, comme si de rien n'était. Elle aurait aimé pouvoir s'appuyer sur Michel Wuenheim. Mais ce dernier, entêté dans son enquête, obsédé à l'idée d'être ridiculisé par son propre beau-père, redoublait d'énergie pour interpeller Saint Hilaire. Si elle le croyait sincère lorsqu'il prétextait vouloir l'arrêter lui-même pour éviter tout accident malheureux, elle regrettait cependant qu'il n'ait pas pris plus de temps pour la consoler. Elle avait besoin de quelqu'un auprès de qui épancher sa peine. Ni son père, ni son compagnon, ni personne d'autre n'étaient là pour compatir. Le fleuriste n'était plus qu'à une centaine de mètres. Elle s'attarda devant les étalages des bouquinistes. La lecture avait toujours été un refuge. Mais cette fois-ci, aucun titre ne trouva faveur à ses yeux. Regrettant cette indifférence, elle feuilleta un vieux livre dont la couverture verte était méticuleusement ciselée d'or. Elle imagina l'ouvrage dans la bibliothèque en chêne massif de son père, mais le prix prohibitif pratiqué par le marchand la dissuada de l'acheter.

Une main ferme vint se poser sur son épaule. Elle se retourna et ne put tout de suite identifier le visage qui se dessinait à contre-jour, éblouie qu'elle était par le soleil. Yvon Sarras lui souriait. Le gardien de la paix s'excusa de l'effet de surprise. Elle ne reconnut pas immédiatement le fonctionnaire de police. Celui-ci, étonné, lui rappela brièvement les circonstances de leur rencontre récente. Eve se souvint enfin de ce policier au crâne rasé. Terrifiée à l'idée d'être démasquée dans la chambre froide de la morgue, elle n'avait pas prêté attention aux visages des deux hommes qui l'avaient surprise. Sarras avait un physique atypique, pensa Eve. Plutôt musclé que gros, il n'en déplaçait pas moins une masse imposante qui devait être déterminante lorsqu'il était nécessaire de remettre de l'ordre. Son crâne rasé lui donnait un style et ses yeux perçants le rendaient beau. Un charme naturel se dégageait de cet être qui paraissait doté d'une assurance innée. Elle vit cette rencontre comme un don du ciel dans la solitude qui lui tenait lieu de compagne.

Sarras savait se rendre intéressant auprès des femmes. Il aimait leur compagnie. Elles étaient sa drogue. La rencontre n'était bien sûr pas fortuite. Le policier avait traîné ses guêtres jusqu'à l'Institut médico-légal dans le secret dessein d'inviter Eve à déjeuner. Il connaissait la situation de la jeune femme, il la savait liée au commissaire Wuenheim. Mais il était un briseur de glace. Un alpiniste voué aux plus hauts sommets. Rien n'était impossible à cette force de la nature.

Ne la trouvant pas à son bureau, il s'était empressé de suivre sa trace grâce aux indications du vigile de service. Il l'aborda par un « comment ça va ? », laissant sous-entendre : « après cette nuit-là ! ». Elle fit bonne figure mais ne put cacher sa tristesse. Appuyé contre le rebord du quai, Sarras plongea ses yeux bleus dans le regard troublant du médecin.

– Vous lui ressemblez, glissa-t-il.

Surprise, Eve s'enquit de la manière dont il avait été présenté à sa mère. Relatant une nouvelle fois sa rencontre avec la défunte, comme il l'avait déjà fait auparavant avec le major Léognan, il sentit qu'il lui apportait un peu de baume au cœur. Elle, troublée par cet homme charmant, gobait ses paroles sans broncher. Elle reconnaissait le charme de sa mère dans la description qu'il en faisait. Il s'amusa à trouver les points de ressemblance entre leurs deux visages. Les yeux en amande, le nez retroussé étaient visiblement l'héritage génétique de la famille. Gênée par la tournure de la conversation, Eve indiqua qu'on la comparait volontiers à son père étant jeune. Elle avait été un garçon manqué durant toute son adolescence, dont le caractère sportif et combattant lui avait valu de nombreuses écorchures aux coudes et aux genoux. Le policier riait de bon cœur à l'évocation de ses souvenirs d'enfance. Il précisa tout de même qu'elle avait le même regard sombre que son père lorsqu'elle était en colère, et la même faculté de mettre son menton en avant. Eve ne s'était jamais aperçue de cette moue disgracieuse, mais elle voyait bien ce qu'il voulait dire, se remémorant certaines colères de son père. Les cloches de Notre-Dame sonnèrent au loin. 13H00 ! Si elle ne voulait pas arriver en retard à son travail, elle devait se presser de passer sa commande au fleuriste avant de revenir sur ses pas. En galant homme, Sarras lui proposa son aide dans le choix difficile de la couronne mortuaire. Elle accepta sans hésiter, trouvant enfin un rocher où s'agripper dans la tempête qui secouait sa famille. Il lui proposa son bras qu'elle prit avec le sourire.

Au bout de ses jumelles, il vit le couple ainsi formé pénétrer dans la boutique de fleurs. Le capitaine Poncey était derrière les basques d'Eve Saint Hilaire depuis le lever du soleil. Il avait été réveillé en pleine nuit par le commissaire stagiaire Le Taillan qui lui avait énoncé sa mission sur ordre du grand patron. Mal assis sur une petite banquette aménagée dans l'arrière de la camionnette dédiée aux filatures, il poireautait derrière les vitres sans tain, à l'affût des moindres faits et gestes du médecin légiste. A deux reprises, il avait été joint par le commissaire Wuenheim, impatient de savoir ce que manigançait sa fiancée. Mais la jeune femme était restée sagement à l'Institut médico-légal durant toute la matinée avant de partir en promenade pendant la pause déjeuner. Poncey ne comprenait pas très bien pourquoi on l'immobilisait ainsi sur cette fausse piste alors qu'il aurait été plus utile ailleurs. Son intérêt pour cette filature s'intensifia lorsqu'il reconnut le gardien de la paix, Sarras, faisant le joli cœur auprès de la demoiselle. Le capitaine opta pour deux solutions. Soit elle prenait contact avec un homme de son père pour lui transmettre ses instructions, soit elle avait une liaison secrète avec ce fonctionnaire de police et cela risquait d'être croustillant. Il se voyait déjà obligé d'expliquer la situation à son patron. La colère qu'il provoquerait serait sans égale. Bien décidé à élucider le mystère de cette rencontre impromptue, il resta collé à ses jumelles, ne perdant aucune miette du spectacle. L'aération dans l'habitacle du véhicule étant plus que vétuste, il devait régulièrement enlever la buée qui se formait sur les glaces arrière, à l'aide d'un vieux torchon. Son estomac commençait à crier famine. Il avait acheté en prévision deux croissants, mais il les avait mangés depuis longtemps. Par terre, une bouteille en plastique lui servait de latrines portatives. La réalité des filatures était loin de ressembler à celles des films et des feuilletons télévisés, pensa-t-il.

– Que diriez-vous de ces roses rouges ? demanda Eve.

Sarras fit une moue compréhensible. Il s'approcha de l'oreille de la jeune femme pour expliquer qu'il fallait respecter le langage des fleurs. La couleur rouge était violente, trop agressive. Elle signifiait l'ardeur des sentiments, la fougue de l'amour, ce qui dans le cas présent, ne convenait pas à la situation. La légiste fut impressionnée par l'intérêt que cet homme d'apparence rustre portait aux plantes. Il lui conseilla de mélanger du violet et du blanc. La première couleur exprimait la délicatesse et la profondeur des sentiments. Elle rappelait à la personne aimée que l'on pensait à elle. Le blanc symbolisait la pureté, le raffinement et l'élégance. En somme, tout ce qui caractérisait sa mère. Après une telle leçon, la jeune femme se laissa guider, poursuivant son initiation florale. Sarras, en véritable poète, s'attarda sur des œillets blancs.

– Cette fleur symbolise la pensée fidèle ! dit-il en la plaçant sous son nez retroussé.

Eve s'imprégna des senteurs de la plante. Ses poumons s'emplirent d'un air de printemps. Mais déjà son professeur bondissait vers un autre bouquet.

– Regardez ! Des immortelles ! indiqua-t-il en tenant une plante au feuillage vert argenté et aux fleurs étoilées de couleur mauve.

– *Xeranthemum cylindraceum* « lilac stars », de leur nom latin. Elles appartiennent à la famille des astéracées et symbolisent le souvenir.

Son savoir était sans fin et il semblait passionné. Il reprit les œillets blancs et les mélangea savamment avec les fleurs violettes.

– Qu'en pensez-vous ? demanda-t-il, fier du résultat.

– C'est ravissant ! répondit-elle, comblée par ses conseils.

Son choix était fait lorsqu'un vendeur inexpérimenté vint proposer ses services. Elle commanda une gerbe, laissant le soin à son compagnon de donner ses instructions pour le mélange harmonieux des deux variétés de fleurs et de couleurs. Malgré la tristesse du moment, elle sortit de la boutique le sourire aux lèvres, satisfaite d'avoir accompli sa mission. Après avoir déposé un billet de cinq euros dans la main du fleuriste et arraché une rose rouge d'un vase d'exposition, le galant gardien de la paix emboîta le pas de la jeune femme. Lorsque le couple fit irruption dans la rue, le capitaine fut aux premières loges pour voir le policier offrir la fleur des amants à sa charmante compagne. Il se tapa le front avec la main. Il aurait sans nul doute préféré que ce rendez-vous secret soit destiné à organiser la fuite de Saint Hilaire. Malheureusement, cela ne semblait être qu'une rencontre d'amoureux. Le mode vibration de son téléphone s'activa et il vit que Wuenheim cherchait à le joindre. Comment lui annoncer la nouvelle ? Devait-il lui dire la vérité ? Trop peureux pour affronter les foudres de son chef, le capitaine Poncey préféra éteindre l'appareil. Plus tard, le prétexte de sa batterie déchargée justifierait son silence.

– Le rouge n'est-il pas symbole de violence ? interrogea Eve Saint Hilaire en acceptant la fleur.

– La violence dans l'ardeur des sentiments, répondit Sarras.

– Et la fougue de l'amour ! lâcha-t-elle un peu rapidement.

Elle se mordit les lèvres. L'heure n'était pas au batifolage. Malgré le moment agréable qu'elle venait de vivre, elle devait redescendre sur terre.

– Je suis en retard ! dit-elle, en regardant une nouvelle fois sa montre.

Sarras lui proposa de la raccompagner en voiture. Son véhicule, stationné à proximité, leur permettrait de prolonger la magie de cet instant, tout en regagnant au plus vite l'Institut médico-légal. Cachée derrière la rose rouge, elle accepta la proposition.

Le capitaine Poncey avait délaissé ses jumelles pour bondir sur le siège du chauffeur. Agrippant le volant des deux mains, il s'inséra dans la file de circulation. D'abord dissimulé derrière un bus, puis roulant sur une autre file que celle empruntée par le gardien de la paix, l'officier de police restait collé au véhicule de tête. Ce dernier tourna précipitamment sur sa droite en direction du Jardin des Plantes.

– Mais où allez-vous ? demanda Eve en se retournant pour regarder la bonne direction.

– Retournez-vous ! ordonna Sarras. Je crois que nous sommes suivis ! fit-il mystérieusement.

La jeune femme sembla troublée. Son père avait raison.

– Etes-vous armé ? questionna-t-elle pour se rassurer.

Le gardien de la paix écarta légèrement sa veste pour laisser apparaître un 38 spécial enfoncé dans un holster, bloqué contre sa hanche.

– Nous n'en aurons pas besoin ! lâcha-t-il en freinant brusquement à la suite d'un carrefour.

Il enclencha la marche arrière et vint se garer devant un camion-benne. La voiture qui les suivait les dépassa sans les voir. Le gardien de la paix sortit aussitôt un calepin pour inscrire le numéro de la plaque numérologique du véhicule. Poncey roula deux ou trois minutes encore avant de comprendre qu'il avait été repéré. Il fit demi-tour pour tenter de retrouver la voiture du couple dans le flot de la circulation, mais celle-ci s'était déjà volatilisée.

Sarras, étonné d'avoir été filé, se renseigna aussitôt auprès d'une vieille connaissance qui travaillait à l'immatriculation des cartes grises à la Préfecture de police. La réponse ne tarda pas à tomber. Eve Saint Hilaire, encore plus impatiente que son pilote, trépignait sur son siège. Ses yeux verts scrutaient le moindre mouvement des lèvres du policier. Enfin, il se décida à parler :

– Ce véhicule appartient à l'Inspection générale des services !

Chapitre Dix-Huit

Lorsque Marthe Saint Hilaire s'était installée dans le studio de son amie, rue de la Chapelle, elle n'aurait jamais imaginé qu'un jour son mari s'endormirait dans son lit étroit avec une autre femme. Pourtant, c'est ce qui arriva. Une nouvelle claque venait de frapper Saint Hilaire. Elle l'avait trompé. Lui, le policier, ne s'était douté de rien ! Il n'avait rien vu venir. Absorbé par son travail, il avait négligé sa femme au point de la pousser dans les bras d'un autre homme. Il ne lui en voulait même pas. C'était de sa faute si la situation avait dégénéré entre eux. Mais la découverte était difficile à encaisser. Il s'était endormi contre Rebecca Fortia. Comme l'autre soir dans le train, il avait gardé ses habits. Elle n'avait pas tenté de profiter de la situation. Un jour peut-être, les circonstances leur permettraient de franchir le pas. Ils n'avaient pas tardé à s'endormir, profitant de cette planque inespérée pour se reposer.

Saint Hilaire se réveilla le premier. Un rayon lumineux traversait le vasistas. Le soleil était déjà bien haut dans le ciel. Son front touchait celui de Rebecca. Sa main s'était posée sur la hanche de la jeune femme alors même qu'il dormait encore. Laissant glisser ses doigts sur les formes arrondies de sa partenaire, il la contemplait avec désir. Pourquoi cette jeune femme l'avait-elle suivi dans cette folle nuit ? Quels étaient ses sentiments à son égard ? Il effleura délicatement la joue du mannequin. Cet ange lui était tombé du ciel au moment même où le destin avait mis un terme à son premier mariage. Quelle coïncidence ! Quelle chance ! Les yeux de Rebecca s'entrouvrirent légèrement. Elle sourit à l'homme qui partageait sa couche. Sans oser le regarder, elle rapprocha son corps de celui du policier et l'entoura de ses bras. Sa tête vint se blottir dans son cou. Elle le tenait. Elle l'avait choisi contre toute attente et le suivrait jusqu'en prison, s'il le fallait. Son cœur battait rapidement. Saint Hilaire le ressentit. Elle glissa sa main sous son tee-shirt et partit explorer son torse. Leur silence facilitait leur union. Il sentait la caresse de ses cuisses musclées contre ses jambes. Elle était maintenant sur lui, le couvrant de tendres baisers. Au milieu de ses cheveux blonds, leurs bouches se rejoignirent et leurs langues ne tardèrent pas à se retrouver. Le mécanisme du verrou de la porte s'actionna à ce moment précis.

– Merde !

Il envoya Rebecca sur le bas-côté. Il bondit sur son arme et se colla contre le mur, prêt à surprendre le visiteur. Le penne de la serrure recula au maximum. La porte s'ouvrit. Une ombre s'avança dans la pièce. Le commissaire donna un coup d'épaule dans la porte qui se referma aussitôt. L'effet de surprise fut total. Il posa le canon de son pistolet sur la tempe de l'intruse. Un cri aigu retentit dans la pièce.

– Irène ?

– Pierre ? Mais que fais-tu là ? Tout le monde est à ta recherche !

Comme à son habitude, Irène Pupillin ne put réfréner son désir de parler. Le commissaire lui retourna la question. Elle parut embarrassée pour y répondre.

– Ecoute, Irène ! dit-il amicalement en rangeant son arme à la ceinture, je sais maintenant que Marthe vivait dans ce taudis et qu'elle a eu une liaison avec un autre homme. Maintenant qu'elle est morte, tu peux bien me dire ce qui s'est passé !

La quinquagénaire prit place sur l'une des deux chaises. La frayeur qu'elle avait eue en entrant dans le studio lui avait donné des palpitations. Elle reprit son souffle.

– Que fais-tu là ? insista Saint Hilaire.

– Pierre ! Je vais tout te dire, mais je te préviens, je ne connais pas tout ! Comme tu le sais, j'avais des relations privilégiées avec Marthe. Nous étions de véritables amies.

Les yeux dans le vide, madame Pupillin ressentait la présence de la défunte tout en parlant d'elle.

– Il y a un peu plus d'un an de cela, je l'ai trouvée en larmes chez vous. Je ne comprenais pas ce qui lui arrivait. Elle refusait de me dire ce qui la chagrinait, ce que je trouvais bizarre, puisque j'étais sa confidente ! avoua-t-elle avec fierté.

Elle s'arrêta net lorsqu'elle se rendit compte qu'une femme occupait le lit de son amie disparue. Rebecca, qui s'était allongée au sol quand la porte s'était ouverte, se relevait seulement de ce plongeon forcé.

– Rebecca Fortia ! C'est une personne qui a travaillé pour Marthe, indiqua Saint Hilaire.

Elles se saluèrent. Irène interrogea le policier du regard pour savoir si elle pouvait continuer à parler devant cette étrangère. Le visage serein du commissaire la rassura.

– Donc, dit-elle, essayant de retrouver le fil de son récit, je consolais Marthe pendant un long moment jusqu'à ce qu'elle finisse par me dire la vérité. Elle t'avait trompé. Mais tu l'avais bien mérité ! Chaque fois que nous nous rencontrions, elle me parlait de tes absences. De ton obsession à résoudre tes enquêtes. Des rentrées à point d'heure. Du manque d'attention à son égard. Sa patience a eu des limites ! Le comprends-tu, Pierre ?

– Je le sais, Irène. Ne remue pas le couteau dans la plaie, dit-il en baissant les yeux. Je suis le seul coupable dans cette affaire.

Irène Pupillin fut surprise de sa réaction. Elle pensait les hommes incapables de se remettre en question. Ils avaient toujours raison et les femmes toujours tort. Voir Saint Hilaire penaud devant cette évidence, l'encouragea à poursuivre son histoire.

– Elle ne m'a jamais dit avec qui elle avait fauté, mais sa liaison n'a pas duré. Un individu, ayant appris son incartade extraconjugale, lui a posé un ultimatum, la menaçant de tout te dire si elle ne cessait pas immédiatement cette relation.

– Etait-ce la seule exigence du maître chanteur ? interrogea Rebecca.

– Je n'en sais pas plus ! avoua Irène. Lui a-t-il demandé de l'argent ? Est-ce que cet homme en voulait à son amant ? Ou était-il outré de cette liaison ? Longtemps, je me suis demandé si ce n'était pas un de tes amis qui avait exigé cette rupture. En tout état de cause, elle était revenue à la raison et s'était décidée à rompre avec son amant. L'entrevue s'était très mal passée. Il était devenu violent et l'avait frappée à plusieurs reprises. Elle ne pouvait pas réapparaître devant toi couverte de coups ; je lui ai proposé de l'héberger dans ce modeste studio en attendant qu'elle guérisse. La malheureuse ne pouvait pas porter plainte, tu aurais été immédiatement au courant de sa liaison. Et je peux te jurer qu'elle t'aimait encore !

Saint Hilaire était mal à l'aise au milieu de ces deux femmes. Il baissa la tête.

– Son amant la cherchait partout. Il l'avait croisée alors qu'elle faisait quelques courses au supermarché du coin. Elle s'était enfuie, abandonnant son panier à provisions. La vie lui étant devenue impossible, elle s'était résignée à disparaître. Marthe avait bien trop honte pour réapparaître devant toi !

Irène Pupillin essuya une larme.

– Mais elle ne voulait pas s'éloigner de sa fille. Elle décida donc de rester à Paris. Incognito. Elle changea de coiffure et métamorphosa son apparence au point de devenir méconnaissable aux yeux de ceux qui la côtoyaient. Elle t'a croisé plusieurs fois, Pierre ! Elle m'a raconté combien elle était pétrifiée de peur à l'idée de se retrouver nez à nez avec toi !

Le commissaire sembla marquer le coup à cette annonce. Lui qui l'avait cherchée partout dans Paris, n'avait même pas été capable de la remarquer. Irène continua son récit sans prendre le temps de souffler.

– Elle trouva à s'occuper de deux personnes âgées et m'offrit de me payer un loyer pour cette chambre. Elle sombrait peu à peu dans la dépression, Pierre ! Elle supportait de plus en plus mal cette séparation. Mais Marthe n'avait pas le courage de t'avouer son erreur et était terrifiée à l'idée de revoir son amant.

Un silence s'installa dans la pièce, permettant à chacun de revivre ces événements à sa manière. Rebecca scrutait le visage fébrile de Saint Hilaire. Il devait enfin avoir l'explication de sa disparition.

– Vous a-t-elle parlé de moi ? interrogea le mannequin. J'ai été engagée à sa demande par un détective privé pour lui rendre compte des sentiments que Pierre pouvait encore éprouver pour elle.

La quinquagénaire hocha la tête.

– Oui ! Ces derniers temps, elle n'y tenait plus. Elle voulait tout te dire ! lança-t-elle à l'intention de Pierre Saint Hilaire. Mais avant, elle voulait s'assurer que tu l'aimais encore. Elle n'en pouvait plus de se cacher. Ne plus voir sa fille lui était devenu insupportable. Elle vous aimait, Pierre..., finit-elle tristement.

– N'as-tu aucune idée de l'identité de son amant ? Et de son maître chanteur ? demanda le commissaire. Ne t'a-t-elle pas laissé quelques indices qui puissent nous aider ?

– Non ! Je crois que la honte l'en empêchait, dit Irène. Lorsque Henri m'a appris l'horrible nouvelle, je suis restée abasourdie. Comment expliquer tout cela à mon mari ? La seule certitude que je puisse avoir, c'est que l'auteur de cet odieux crime est probablement l'un de ces deux inconnus.

– L'amant ou le maître chanteur ! pensa tout haut Rebecca.

– Et quelle place occupait Caramany

dans ce jeu de dupes ? ajouta Saint Hilaire. Je ne l'imagine pas du tout avec Marthe ! Ce n'était pas son genre d'homme et puis il était trop jeune.

Les regards des deux femmes ne semblaient pas convaincus par ces arguments.

– Je sais, tout est possible et il ne faut être sûr de rien. En fait... je n'imagine pas Caramany avec Marthe comme je n'imagine aucun autre homme avec elle ! Pour moi cela me paraît totalement invraisemblable !

– Et imagines-tu ton adjoint en maître chanteur ? rétorqua Rebecca en retournant le problème.

– Bien entendu que non ! Il était le policier fidèle ! L'homme sur qui je pouvais m'appuyer lorsque je laissais le service. J'avais une totale confiance en lui.

– Mais celui qui était au courant de la liaison de ta femme a peut-être exercé un chantage dans ton intérêt. Nous pouvons tout à fait supposer que ce soit l'un de tes amis proches qui ait intimé l'ordre à Marthe d'y mettre fin, dit subtilement le mannequin, se ralliant à la thèse d'Irène.

Saint Hilaire parut réfléchir à cette hypothèse.

– C'est effectivement possible, ajouta Irène Pupillin.

Le commissaire analysait toutes les incidences qui pouvaient découler d'une telle situation.

– Imaginons que cela soit vrai..., commença-t-il par dire, cela voudrait dire que l'amant de Marthe aurait tué Caramany, car ce dernier pouvait me révéler son identité...

La logique policière de Saint Hilaire reprenait le dessus.

– Ce qui peut également signifier que l'amant de ma femme est peut être une proche connaissance ! conclut-il.

– Cela se tient, ajouta Irène qui, visiblement, n'avait pas pensé à cette solution.

– Oui, reconnut Rebecca en regroupant ses cheveux blonds dans une queue de cheval. En même temps, si Caramany était plutôt l'amant de Marthe, dit-elle pour se faire l'avocat du diable, ils ont très bien pu être tués par une tierce personne qui les avait fait chanter auparavant.

– Dans ce cas, renchérit Saint Hilaire qui savait ne pas s'arrêter à la première solution venue, l'assassin n'a pas dû obtenir sa rançon ou alors était jaloux de cette union. Il a peut être été éconduit par Marthe et l'a donc menacée de tout me raconter. Après leur séparation, Caramany et Marthe se sont peut-être revus et le maître chanteur, furieux de voir leur liaison perdurer, a décidé d'en finir avec eux...

– C'est tout à fait envisageable, dit Irène Pupillin, mais je crois que si cela avait été le cas, si Marthe avait revu son amant, elle m'en aurait parlé !

Rebecca s'approcha de la table et y posa trois tasses qu'elle avait trouvées dans le placard. Tout en intervenant dans la discussion, elle prépara un petit déjeuner sommaire. La cafetière était en marche et l'odeur du café se répandait déjà dans la pièce.

– De plus, si elle était toujours amoureuse de son amant, elle ne vous aurait jamais embauchée pour connaître l'état des sentiments de Pierre, dit Irène Pupillin en remerciant de la tête le jeune mannequin qui lui remplissait sa tasse de café.

– C'est juste ! confirma cette dernière.

– En tout cas, en essayant de m'incriminer dans le meurtre de mon adjoint, l'un de ces deux hommes tente de faire place nette dans ma famille.

– Malheureusement, je ne peux t'être d'aucune aide supplémentaire. Mais je t'en prie, déclara Irène Pupillin en augmentant le son de sa voix, honore son souvenir...

Son visage légèrement ridé ne plaisantait pas.

– ... Elle t'a aimé jusqu'à la fin. Chacun, au cours de sa vie, fait des erreurs qu'il regrette jusqu'à la mort. Qui peut se targuer de n'avoir jamais failli à sa ligne de conduite ? Maintenant qu'elle est disparue, pardonne-lui !

Il resta silencieux. Elle ressentit toute la culpabilité qui le rongeait. Elle se leva et vint lui poser une main amicale sur l'épaule.

– Venge-la ! lui dit-elle sèchement, trouve ce salopard et venge-la !

Saint Hilaire releva la tête. L'énergie

qu'il découvrait dans le regard de son amie lui fit penser qu'elle aurait pu faire justice elle-même, si elle avait été plus jeune. Malheureusement, elle n'était pas taillée pour l'aventure. Si son esprit était encore agile et réactif, son corps ne lui permettait plus de telles fantaisies.

– Que sait Henri de toute cette affaire ? demanda le commissaire.

– Rien ! Je n'ai rien dit à mon mari ! affirma Irène. Il ne sait que ce qu'il a appris de la bouche de Wuenheim. Il croit que tu as tué Caramany après qu'il t'ait annoncé la mort de Marthe. Il s'en veut de t'avoir laissé partir du commissariat... Il multiplie les efforts pour qu'aucun policier ne te tire dessus. Je crois qu'il s'en voudrait jusqu'à la mort si tu te faisais tuer par l'un de ses fonctionnaires !

Pierre sourit en pensant à la bienveillance de son ami.

– Ne lui dis rien ! imposa-t-il à Irène qui venait de se rasseoir pour déguster le liquide noir qui patientait dans sa tasse.

Elle but une gorgée. Rebecca Fortia l'imita. Un paquet entamé de gâteaux secs, découvert dans l'un des placards, agrémenta ce modeste déjeuner. Chacun réfléchissait aux différentes hypothèses qui avaient été envisagées.

– Excusez-moi d'insister, plaida Rebecca en rompant le silence, mais se pourrait-il que ce soit votre mari qui ait fait chanter Marthe ?

Devant l'air outré de madame Pupillin, elle tenta d'expliquer :

– Vos deux couples étaient très liés et il est possible que votre mari ait découvert par hasard que Marthe avait une liaison. Sans rien dire à son ami, dit-elle en désignant Saint Hilaire du regard, il a peut-être engagé Marthe à cesser toute relation avec son amant pour la remettre sur le droit chemin.

– Vous n'accuseriez quand même pas Henri d'être un assassin ? répondit Irène, furieuse.

– Non ! Loin de moi cette idée ! s'excusa la jeune femme. Je voulais juste dire qu'il était peut-être au courant de cet état de fait. Mais cela n'en fait pas un tueur pour autant. Il y a d'autres possibilités. Une troisième personne qui en voudrait personnellement à Pierre ! Et qui cher-

cherait à nuire à sa réputation et viserait toutes les personnes qu'il aime.

Saint Hilaire se leva sans toucher à sa tasse.

– Si c'est le cas, alors ma fille est en danger !

Il regarda sa montre.

– Je vais foncer au commissariat. Mes hommes ne me dénonceront pas. Je dois absolument trouver la piste que Wuenheim n'a pas su déceler, en fouillant les affaires personnelles de Caramany.

Rebecca insista pour l'accompagner. Mais le commissaire refusa son aide, préférant ne pas l'impliquer davantage dans son enquête. Elle lui tendit son téléphone portable alors qu'il franchissait déjà le pas de la porte.

– Prends-le. Nous resterons en contact ! Tu n'as qu'à composer le numéro de ma sœur. Tu te rappelles, elle se prénomme Monica. Tu trouveras ses coordonnées dans le répertoire.

Il accepta le cadeau. La porte se referma en partie sur eux, créant une sorte de bulle d'intimité sur le palier. Il la prit vigoureusement par les hanches et se rapprocha de son visage. Leurs lèvres s'effleurèrent à nouveau. Puis il lui chuchota quelques mots à l'oreille :

– J'adore quand tu me tutoies !

Chapitre Dix-Neuf

Eve était furieuse contre Wuenheim. Comment avait-il osé la faire suivre ? Quel goujat ! Le gardien de la paix Sarras, qui conduisait maintenant prudemment en scrutant régulièrement son rétroviseur, écoutait la jeune femme envisager la fin de son idylle avec le commissaire. Elle jurait que tout était bien fini entre eux deux. Eve Saint Hilaire prit soin de mettre à exécution ce qu'elle venait d'annoncer. Elle sortit son téléphone portable et se mit à taper frénétiquement sur les touches du clavier. Yvan Sarras tenta bien de la dissuader en trouvant des excuses à cet homme pourtant si désagréable, mais elle ne voulait rien entendre. Son acte était inexcusable. Le policier expliqua calmement qu'il était normal que le commissaire Wuenheim s'inquiète de la protection de sa compagne au regard des derniers événements. Mais Eve était repartie sur ses grands chevaux. Elle réclamait de la franchise, oubliant déjà qu'elle lui avait également menti, la nuit dernière. Une sonnerie indiqua l'envoi du texto vers son malheureux destinataire. Voilà ! C'était fait ! En un laps de temps record, elle venait officiellement de rompre avec lui. Elle jeta nerveusement son téléphone dans son sac à main. Si elle n'avait pas eu peur de se briser les os de la main, elle aurait donné un coup de poing rageur dans le tableau de bord.

– Vous savez, dit Sarras pour changer de sujet, je m'en veux terriblement. Nous aurions dû nous débarrasser de cette arme aussitôt après sa découverte. Cela aurait évité le pire à votre père.

Il parlait sincèrement en regardant la route. Le canal radio de la police était ouvert et les conversations des patrouilles avec la station directrice s'égrenaient en bruit de fond.

– Mon père est innocent ! lâcha-t-elle pour le mettre dans la confidence.

– Mais ! Comment est-ce possible ? s'enquit le policier.

La jeune femme, n'y tenant plus, lui confia les véritables raisons qui l'avaient conduite à retourner à l'Institut médico-légal. Elle lui détailla ses investigations : la comparaison de la taille des blessures des deux corps avec la lame, et la découverte du larynx écrasé dans la gorge de Caramany. Elle en vint aux conclusions qu'elle en avait tirées et qui donc innocentaient son père. Sarras paraissait aussi surpris des résultats des examens que du courage qu'Eve avait dû déployer pour retourner charcuter le corps de sa pauvre mère.

– Comment avez-vous été capable de toutes ces recherches ? demanda-t-il, interloqué.

– Ecoutez ! Que les choses soient bien claires, déclara-t-elle énergiquement, j'ai déjà perdu ma mère mais je ne compte pas perdre mon père. Et je suis prête à tout pour retrouver le véritable assassin de maman !

Le policier était impressionné par la volonté dont cette femme faisait preuve. Il était sous le charme.

– J'adore vous voir en colère.

*

Wuenheim claqua la porte en sortant de la salle d'interrogatoire. A l'intérieur, le mage Troplong pleurait son innocence. Très rapidement, le commissaire s'aperçut qu'il n'y avait rien de plus à tirer d'un tel hurluberlu. Il laissa à l'un de ses sbires le soin de tout reprendre à zéro avec le charlatan. Mais la matinée n'avait pas été vaine. La plainte d'un détective privé pour le vol de son véhicule par le commissaire Saint Hilaire et la dénommée Rebecca Fortia, avait été signalée à tous les services de police. Saisissant la balle au bond, l'une de ses équipes était allée à la pêche aux informations chez l'enquêteur séquestré. Remontant la piste de Saint Hilaire et suivant ses traces pas à pas, le commissaire Wuenheim avait dépêché une autre patrouille au numéro un de la rue de la Chapelle, dans le 18e arrondissement de Paris. Le bolide n'avait pas tardé à être retrouvé. Complètement désossé, il avait perdu de sa superbe. Puis une équipe d'intervention avait fait exploser la porte du studio de Marthe Saint Hilaire pour n'y découvrir que trois tasses sales et le reste d'un paquet de gâteaux secs. Wuenheim se chargea personnellement d'avertir le commissaire divisionnaire, Henri Pupillin, de l'existence de ce studio dont la boîte aux lettres indiquait le nom de sa femme. Le préretraité était entré dans une colère folle, vexé d'être pris au dépourvu par son cadet. Il le remercia quand même de cette information et lui promit de le tenir informé dès qu'il se serait entretenu avec sa femme.

Enfin, il ne lui restait plus qu'à aller faire un tour du côté de l'agence de mannequins de la dénommée Rebecca Fortia. Wuenheim avait de quoi la cuisiner ! Elle devrait s'expliquer sur son implication dans cette affaire et lui relater leur folle cavale de la nuit dernière.

Wuenheim resplendissait. Il aimait cette intense agitation autour de lui. Il donnait les ordres justes. Et à chaque action commandée revenait une information qui le rapprochait inévitablement de Saint Hilaire. C'était un chasseur. Il aimait poursuivre le gibier avant que celui-ci ne rende les armes. Et son collègue n'était pas une proie docile.

Son téléphone vibra dans la poche de son pantalon. Il le sortit rapidement afin de prendre connaissance du message. Les personnes qui eurent l'occasion de croiser le commissaire à cet instant précis, durent imaginer qu'il venait d'apprendre la mort de son père ou de sa mère. Le visage pâle, il dut s'y reprendre à trois fois pour évaluer la teneur de ce qu'il découvrait :

Honte à toi ! Me faire suivre est inadmissible. Ton manque de confiance me navre. Tout est fini. Adieu !

Bien entendu, il rappela aussitôt, mais Eve n'était pas décidée à lui parler. Il s'isola dans un bureau pour lui laisser un message où il tenta maladroitement de s'expliquer sur cette filature qu'il qualifia de protection rapprochée contre son père. Ce qui, à la réflexion, lui parut une très mauvaise idée puisque Eve ne connaissait pas le niveau d'implication de Saint Hilaire dans le meurtre de Caramany. Il enregistra donc un second message où il demanda simplement une entrevue qui lui permette de se justifier.

Puis, il appela le capitaine Poncey qui répondit enfin à cette communication.

– Vous avez toujours à vue mademoiselle Saint Hilaire ? demanda-t-il sournoisement à l'enquêteur.

– Oui ! Heu... Enfin, je suis devant l'Institut médico-légal, déclara Poncey, hésitant.

– Vous n'avez rien à me dire de nouveau depuis notre dernière conversation ?

– Eh bien... non...

Poncey ne savait que dire. Comment avouer à son patron que sa compagne le trompait, avec un autre policier de surcroît ?

– Mademoiselle Saint Hilaire est sortie sur les quais pendant la pause déjeuner. Elle est allée dans un magasin de fleurs et maintenant je crois qu'elle est à son travail, dit-il tout penaud.

– Vous croyez ou vous en êtes sûr ? insista le commissaire.

– En fait ! Je crois que...

Wuenheim ne lui laissa pas le temps de terminer sa phrase. Il le traita d'incapable, le menaça de le renvoyer à la circulation puisqu'il n'avait même pas été foutu d'effectuer une filature sans se faire « détroncher ». Le capitaine dut reconnaître qu'il avait perdu la trace de la jeune femme dans les embouteillages. Mais il persista à cacher la vérité sur la rencontre entre Eve Saint Hilaire et le gardien de la paix Sarras.

Atterré par cette nouvelle, désespéré de voir son couple se défaire, le commissaire Wuenheim ne savait plus comment s'en sortir. Pourtant, il trouva les ressources nécessaires pour poursuivre dans la direction qu'il s'était assignée. C'était le seul moyen de prouver à Eve qu'il avait eu raison de la protéger de son père. Il devait absolument interpeller Saint Hilaire et lui faire avouer ses crimes et notamment le meurtre de sa femme. C'est dans cet état d'esprit qu'il partit rendre une visite aux gérantes de l'agence de location de mannequins.

*

Monica Fortia était furieuse lorsqu'elle vit pénétrer sa sœur jumelle dans le local qui leur servait d'agence. Ayant un caractère aussi trempé que le sien, elle proféra un nombre incalculable de reproches, et les cernes que Rebecca affichait sous les yeux ne constituaient pas l'un des moindres.

– Tu ne vas pas me dire que tu as couché avec un client ? hurla-t-elle dans le bureau d'accueil.

Rebecca ne put dissimuler un sourire fautif qui éclaira la situation. Enfreindre la règle, c'était risquer de tout gâcher. Les deux sœurs s'étaient toujours battues pour qu'on ne les confonde pas avec des péripatéticiennes. Faire une telle erreur, c'était risquer de voir débarquer la police des mœurs d'un instant à l'autre. De plus, Monica savait très bien que Rebecca serait incapable de jouer la comédie devant leurs clients, si son cœur battait pour un autre homme. Les vociférations de sa sœur ne semblaient pas atteindre la charmante jeune femme blonde. Une fois sa salive épuisée, elle dut se résoudre à l'évidence :

– Mon Dieu ! Elle est amoureuse !

Rebecca tenta d'expliquer à sa jumelle qu'elle ne devait pas voir le mal partout et qu'elle n'avait eu aucune relation sexuelle au cours de la nuit dernière, mais qu'elle était impatiente de lui parler du commissaire Saint Hilaire. Monica Fortia consentit à maîtriser ses émotions et à concentrer son attention sur les péripéties de la veille. Rebecca raconta comment, au restaurant, elle avait été démasquée par son beau policier. Puis elle fit le récit de leur quête de renseignements auprès du détective, omettant tout de même de parler des menaces avec arme, de la séquestration et du vol de la voiture du dit détective. Enfin, elle aborda la nuit qu'elle avait passée avec Saint Hilaire, oubliant juste de signaler à Monica qu'il faisait l'objet d'un mandat d'arrêt pour meurtre.

– Voilà ! Tu sais tout ! termina-t-elle sans aucune honte.

C'est à ce moment-là que deux voitures de police, toutes sirènes hurlantes, vinrent déraper aux abords de la vitrine de l'agence. Un homme grand et sec portant des lunettes en descendit, hystérique. Il poussa la porte en exhibant sa carte de police.

– Mesdames ! dit-il en saluant de la tête. Commissaire Wuenheim...

*

La vaisselle volait en éclats dans la cuisine intégrée dernier cri, en ardoise marron. Henri Pupillin s'était transformé en fauve lorsque sa femme était rentrée de ses prétendues courses. Outre les mensonges d'Irène, il avait dû subir une humiliation en règle de la part de ce jeune loup de Wuenheim. Il était vexé. Tous ses confrères seraient bientôt au courant du camouflet qu'il venait de lui infliger. Il avait décelé dans l'intonation de sa voix un plaisir sadique à lui apprendre la trahison de sa femme. Pupillin, qui ne lui avait jamais facilité les choses lorsqu'il enquêtait sur l'un de ses services, ne pourrait plus jamais lui tenir tête. Il ne pourrait plus éviter à ses hommes de passer à la moulinette des bœuf-carottes. Cela le rendait fou. Il ne décolérait pas malgré les pleurs d'Irène. Comment allait-il s'expliquer devant le préfet de police ? On lui imposerait sûrement un départ à la retraite anticipée. Il en était convaincu. La fin de sa carrière avait sonné. Et le glas avait été actionné par sa propre femme ! Exigeant des explications, et n'attendant pas qu'elle sèche ses larmes, il lui ordonna de lui raconter tout ce qu'elle savait. Irène, maîtrisant son émotivité, énonça pour la seconde fois de la journée la mise en scène choisie par Marthe pour disparaître. Elle parla de la liaison orageuse qu'elle entretenait et le chantage dont elle avait été victime. Elle expliqua son silence par la promesse qu'elle avait faite à son amie maintenant disparue, de ne jamais révéler où elle se cachait. Enfin, elle oublia de confier à son mari la rencontre inopinée avec Pierre Saint Hilaire et Rebecca Fortia. Elle se refusa également à évoquer avec lui toutes les hypothèses étudiées au petit déjeuner. Même si elle s'était rebiffée lorsque le mannequin avait envisagé l'idée que son mari puisse être le maître chanteur, elle ne raya pas complètement cette possibilité de son esprit. En tant qu'ami proche de Saint Hilaire, il aurait très bien pu insister auprès de Marthe pour qu'elle cesse de le tromper. Ayant confiance en Pierre, Irène décida de lui offrir la chance de trouver le véritable assassin. Son silence lui offrait quelques heures d'avance sur ses poursuivants.

*

Léognan était dans l'un de ses mauvais jours. Lui qui aimait son confort et la routine quotidienne supportait mal les affres de cette journée. Henri Pupillin lui avait donné les commandes du commissariat, à titre provisoire. Mais il était devenu le chef d'un bocal vide. Saint Hilaire était en fuite. Caramany avait été tué. Et Sarras était parti en vadrouille à l'Institut médico-légal soi-disant pour signer un procès-verbal qu'il aurait oublié de griffonner dans la nuit. Ainsi, au lieu de s'asseoir dans le sacro-saint siège en cuir du commissaire et de larver en attendant l'apéritif, il se retrouvait à prendre les plaintes au guichet de l'accueil, faute de combattants. Tout le reste des effectifs avait été réquisitionné par la direction pour tenter de retrouver Saint Hilaire. Seule Claire restait fidèlement à son poste pour seconder le major.

– S'il y a une attaque de banque, il faudra me donner une arme si vous voulez que j'assure vos arrières ! dit-elle en plaisantant.

Mais l'homme au poids démesuré n'était pas d'humeur joviale. Des gouttes de sueur perlaient sur son front et on le sentait prêt à craquer. Lui aussi s'en voulait d'avoir remis le couteau à Saint Hilaire. C'était lui qui avait empêché Sarras d'avertir le commissaire Wuenheim de la découverte de cette arme dans le bureau du lieutenant Caramany. Maintenant le commissaire était recherché pour meurtre et le commissariat était complètement désorganisé.

Mais la cerise sur le gâteau se matérialisa par l'apparition sur le palier d'une personne chargée de mettre en place une cellule psychologique d'aide aux fonctionnaires du service. Le major Léognan resta sans voix. L'hôtesse d'accueil avait du mal à cacher un fou rire irrépressible. La psychologue à la trentaine flamboyante, semblant tout juste sortir des bancs de la faculté, portait un superbe tailleur gris. Une broche en faux diamants, représentant un scarabée, agrémentait sa veste et attirait l'œil des deux seuls rescapés du commissariat.

– Quand pourrais-je m'entretenir en particulier avec les membres du service ? demanda-t-elle, pressée de se mettre à l'écoute des âmes sensibles.

Claire était incapable d'énoncer une seule parole et regarda son nouveau chef, attendant une réaction de sa part. Le major Léognan commença par s'enquérir de l'identité du commanditaire de cette initiative. Lorsque la jeune femme lui apprit que c'était la Préfecture de police qui avait ordonné cette mission de soutien, il dut se résigner à prolonger la conversation. Il expliqua gentiment à la professionnelle qu'il n'y avait plus personne dans le commissariat, à part Claire et lui-même, et lui proposa de prendre rendez-vous pour une date ultérieure. La psychologue lui précisa que son travail devait se dérouler dans la concomitance des événements et qu'elle pouvait tout à fait commencer à s'entretenir avec eux. Ce fut la goutte d'eau qui fit déborder le vase. Le major monta sur ses grands chevaux. Il retraça tous les faits marquants de sa carrière de militaire puis de policier, détaillant les meurtres les plus sordides auxquels il avait assisté, tortures, viols, dépeçages et autres horreurs que tout policier, digne de ce nom, était malheureusement condamné à rencontrer au cours de sa vie professionnelle. Il termina son exposé macabre en minimisant la portée du meurtre de Caramany par Saint Hilaire.

– Vous ne pensez quand même pas, que ce sont quelques coups de couteau dans le ventre de mon lieutenant qui vont me perturber ? explosa-t-il à l'intention de la psychologue.

Celle-ci ne se démonta pas. Elle rétorqua du tac au tac qu'une personne refusant de débattre d'un événement choquant était de ce fait en état de blocage mental. Elle précisa qu'il risquait une secousse psychologique telle qu'elle pouvait dégénérer en dépression dans les mois à venir.

Elevé à l'ancienne, le major Léognan ne pouvait se résoudre à de telles fadaises. Voyant qu'il n'arriverait pas à se dépêtrer de cette situation, il prit sa première décision de chef du commissariat. Il ordonna à Claire de passer l'entretien psychologique en premier. L'hôtesse cessa de rire aussitôt et afficha une moue rageuse à l'encontre du policier. Léognan, désireux de mettre un terme à cette discussion, prétexta une somme importante de travail pour s'engouffrer dans la cage d'escalier et rejoindre son bureau.

Encore énervé par tout ce qui lui arrivait, le major sortit de son placard une petite bouteille de whisky et en ingurgita deux rasades pour se calmer. Un bruit provenant du bureau de Caramany lui fit interrompre sa dégustation. Trouvant cela bizarre, il pensa un instant que Sarras était probablement rentré. Léognan resta interloqué lorsqu'il franchit la porte du bureau du lieutenant. Saint Hilaire, à genou, fouillait dans les documents du défunt policier qui jonchaient encore le sol, depuis la perquisition de l'I.G.S.. Le subalterne lâcha un « patron ! » qui fit sursauter le visiteur. Le major ne sut s'il devait rectifier sa position en signe de respect ou sortir son arme pour le mettre en joue. Hésitant, il resta immobile, pantois, devant l'incroyable apparition.

– Je ne l'ai pas tué ! dit Saint Hilaire énergiquement. Sinon je ne serais pas là à chercher des indices, ajouta-t-il pour convaincre son assistant.

Le bon major écouta attentivement la version de son patron. Atterré par ce qu'il apprenait, sa première réaction fut d'aborder ce qui le touchait de plus près.

– Mais qui a bien pu pénétrer de nuit dans le commissariat pour dérober le couteau puis le remettre à sa place ? interrogea-t-il.

Saint Hilaire n'avait pas de réponse. Son silence affola son adjoint.

– Vous ne croyez tout de même pas que j'aie pu être capable de cela ? fit-il, offusqué.

– Bien sûr que non ! rassura le commissaire. Mais j'ai besoin que vous répondiez franchement à une question...

Sans s'encombrer de préambule, Saint Hilaire lui demanda s'il était au courant d'une liaison extraconjugale qu'aurait pu entretenir sa femme avec quelqu'un de son entourage. La surprise s'imprima sur le visage du major. Le commissaire comprit rapidement que Léognan n'avait rien à voir avec toute cette histoire.

– Et Sarras ! Aurait-il pu venir chercher le couteau au commissariat ? demanda Saint Hilaire.

– Sarras ! Mais c'est impossible !

Le policier était stupéfait des soupçons émis par son patron.

– C'est moi, commissaire, qui ai découvert le couteau accroché à la fenêtre ! Et lorsque nous avons réfléchi à ce que nous devions en faire, Sarras voulait à tout prix que nous le remettions au commissaire Wuenheim. Et c'est encore moi qui ai insisté pour qu'on le replace là où il se trouvait. Il n'aurait donc pas pu imaginer un tel plan !

Saint Hilaire pestait. Il ne savait plus où chercher. Ses pistes se terminaient en queue de poisson. Les dossiers de Caramany avaient été pillés par les enquêteurs de l'I.G.S.. Il ne restait plus rien d'intéressant. Comment allait-il procéder pour identifier le tueur machiavélique de sa femme et de son adjoint ? Comment allait-il dénouer les nœuds de cette histoire ? Ses espoirs s'amenuisaient peu à peu sans qu'il ait les moyens de réagir.

Voyant le triste état dans lequel se trouvait son chef, le major lui proposa de déjeuner. Un bon repas le requinquerait sûrement. Pour une fois, Pierre Saint Hilaire accepta l'invitation.

*

Le commissaire stagiaire Le Taillan râlait tout seul dans sa voiture. Il aurait aimé partir avec son chef dans l'agence de location de mannequins. Ce n'était pas tous les jours que les suspects étaient de superbes femmes. Mais, comme d'habitude, les tâches ingrates lui revenaient, le commissaire Wuenheim se gardant le meilleur pour lui-même. Un appel du commissariat des Grandes Carrières, dans le 18e arrondissement de Paris, avait demandé l'intervention de l'Inspection générale des services sur une affaire suspecte. Son supérieur, de mauvais poil, l'avait assigné à cette tâche, d'un regard glacial. La décision était sans appel. Le haut fonctionnaire se fit donc une raison et partit en direction de la butte Montmartre.

Deux véhicules de police attendaient au milieu de la rue, l'arrivée de Le Taillan. Un policier en tenue l'accueillit par un salut militaire et le conduisit dans une impasse pour retrouver l'officier de police judiciaire. L'enquêteur le salua respectueusement et lui fit découvrir un corps sans vie dans une benne à ordures. Le commissaire stagiaire crut reconnaître une femme. Des immondices recouvraient en partie le cadavre. L'odeur était insoutenable. Le Taillan, déjà sur les nerfs, ne comprenait pas pourquoi on l'avait fait se déplacer. C'était encore une fois une erreur d'attribution. Lui s'occupait de flics corrompus et n'avait rien à voir avec un vulgaire assassinat. Il demanda à ce qu'on appelle la Brigade criminelle qui était compétente pour ce genre d'affaire. L'enquêteur ayant procédé aux premières constatations, garda un calme impérial en voyant le commissaire stagiaire faire demi-tour en direction de sa voiture. Il se permit alors de répondre aux reproches de Le Taillan :

– Ce n'est pas une erreur, monsieur le commissaire, dit-il en insistant sur sa fonction. Je vous ai fait venir jusqu'ici parce qu'il s'agit du cadavre de la dénommée Mélanie Bouzy !

Chapitre Vingt

Les toilettes spartiates de l'Inspection générale des services étaient le théâtre d'une drôle de cohue. Une dizaine de fonctionnaires se nettoyaient les bras et les visages. Des résidus de sang coloraient l'émail des lavabos. Chaque policier auscultait ses blessures et prélevait dans la boîte à pharmacie les pansements pour couvrir ses plaies. Wuenheim faisait partie des blessés. Devant une glace, il examinait les griffures qui défiguraient son visage. Une trace profonde de quatre centimètres de long, placée sous son œil droit, le faisait extrêmement souffrir. L'entaille, causée par un ongle manucuré à la perfection, ne cessait de saigner. Tout en retenant un coton pour absorber le sang, il contemplait sur son avant-bras droit l'empreinte laissée par une mâchoire volontaire. *Folles, furieuses, sauvages, enragées,* étaient les termes employés par les policiers pour qualifier les deux mannequins rebelles. Lorsque Wuenheim leur avait énoncé le motif de sa visite, et surtout détaillé les charges qui pouvaient être retenues à l'encontre de Rebecca Fortia, sa sœur Monica s'était mise dans une colère folle. Elle avait sauté sur sa jumelle et s'était mise à lui crêper le chignon. Les policiers, voulant séparer les deux beautés, se retrouvèrent devant deux furies. Face à cette intrusion dans leur dispute familiale, Rebecca et Monica Fortia retournèrent leur hargne contre les fonctionnaires de police venus les arrêter. Claques, coups de pied, griffures et morsures furent assénés aux assaillants. L'esclandre dura de longues minutes avant que les policiers ne puissent maîtriser la situation. Menottées aux poignets et aux mollets, elles continuèrent d'agresser les agents de police par un flot d'insultes imagées.

Wuenheim ressortit des toilettes avec la ferme intention d'auditionner les deux sœurs et d'obtenir d'elles les informations nécessaires pour pouvoir enfin capturer Saint Hilaire. Dans le couloir, il croisa le commissaire stagiaire Le Taillan, sourire aux lèvres, heureux finalement de n'avoir pas été invité à cette navrante opération. Lorsqu'il fit son compte-rendu à son supérieur, ce dernier se liquéfia de stupeur. Saint Hilaire effaçait les traces qui le reliaient au meurtre de sa femme. Si la poursuite devait se prolonger, Wuenheim n'aurait bientôt plus de preuves à déposer sur le bureau du juge pour faire inculper son confrère. Cette enquête était un véritable calvaire autant sur le plan professionnel que personnel. Il pensait que le fait de remuer ciel et terre, aurait forcé son suspect numéro un à se terrer en attendant des jours meilleurs. Mais au lieu de cela, Saint Hilaire continuait à déjouer les filets tendus par les services de police. Il réussissait à se déplacer dans la ville sans être inquiété le moins du monde. Cela ne pouvait continuer. Et les deux femmes qui patientaient dans la salle d'audition allaient devoir lui fournir des renseignements crédibles pour qu'il réussisse à mettre un terme à cette cavale. Pressé d'en finir, il pénétra dans la pièce en ordonnant au capitaine Poncey de l'assister dans son interrogatoire.

Après avoir été associées pour défigurer les policiers qui avaient osé pénétrer dans leur agence, les deux sœurs jumelles boudaient maintenant, chacune dans son coin. Un agent de police silencieux les observait, assis sur un tabouret. Monica comptait le nombre d'ongles cassés à chacune de ses mains tout en maintenant sa chemise déchirée pour éviter aux yeux baladeurs de lorgner sur ses seins. Rebecca se tenait la tête entre les mains, dissimulant son visage sous sa chevelure ébouriffée. Elle n'avait pas eu le temps de se changer, et portait encore la robe de soirée qu'elle avait déchirée en pénétrant chez le détective privé, laissant apercevoir des jambes auxquelles ne pouvait rester insensible le jeune agent de police chargé de leur surveillance. Lorsque Wuenheim pénétra dans la pièce, suivi de près par le capitaine Poncey, le policier en tenue se mit au garde-à-vous et salua ses supérieurs en tremblant de tout son corps. Cette marque de déférence fit sourire l'insoumise Monica

Fortia. Le seul regard peu aimable de Wuenheim suffit à faire déguerpir le jeune fonctionnaire de police. Le commissaire laissa tomber volontairement son dossier sur la table. Les deux femmes se redressèrent. Poncey resta debout au fond de la pièce à les observer. Leur ressemblance était parfaite. Monica était brune et Rebecca blonde, mais leur visage ainsi que le reste du corps étaient quasi identiques. Il n'aurait pu dire laquelle des deux était la plus fine ou la plus grande. Même leurs poitrines semblaient avoir été façonnées dans le même moule. Leurs regards sauvages lui firent penser que Wuenheim n'était pas encore au bout de ses peines. Ce dernier s'installa face à elles afin de commencer l'interrogatoire.

– C'est dur de garder son calme lorsque sa propre sœur jumelle vous ment ! adressa-t-il à l'attention de Monica.

Cette dernière garda le silence même si elle n'en pensait pas moins. Poncey admira la manière avec laquelle son chef amorçait l'audition. Il utilisait une vieille technique policière qui consistait à déstabiliser leur solidarité pour obtenir la vérité. Wuenheim ouvrit son dossier et récapitula l'ensemble des faits depuis la rencontre de Saint Hilaire avec Rebecca dans le train Florence-Paris, jusqu'à leur cache dans l'appartement d'Irène Pupillin. Il précisa que ce logis avait hébergé en son temps la défunte Marthe Saint Hilaire. A l'énoncé détaillé des charges qui pesaient sur le commissaire Saint Hilaire, les yeux bleus de Monica Fortia s'assombrirent. Comment sa sœur avait-elle pu se laisser entraîner dans une telle cavale ? Comment avait-elle pu se laisser convaincre aussi facilement de l'innocence de ce policier ? Monica était déroutée. D'ordinaire, elles s'entendaient parfaitement, partageant les mêmes intuitions. Elle essaya de comprendre pourquoi, pour la première fois, leurs routes s'étaient écartées. Son esprit était partagé entre un sentiment de tristesse et celui d'une profonde colère. Les deux policiers le remarquèrent sur son visage crispé.

– Vous avez donc été l'auteur d'un cambriolage, d'une séquestration avec arme et d'un vol de véhicule, récapitula

Wuenheim en s'adressant maintenant à Rebecca.

– C'est pas mal pour une débutante ! dit Poncey, narquois.

Wuenheim fronça les sourcils. La moindre remarque désobligeante ressoudait la complicité des deux sœurs fâchées. Il fit un geste de la main à son adjoint pour lui demander d'éviter de telles remarques.

– C'est le commissaire Saint Hilaire qui a commis ces actes, répondit Rebecca en rompant son silence.

– Oui, oui ! Nous pouvons résolument lui impliquer la genèse de ces délits... Mais, à aucun moment, vous n'avez tenté de l'arrêter ! ajouta-t-il en posant son index tendu sur la table.

– Monsieur le commissaire !

Elle le regardait droit dans les yeux. Son charme était indéniable et aucun homme, normalement constitué, ne pouvait rester insensible à sa beauté.

– Le détective Vergelesses vous a probablement indiqué ma surprise lorsqu'il m'a informée que le commissaire Saint Hilaire était recherché pour meurtre, n'est-ce pas ?

Wuenheim ne put que confirmer cette vérité d'un petit geste de la tête.

– Je n'étais au courant de rien. Je n'ai fait qu'obéir aux injonctions d'un policier que je croyais en service ! lâcha-t-elle, énervée. Demandez au serveur du restaurant ! Saint Hilaire m'a retenue par le bras. Je voulais partir lorsque je l'ai reconnu. Mais il m'a sorti sa plaque de police. Que pouvais-je donc faire ?

Poncey regardait en spectateur le match qui venait réellement de commencer. La jeune femme répondait coup pour coup aux attaques de son patron.

– Certes ! Mais lorsque le détective privé a repris conscience, vous n'avez pas tenté d'aider le pauvre malheureux ?

– Mais Saint Hilaire était armé ! argumenta-t-elle, en l'interrompant.

Rebecca jouait serré. Elle devait à tout prix sortir sa sœur de ce pétrin, et pourquoi pas elle-même... Leur agence, qui fonctionnait si bien, ne devait pas fermer. Monica n'avait pas mérité une telle injustice. De plus, rester libre était le meilleur moyen pour venir en aide à Pierre Saint Hilaire. Malheureusement son système de défense ne se tenait qu'en chargeant le commissaire. Elle espérait qu'une fois la lumière faite dans cette affaire, les charges pesant sur lui seraient tout bonnement abandonnées.

– Et puis, ajouta-t-elle, j'ai découvert que Vergelesses était un obsédé sexuel qui s'excitait sur mon press-book.

Wuenheim baissa les yeux pour dégager l'album photo de ses papiers.

– Je n'avais donc aucune raison de lui fournir mon aide, termina-t-elle.

Tout en écoutant la fin de sa défense, il étala deux photographies de la jeune femme à moitié nue sur la table. Poncey se souleva sur la pointe des pieds pour ne pas en perdre une miette.

– Je regarde ces photos ! dit le commissaire, ses yeux allant de l'une à l'autre en signe de provocation. Suis-je pour autant un obsédé sexuel ? lança-t-il pour la prendre à contre-pied. Ces photos, c'est bien vous qui les avez faites ?

– Oui.

– Vous les avez faites pour qu'elles soient regardées... ? interrogea-t-il avec la même intonation.

– Oui !

– Alors, vous devriez réfléchir à deux

fois avant de traiter une victime ligotée sur une chaise et abandonnée dans son appartement dévasté, d'obsédé sexuel !

Wuenheim ne plaisantait pas. Il était décidé à dompter ces deux femmes.

– Vous êtes-vous déjà présentée devant une cour d'assises, mademoiselle Fortia ? demanda le commissaire qui connaissait déjà la réponse.

Elle garda le silence.

– Croyez-vous que de tels arguments tiendront devant les preuves implacables que je récolte depuis trois jours ?

Il fouilla dans son dossier et déposa une photographie du corps de Mélanie Bouzy immergée dans la benne à ordures. Il la retourna sur la table puis la glissa sous le regard de Rebecca.

– J'ai rencontré cette femme, hier soir. Elle était encore vivante lorsqu'elle m'a dit que c'était un policier qui l'avait forcée à porter plainte contre le lieutenant Caramany.

Rebecca mit sa main devant la bouche en voyant le cadavre de la prostituée. Monica Fortia baissa les yeux. Le commissaire avait la main, il continua sur sa lancée.

– Je vais vous dire ce que je pense de toute cette affaire...

Il se dressa pour mieux montrer sa domination et sa détermination.

– Saint Hilaire a eu connaissance de la liaison qu'entretenait sa femme avec le lieutenant Caramany. Il a embauché Mélanie Bouzy, prostituée notoire, pour déposer plainte contre Caramany. Saint Hilaire savait parfaitement que mon service irait faire une perquisition chez le lieutenant, c'est donc là-bas qu'il a déposé le corps de sa femme après l'avoir tuée à coups de couteau.

Wuenheim appuyait ses deux bras sur la table comme s'il allait bondir sur les deux femmes.

– Puis, il est allé accrocher le couteau au volet du bureau de Caramany, pour le désigner comme coupable, et il est parti pour l'Italie afin de se construire un alibi en béton.

Le commissaire reprit sa respiration en se redressant.

– Il ne s'attendait pas à vous rencontrer dans le train, mais il avait tout intérêt à vous retrouver car vous étiez la seule personne à l'avoir vu dans le wagon, la nuit où nous avons découvert le corps de sa femme. Pour lui, vous étiez au cœur de son système de défense.

Rebecca secouait la tête, refusant d'admettre la logique de Wuenheim.

– Ensuite ? fit-il en vainqueur. Ensuite, Saint Hilaire n'avait plus qu'à rentrer à Paris. Le pauvre Caramany n'avait plus confiance qu'en lui. Ils se donnent rendez-vous. Entre-temps et comme convenu dans son plan, on découvre le couteau qui a servi à assassiner Marthe Saint Hilaire. Son mari n'a plus qu'à feindre la colère et partir tuer Caramany.

Wuenheim semblait fier d'avoir ainsi résumé les faits. Une larme coula sur la joue rosie de Rebecca.

Elle va jeter l'éponge ! songea Poncey.

– Vous mentez ! Vous mentez ! implora alors la jeune femme.

– Tout ceci n'est que la pure vérité ! Vous avez été trompée ! Abusée ! asséna Wuenheim. Saint Hilaire a tout manigancé de A à Z. Il a ensuite tué Mélanie Bouzy pour effacer les derniers témoins de son plan. Une fois morte, elle ne pouvait plus révéler son secret. Son forfait terminé, il se sait sauvé. Un jour où l'autre, on l'attrapera. Devant ses juges, il ne reconnaîtra que le meurtre de Caramany. Il alléguera la démence, la folie. Il écopera seulement de quelques années de prison avec sursis car la justice n'envoie pas en prison ceux qui tuent les meurtriers de leur femme ! Voilà pour quel monstre vous vous battez !

Rebecca était perdue. Elle ne savait plus que penser. Elle tenta, larmoyante, la thèse du complot. On voulait faire porter le chapeau au commissaire Saint Hilaire. Elle raconta l'invraisemblable hypothèse d'un Saint Hilaire pensant que le tueur était venu chercher le couteau dans le commissariat pour tuer Caramany puis remettre ensuite l'arme à sa place. Monica regarda sa sœur d'un air peiné. Comment pouvait-elle croire à de telles balivernes ?

– Regardez la vérité en face ! l'interrompit Wuenheim. Pourquoi vous êtes-vous séparés ce matin ?

Le mannequin en larmes ne répondit pas.

– Il a dû vous raconter une autre histoire abracadabrante pour justifier son départ, n'est-ce pas ? insista-t-il. Il n'allait pas vous avouer qu'il partait tuer Mélanie Bouzy !

Rebecca était désemparée. Comment le défendre sans dévoiler qu'il se trouvait au commissariat de la rue Ballu ? Et si ce n'était pas le cas ? Le doute vint s'insinuer dans ses pensées. Tout ce que disait Wuenheim était cohérent. Tout semblait accabler Saint Hilaire ! Elle regarda sa sœur, cherchant du soutien dans son regard.

– Dis-lui tout ! ordonna Monica, convaincue par le commissaire.

Rebecca se cacha sous ses mèches blondes. C'était la première fois qu'elle se sentait aussi seule. Elles avaient toujours été là l'une pour l'autre. Elles n'avaient jamais connu la solitude. Ce sentiment était nouveau en elle. Le commissaire regarda sa montre. Le temps qui s'écoulait ne jouait pas en sa faveur. Il devait mettre à terre sa proie, lui donner l'estocade !

– Savez-vous ce que risque votre sœur, à cause de vous ? demanda-t-il. Poncey ! Dites-lui, vous ! Peut-être que vous serez plus persuasif !

– Eh bien... Si je fais le compte... fit l'autre policier en regardant les doigts de sa main droite, il y a : entrave à une action de police, violences multiples sur des agents de police dans l'exercice de leurs fonctions, injures, insultes, dégradation de biens publics...

Monica se redressa. Elle semblait ne pas comprendre le dernier chef d'accusation. Poncey s'amusa à éclairer sa lanterne.

– Vos talons aiguilles enfoncés dans les sièges de la voiture de police, ne considérez-vous pas cela comme une dégradation ? demanda-t-il, narquois.

Monica Fortia poussa un soupir. Il reprit son énumération :

– A cela, il faut ajouter : complicité et assistance à personne faisant l'objet d'un mandat d'arrêt, et je ne vous parle pas des suites de l'enquête sur vos activités au sein de votre agence dite de « mannequins », mais que la justice pourrait requalifier de... prostituées ?

Monica sortit de ses gonds. Elle était très endurante, mais depuis la création de leur société, elle s'était battue bec et ongles pour ne pas avoir cette étiquettelà. Malgré les menottes qui entravaient ses mouvements, elle fonça tête en avant dans le ventre dépourvu d'abdominaux du capitaine de police. Poncey expulsa tout l'air emmagasiné dans ses poumons. La respiration coupée, il s'écroula au sol. Wuenheim ne s'embarrassa pas un instant. Brutalement, il frappa la nuque de la furie qui s'écroula à son tour, perdant connaissance. Rebecca était déjà debout pour venir à son secours. Mais ses mollets attachés entre eux la firent basculer en avant. Le commissaire Wuenheim la rattrapa au vol et la plaqua contre le mur. Sa main droite posée sur son cou la tenait en respect.

– Mademoiselle Fortia, n'aggravez pas votre situation ! Vous allez maintenant me dire où est Saint Hilaire et, dans ma grande gentillesse, je vous oublierai, vous et votre sœur ! dit-il en serrant les doigts.

L'homme terrifiait Rebecca. La situation était désespérée. Depuis le temps, Saint Hilaire ne devait plus être au commissariat. Malgré tout ce que venaient d'avancer ces policiers, elle croyait toujours en son innocence.

– Mademoiselle Fortia, réfléchissez bien !

Son regard était assassin. Un frisson la parcourut.

– Il est...

Elle avait de la peine à articuler, paralysée par l'étau qui serrait sa gorge. Elle commençait à suffoquer.

– Il est au commissariat Saint-Georges !

Chapitre Vingt et Un

La salle de restaurant n'était pas bien grande. Tout juste bonne à entasser quatre tables, elle n'accueillait aucun touriste. Seuls les habitués du quartier connaissaient le petit restaurant espagnol planqué aux abords de l'église de la Trinité. Léognan aurait bien voulu manger dans son quartier général, mais Saint Hilaire, toujours méfiant, préféra, après mûre réflexion, cette adresse à celle du vieux Berbère faisant face au commissariat. Le major ne fit pas longtemps la moue en découvrant comme plat du jour la célèbre paëlla du chef. Miguel, le patron, s'était reconverti dans la cuisine après une brillante carrière de toréador. Des photos grands formats, sous verre, le représentaient dans l'arène pendant ses heures de gloire. Une muleta était suspendue à un clou, juste au-dessus de la table des policiers. Bien souvent, à l'heure du pousse-café qu'il vous offrait généreusement, le patron empoignait la petite épée pour mimer comment il avait mis à terre *el Furioso,* le taureau le plus terrible qu'il ait jamais eu à affronter. L'histoire était connue des habitués mais il mettait, chaque fois, tellement d'allant à jouer la scène de la mise à mort que vous étiez en un instant transporté dans une arène en liesse. Maintenant, il était retiré du circuit. Le pécule amassé durant ses brèves années de gloire lui avait permis d'investir dans ce petit restaurant parisien. Il n'en demandait pas plus. Il était heureux, entouré de ses amis et de ses souvenirs.

Saint Hilaire et Léognan s'étaient séparés pour rejoindre la cantine de Miguel. Le commissaire était redescendu le long de la gouttière avec autant d'agilité qu'il en avait eue pour l'escalader, et avait emprunté les petites rues du quartier, capuche sur la tête pour ne pas être repéré. Léognan, quant à lui, avait laissé ses coordonnées à Claire encore dans les griffes de la psychologue. L'hôtesse d'accueil, toujours aussi curieuse, trouva cependant bizarre le choix du restaurant. Le major déjeunait tous les jours chez le vieux Berbère pour deux raisons : parce qu'il était à proximité du commissariat, ce qui lui évitait de marcher plus que de raison, et parce que les tarifs pratiqués étaient extrêmement intéressants. Lorsque l'on faisait partie de la *grande maison*, l'addition n'était jamais salée ! Si le futur retraité partait se restaurer ailleurs, c'est qu'il avait une bonne raison ou qu'il avait été invité par une tierce personne, en déduisit Claire.

Les deux policiers se faisaient face. Une toile cirée à carreaux bleus et jaunes protégeait la table. Une terrine de pâté à l'ail composait l'entrée de leur menu. Léognan s'était déjà emparé de son couteau pour en étaler une tranche sur du pain de campagne. Le commissaire s'attardait sur le verre d'apéritif offert par le patron. Comment allait-il se sortir de ce mauvais pas ? La peur commençait à se faire ressentir à ce stade de l'enquête. Si le tueur avait atteint son but et s'il reprenait le cours normal de sa vie, il ne pourrait plus jamais remonter jusqu'à lui. L'assassin n'avait commis aucun impair, laissé aucun indice et avait fait disparaître toutes les traces derrière lui. Il connaissait parfaitement les rouages des enquêtes policières, et parvenait même à se glisser dans les commissariats. Comment arriverait-il à confondre un tel individu ? Ses forces l'abandonnaient et l'odeur de l'ail lui révulsait les narines.

– C'est un flic ! dit-il soudain en claquant le verre contre la table. J'en mettrais ma main à couper. Il n'y a qu'un flic pour réussir un plan aussi tordu !

Léognan acquiesça la bouche pleine.

– Il faut à tout prix que je trouve l'identité de l'amant de ma femme !

– Pourquoi pas le capitaine Poncey ? s'interrogea Léognan en empoignant son verre de whisky encore intact. Ne pourrait-il pas être celui que vous recherchez ? Il a eu un différend avec Caramany lorsqu'ils travaillaient ensemble à la brigade des stupéfiants. Peut-être a-t-il gardé contre lui une haine viscérale ?

Miguel arriva, portant à bout de bras une gigantesque paëlla. Il s'aida de son pied pour approcher une petite table afin de poser le plateau. Des gambas et des moules énormes agrémentaient le riz au fumet odorant qui inonda toute la pièce. Le major ne put s'abstenir d'une dernière tranche de terrine et commanda un autre verre, avant d'attaquer le plat principal. Le patron fit un sourire poli, connaissant l'oiseau.

– Mais que vient faire ma femme dans tout cela ? se demanda le commissaire.

– Votre femme avait peut-être une liaison avec le lieutenant Caramany, dit Léognan en hésitant pour ne pas froisser son chef. Poncey en aura eu vent et aura voulu profiter de la situation !

Il semblait fier de son raisonnement.

– A ce compte-là, pourquoi ne pas soupçonner également Wuenheim ? lança Saint Hilaire. Ma fille me détestait et devait lui rendre la vie impossible depuis la disparition de sa mère. Il aura peut-être craqué et eu envie de liquider les parents de sa fiancée ?

– Mais alors, l'amant de votre femme n'aurait rien à voir avec toute cette sordide affaire, glissa le major en empoignant la louche pour passer aux choses sérieuses.

– Je ne sais plus que penser ! se dit Saint Hilaire, dépité.

Miguel apporta une bouteille de vin rouge dont il remplit les verres des convives à ras bord.

– Miguel ! J'ai une question qui me taraude l'esprit chaque fois que je viens manger la paëlla chez toi, dit Léognan, en buvant cul sec le ballon de rouge. Voilà, je me demandais pourquoi tu mets toujours des haricots dans ta paëlla ? Ta paëlla est la meilleure qui soit, mais c'est la seule qui contienne des haricots verts !

– Mon père était producteur de haricots. Il en mettait dans tous les plats. La soupe, le riz, même dans la purée, il y avait des haricots verts. Moi je ne peux plus les voir en peinture et d'ailleurs je n'en mange pas... répondit Miguel.

– Tu ne manges pas de ta propre paëlla ? fit le major interloqué.

– Non ! Ecoute, mon ami, reprit l'homme avec un fort accent espagnol, je mets des haricots dans le riz pour l'odeur... Respire. Cette senteur, c'est mon enfance, c'est ma jeunesse. Le matin, lorsque je fais la tambouille dans la cuisine, je repense à l'Espagne !

Ses yeux regardaient le plafond comme si, en se mettant sur la pointe des pieds, il pouvait voir son pays.

– Alors tu comprends maintenant pourquoi il y a des haricots verts et pourquoi il y en aura toujours chez Miguel ! entonna-t-il comme un chanteur de flamenco.

Le torchon sur l'avant-bras, il repartit à sa plonge, contrarié d'avoir dû se justifier. L'Espagnol était sympathique tant qu'on ne s'attaquait pas à sa cuisine et à son pays. Léognan ne s'offusqua pas de cette retraite et reprit sa fourchette.

– N'empêche ! enchaîna le major dont les moustaches regorgeaient de riz pilaf, si Wuenheim est l'auteur de ce plan, il a toutes les cartes en main. En dirigeant l'enquête, il peut agir à sa guise, trouver les indices qu'il désire, effacer les traces qui le gênent et désigner le suspect idéal.

– C'est exact... reconnut Saint Hilaire. Je dois envisager cette hypothèse. C'est à son poste qu'il est le plus facile de manipuler les cartes ! Mais le mobile est un peu léger, continua-t-il en décortiquant une crevette. Ce n'est pas parce que l'on n'apprécie pas ses beaux-parents qu'on les tue automatiquement !

– Je vous l'accorde ! fit le major, en se resservant de paëlla.

– Et si... Non, ce n'est pas possible ! s'interrompit le commissaire en secouant la tête.

– Et si quoi ?

– Et s'il avait été aussi l'amant de ma femme ?

– Vous voulez dire qu'il aurait couché avec votre fille et aussi avec votre femme ?

– Oui ! Tout à fait ! confirma Saint Hilaire. Cela expliquerait pourquoi Marthe a disparu subitement alors qu'elle aimait passionnément sa fille. Elle a eu honte de ce qu'elle avait fait et a préféré ne plus jamais se présenter devant elle.

– Non, c'est impossible ! dit Léognan qui refusait de croire à cette version. Vous savez ! Je n'ai jamais rencontré ni votre femme ni votre fille. Je ne connais leur beauté que de réputation, dit-il en se débattant avec une moule récalcitrante. Sarras, dont les yeux sortent des orbites lorsqu'il repère une belle femme, m'a fait part dernièrement de son jugement sur la question...

– Et qu'en pense-t-il ? demanda, curieux, le commissaire en fuite.

– Eh bien, Sarras a rencontré votre femme lors du pot de la nouvelle année au commissariat de police, il y a de cela deux ans, et il est tombé sous son charme. Mais lorsqu'il a vu votre fille à l'Institut médico-légal, il était comme hypnotisé par sa beauté ! Vous comprenez ? Si Wuenheim était avec votre fille, j'ai du mal à croire qu'il ait eu envie de coucher avec votre femme.

Léognan n'avait pas forcément tort. Saint Hilaire resta silencieux, perplexe devant le nombre de suspects qui s'offraient à lui. Il n'arrivait pas à mettre ses idées en place. Quelque chose ne tournait pas rond. Son instinct s'affolait sans qu'il comprenne pourquoi. Etait-il en train de devenir paranoïaque ? A force d'être pourchassé, son corps ne tenait plus en place. Derrière les rideaux sales du restaurant, il vit repasser pour la troisième fois un homme en blouson kaki portant un bonnet noir. Ses muscles se raidirent. Il était fait ! Comment avaient-il pu arriver jusqu'à lui ? Qui pouvait être au courant de ce déjeuner ? Il était trop tard. La porte de la salle était l'unique sortie de l'établissement. Léognan vit dans le regard de son chef celui du fauve pris au piège. Les deux hommes se regardèrent.

– Je suis désolé, patron, dit le major tout penaud, j'ai dû laisser l'adresse à Claire, en cas de pépin.

L'hôtesse d'accueil, épuisée par le discours de la psychologue, n'avait pas tenu un round face au commissaire Wuenheim. Elle avait craché le morceau et s'était effondrée en larmes.

Le moment de surprise passé, Saint Hilaire reprit les commandes. Résigné, il demanda à Miguel deux verres de mirabelle. Léognan semblait plus ennuyé que son supérieur. Il s'excusa à nouveau pour son manque de professionnalisme. Saint Hilaire ne lui en tint nullement rigueur et tendit son verre pour trinquer une dernière fois.

– Je suis innocent, Léognan, dit-il laconiquement comme on lit un testament.

– Je n'en ai jamais douté, patron !

Les deux hommes avalèrent leur eau-de-vie d'un trait. D'un mouvement lent et calme, le commissaire sortit l'arme prise au détective. La peur traversa Léognan. Le bar espagnol allait-il se transformer en bastion retranché ? Gardant le pistolet sous la table, Saint Hilaire en retira méticuleusement le chargeur. Les cartouches s'égrainèrent une à une sur la nappe. Enfin, il mit l'arme à feu bien en évidence pour éviter tout incident lorsque les policiers investiraient le restaurant.

Un éclair de lucidité traversa le regard du condamné.

– Léognan ! Répétez-moi ce que vous venez de me dire sur Sarras ?

– Qu'il était hypnotisé par votre fille !

– Non ! Vous m'avez dit qu'il avait vu ma femme, il y a deux ans ?

– Oui, au pot de la nouvelle année du commissariat ! C'était la fois où j'étais malade ! Je n'avais pas pu y assister !

– Mon Dieu ! s'exclama Saint Hilaire.

La porte s'ouvrit, déclenchant la petite clochette annonçant l'entrée d'un client.

– Vous êtes certain de ce que vous avancez ? demanda-t-il une nouvelle fois.

– Bien sûr ! Mais pourquoi une telle question ?

Dans l'encadrement, Wuenheim entra en vainqueur et s'avança majestueusement dans la petite salle, venant chercher la reddition de son ennemi. Le silence s'imposa aux deux hommes attablés. Ses yeux fixèrent le pistolet devenu inoffensif. Le vaincu venait de déposer les armes. Wuenheim eut un sourire de satisfaction. Ces trois jours n'avaient pas été vains. Saint Hilaire, qui ne voulait rien laisser paraître, fit un signe à Miguel pour obtenir une nouvelle tournée. Le patron du restaurant arriva en courant pour servir la commande. Il déposa un verre supplémentaire sur la table. Léognan ne savait plus où se mettre. Il baissait les yeux pour se cacher de Wuenheim. Les deux hommes saisirent leurs verres. Wuenheim les imita. Ils les levèrent sans les entrechoquer, tout en gardant le silence. Saint Hilaire et Léognan burent de bon cœur, et regardèrent Wuenheim. L'homme attendit quelques instants avant de renverser son verre sur le sol.

– Monsieur Saint Hilaire ! dit-il sèchement, vous êtes en état d'arrestation !

Il continua sur un ton monocorde.

– Je vous informe que vous faites d'ores et déjà l'objet d'une mesure de garde à vue qui vous sera notifiée dès notre retour au service, pour les meurtres avec préméditation de Marthe Saint Hilaire, de l'officier de police Caramany et, dit-il en reprenant son souffle, de Mélanie Bouzy !

Saint Hilaire ne put dissimuler sa surprise.

Chapitre Vingt-Deux

Le commandant de police Martin Bouzerond régnait en maître depuis cinq années sur la salle d'information et de commandement de la Préfecture de police. Depuis son siège en cuir installé dans son bureau vitré, il contrôlait les dizaines de pupitres où s'activaient jour et nuit les gardiens de la paix chargés de gérer et de réglementer le trafic radio. La salle, conçue comme un amphithéâtre, était enterrée dans les sous-sols de l'île de la Cité. Dépourvue de fenêtres, elle était uniquement éclairée par des néons et par les lueurs des téléviseurs incrustés dans l'un de ses quatre murs. Ces écrans de surveillance espionnaient les rues et places importantes de la capitale. Une carte gigantesque de Paris indiquait en temps réel tout ralentissement dans la circulation routière. En quelques clics sur un ordinateur, il était possible d'augmenter ou de réduire la durée d'un feu rouge. Ainsi, les fonctionnaires de cette unité pouvaient à tout moment prévenir la formation d'un bouchon en agissant sur les feux tricolores du secteur.

Le commandant Bouzerond dégustait son premier café de l'après-midi. Tournant la cuillère avec délicatesse dans sa tasse, l'homme avait des attitudes très british. Souvent hautain envers le personnel placé sous sa direction, il n'hésitait pas à descendre de son poste d'observation pour intervenir en salle auprès des opérateurs radio. Il commençait son service, et prenait connaissance du programme du jour : une manifestation de 3 000 personnes attendues entre la Bastille et la place de la République, une autre moins importante entre Nation et la place d'Italie, et la fermeture des quais de Seine pour inondation, suite aux intempéries. Cette journée ordinaire lui laisserait sûrement du temps pour surfer sur internet et dégoter des timbres rares sur des sites de ventes aux enchères. Lorsqu'une lumière orange se mit à clignoter sur le poste 25, l'officier de police en renversa son café. C'était plutôt inhabituel que l'alarme d'une voiture de police se déclenche. Des collègues devaient être en danger. Sans attendre, il descendit les escaliers pour rejoindre le pupitre d'où l'alarme rugissait.

– Que se passe-t-il ? demanda-t-il à l'opérateur radio.

– Je ne sais pas, mon commandant ! répondit d'emblée le jeune policier en tenue. C'est l'indicatif radio ROUGET 21 qui a actionné son alarme de secours.

Le jeune homme continuait ses efforts pour entrer en communication avec les auteurs de l'appel de détresse.

– ROUGET 21 ! ROUGET 21 de PC CENTRAL ! Répondez !

La salle entière était devenue silencieuse. Le commandant prit immédiatement en charge les opérations de secours.

– Vous ! dit-il en désignant un autre policier, identifiez-moi le véhicule qui correspond à ROUGET 21, téléphonez au service auquel il appartient ! Je veux savoir qui se trouve à l'intérieur et quelle est leur mission.

– Bien, mon commandant ! répondit l'agent de police.

– Vous ! lança-t-il à nouveau vers un autre opérateur, localisez le secteur d'où provient l'appel au secours. Je veux que tous les véhicules de police à proximité se rendent en urgence sur les lieux. Lieutenant, ordonna-t-il à son chef de salle, prenez la direction des secours, je vais aviser monsieur le préfet !

Le commandant remontait prestement dans son bureau quand son téléphone sonna.

– Oui ! fit-il rapidement.

– Commandant, avant que vous n'informiez monsieur le préfet, je viens juste d'identifier le véhicule, dit le premier opérateur, il appartient au commissariat Saint-Georges. C'est le gardien de la paix Sarras qui devait se rendre à l'Institut médico-légal d'après les informations que vient de nous fournir son supérieur direct, le major Léognan.

*

La colonne de voitures de police roulait à grande vitesse. Cette fois, le convoi était prioritaire et deux motards ouvraient le chemin. Saint Hilaire regardait défiler les rues sans trop se soucier du chemin emprunté. A ses côtés, le capitaine Poncey était chargé de sa surveillance. Devant, Le Taillan tenait le volant et le commissaire Wuenheim était confortablement installé sur le siège passager, un sourire de satisfaction au coin des lèvres. Eve serait bientôt obligée de reconnaître ses torts et reviendrait à ses côtés. Une cohorte de policiers n'avait pas tardé à rejoindre Wuenheim, quelques secondes après son entrée théâtrale dans le restaurant espagnol. Pierre Saint Hilaire avait été menotté et n'avait opposé aucune résistance. Le major Léognan avait bien tenté de savoir où il voulait en venir en lui demandant des précisions sur les déclarations de Sarras, mais son supérieur avait été emmené *manu militari* hors du bar à tapas sans qu'on lui laisse le temps de s'expliquer.

Maintenant, Saint Hilaire cogitait dans son coin. Marthe n'était jamais venue à un apéritif au commissariat. Elle détestait les mondanités. Elle refusait de faire la plante verte pendant que son mari brillait en société. Saint Hilaire était devenu un as dans les excuses bidons pour justifier l'absence de sa femme dans les cérémonies et autres rendez-vous publics. Lorsque le major Léognan avait fait état de sa présence deux ans auparavant au pot de la nouvelle année du commissariat, Saint Hilaire n'avait pas relevé tout de suite l'absurdité de cette remarque. Cette rencontre n'avait jamais eu lieu ! Sarras avait donc menti au major Léognan. Il n'avait jamais pu voir sa femme au commissariat puisqu'elle n'y avait jamais mis les pieds. Découvrant la fascination qu'avaient pu provoquer sur cet homme sa femme et sa fille, Saint Hilaire tentait de se faire à l'idée que ce policier avait sans doute été l'amant de Marthe. Pour s'en persuader, il essayait de les imaginer dans les bras l'un de l'autre, s'embrassant fougueusement. Non ! Ce n'était pas possible ! Saint Hilaire luttait contre cette idée qui s'imposait maintenant à lui.

Et pourtant, la vie lui avait appris à s'attendre à de telles surprises. Les meurtres qu'il avait élucidés au cours de sa carrière, le démontraient amplement. Les aléas du métier faisaient que l'assassin n'était jamais celui qu'il attendait, comme l'amant n'est jamais celui qu'on soupçonne. Tout concordait. Sarras avait accès au commissariat de la rue Ballu. Il avait pu y déposer sans problème le couteau qui avait servi à tuer Marthe. Il avait pu retourner le chercher dans la nuit pour se débarrasser du lieutenant Caramany. Sa fonction lui permettait de connaître l'évolution de l'enquête et de réagir en conséquence. Lorsque le lieutenant Caramany avait joint Saint Hilaire par téléphone après avoir échappé aux griffes de Wuenheim, il avait laissé sous-entendre qu'il devait rendre une visite à quelqu'un. Si l'officier de police était celui qui avait découvert la liaison entre sa femme et Sarras, il avait dû tout naturellement demander des comptes à la seule personne ayant un motif sérieux de le voir croupir derrière les barreaux. Sarras avait dû prendre le dessus lors de cette rencontre, et avait élaboré un nouveau plan pour faire passer ce meurtre sur le compte du commissaire Saint Hilaire !

Tout devenait clair dans le cerveau du policier. Sa conviction était faite. Mais comment confondre son ennemi, quand on est menotté au fond d'une voiture de police ? Par ailleurs, le commissaire Wuenheim semblait également vouloir lui faire porter la responsabilité du meurtre de Mélanie Bouzy. Sarras était manifestement en train d'effacer les traces qui le reliaient à ses crimes. La prostituée était le dernier lien qui aurait pu l'incriminer. Maintenant, seuls ses aveux pourraient le confondre. Mais, au moment où on le conduisait dans les geôles de l'Inspection générale des services, ce qui le préoccupait le plus c'était l'attrait de Sarras pour sa fille. Si l'homme, après avoir été séduit par la beauté de Marthe, était tombé sous le charme d'Eve, cette dernière était forcément en danger à son tour.

Un tueur était né ! Commettre autant d'assassinats en quelques jours était le signe d'une grave déviance psychologique. De plus, Eve en savait trop pour que Sarras prenne le risque de la laisser vivante. Impuissant dans cette voiture, Saint Hilaire se devait de convaincre Wuenheim de son innocence. Il devait lui exposer les risques encourus par sa fiancée si le gardien de la paix Sarras restait libre de ses mouvements.

– Savez-vous où se trouve Eve à l'heure actuelle ? s'inquiéta Saint Hilaire.

Wuenheim se retourna et fit un signe de la tête au capitaine Poncey.

– Elle est..., fit celui-ci, hésitant.

– Eh bien, répondez ! lui commanda Wuenheim.

– Elle est, je crois, à l'Institut médico-légal...

– Vous croyez ou vous en êtes sûr ? interrogea Saint Hilaire sans se départir de sa voix de supérieur.

– C'est-à-dire que je l'ai perd...

Saint Hilaire comprit ce qui s'était passé. Il eut un sourire.

– Ah, je vois ! lança-t-il à l'attention de son confrère. Vous avez fait suivre ma fille ! Chapeau ! ajouta-t-il, pour souligner le manque de confiance qui régnait au sein du couple.

– Ça suffit, Saint Hilaire ! ordonna

Wuenheim. Je n'ai fait que la protéger de vos pulsions meurtrières.

Le prisonnier s'insurgea devant le peu de jugement de son collègue.

– Ecoutez, Wuenheim ! Eve court un grand danger. Je crois enfin savoir qui est l'auteur de ce plan diabolique.

Saint Hilaire parlait très vite. Le temps était compté.

– C'est Sarras, le coupable ! C'est un de mes propres hommes ! Il a probablement couché avec ma femme et l'a tuée ; ensuite, il s'est débarrassé du lieutenant Caramany qui était au courant de sa liaison...

– Comment voulez-vous me faire gober pareille sornette ! lâcha Wuenheim. J'étais là lorsque vous avez tué le malheureux Caramany ! Vous vous êtes enfui et Poncey s'en souvient encore ! ajouta-t-il en regardant le pansement sur le nez de son subalterne.

– Non, c'est faux ! contredit Saint Hilaire. J'ai pris la fuite car je suis tombé dans un piège que Sarras m'avait tendu ! Il savait que je serais fou de rage en apprenant que le corps de ma femme avait été retrouvé dans la cave de Caramany. Il a monté cette mise en scène, rue de Budapest. Eve le sait ! Elle a découvert que le lieutenant n'est pas mort suite à ses blessures faites au couteau. Elle a examiné en secret son cadavre.

Saint Hilaire déballait tout ce qu'il savait de l'affaire, il posait cartes sur table.

– Caramany a été étranglé ! Vérifiez, Wuenheim ! Demandez à un médecin légiste d'examiner une nouvelle fois son corps, c'est la vérité ! Son larynx est complètement broyé ! dit-il en perdant haleine.

Wuenheim comprenait enfin ce que lui dissimulait sa compagne. Saint Hilaire perdait espoir. L'horloge tournait...

– Ecoutez ! Foutez-moi en prison si cela peut vous faire plaisir, mais s'il vous plaît, protégez Eve ! Elle est en danger tant que Sarras sera en liberté !

Le capitaine Poncey paraissait gêné. La version de Saint Hilaire avait des accents de sincérité. Ses propos corroboraient la scène dont il avait été le témoin sur les quais de Seine quelques heures auparavant. Il pensait qu'Eve Saint

Hilaire était retournée à l'Institut médico-légal, mais il n'en avait aucune certitude. Elle s'était peut-être laissée convaincre de passer l'après-midi avec le gardien de la paix. Si ce dernier était réellement l'assassin, il détenait alors un renseignement capital. Dévoiler cette information à Wuenheim était crucial. Mais la colère à laquelle il s'exposerait le retenait dans son désir de bien faire. Pourtant, comme une vie était peut-être en jeu, il ne pouvait cacher plus longtemps ce qu'il savait.

– Commissaire ? fit-il d'une voix tremblante.

Wuenheim le regarda pour l'inviter à poursuivre.

– Je crois qu'il faut que je vous dise quelque chose...

– Eh bien, parlez, Poncey !

– Voilà...

L'officier cherchait ses mots :

– Lorsque j'ai fait la filature d'Eve Saint Hilaire ce matin, je ne vous ai pas tout dit.

Wuenheim se retourna sur son siège. A chaque fois qu'il approchait du but, un nouveau rebondissement remettait tout en question. Surpris par les propos du policier, Saint Hilaire ne soufflait mot et dressait les oreilles.

– ... Elle est tombée, visiblement par hasard, sur Sarras.

Les cœurs des deux commissaires se crispèrent en même temps.

– Au début, j'ai cru que c'était un rendez-vous secret pour aider le commissaire Saint Hilaire, dit-il en le regardant, mais très rapidement j'ai compris qu'il n'en était rien.

Wuenheim cligna nerveusement des paupières.

– Expliquez-vous, Poncey !

– Eh bien, ils sont rentrés tous les deux chez un fleuriste, et lorsqu'ils en sont ressortis, il lui avait acheté une rose rouge !

Le commissaire fut emporté par une vague de jalousie tandis que Saint Hilaire fut terrassé par la peur.

– Vous comprenez, tenta de justifier Poncey, cette situation me mettait dans l'embarras. J'étais dans une position délicate !

Saint Hilaire s'agrippa à l'appuie-tête de Wuenheim.

– Vous saisissez ? dit-il, affolé. Il l'a séduite pour l'attirer dans un piège. C'est elle qui a découvert les marques d'étranglement sur le cadavre de Caramany. Elle est la dernière personne à pouvoir faire le lien entre ses crimes !

Wuenheim restait silencieux, perturbé par tout ce qu'il venait d'entendre.

– Si vous ne faites rien, il va la tuer ! Comme il l'a fait avec Mélanie Bouzy !

La radio se mit à mugir : « A tous les véhicules de PC radio, urgence prioritaire, je répète urgence prioritaire. » Par réflexe, tous les policiers se turent dans l'habitacle de la voiture.

– « ROUGET 21 a émis un appel de détresse, je répète, de PC radio, ROUGET 21 a émis un appel de détresse dans le secteur compris entre les gares de Lyon et Austerlitz. Précision complémentaire, le fonctionnaire à bord se rendait à L'I.M.L. »

– C'est la voiture de mon commissariat ! hurla Saint Hilaire. Wuenheim ! Il est arrivé quelque chose !

Le commissaire de l'Inspection générale des services était comme pétrifié. Une nouvelle fois tout était chamboulé.

– Tournez à droite, Le Taillan ! cria-t-il à son chauffeur. Foncez vers l'Institut médico-légal.

*

L'alcool envahissait ses narines et brûlait ses lèvres. Il faisait noir. Avait-elle dormi ? Elle grelottait. Il faisait froid. Où était-elle ? Depuis combien de temps se trouvait-elle là ? Elle était fatiguée. Où était-elle ? Pourquoi les murs étaient-ils si proches ? Où était le haut ? Où était le bas ? La peur participait autant que le froid aux tremblements de ses membres. Etait-elle dans un placard ? Et sur quoi l'avait-on allongée ? Pas un bruit ! Elle voulait crier, mais sa bouche ne répondait pas. Elle flottait dans une sorte de brume. Ce devait être un rêve. Elle voulait dormir. Dormir pour oublier ce froid. Qu'avait-elle fait pour se retrouver là ? Elle n'avait plus de mémoire. Dormir pour ne plus avoir froid. Dormir.

Chapitre Vingt-Trois

Ils furent rapidement sur place. Ils venaient de dépasser le parc austère qui précédait l'entrée principale de l'Institut médico-légal. Saint Hilaire fut le premier à repérer la voiture. Il l'avait désignée en hurlant. ROUGET 21 était stationnée sur le parking privé du bâtiment situé sous le pont métallique du métro aérien. Dissimulé par deux piliers soutenant la structure en fer, le véhicule était invisible aux yeux des passants. Le moteur tournait encore et les portières avant étaient ouvertes. Wuenheim ordonna à Poncey de rester pour surveiller Saint Hilaire. Malgré ses protestations, le commissaire n'eut pas le droit d'accompagner son collègue. Le Taillan et Wuenheim sortirent leur arme et progressèrent jusqu'au véhicule de police. Saint Hilaire assistait à la scène, résigné, au fond de son siège. Sarras était là ! Evanoui. Gisant la tête contre son volant. Du sang perlait de son front. Wuenheim s'approcha doucement du policier et posa deux doigts sur la veine de son cou.

– Il est vivant ! indiqua-t-il au commissaire stagiaire.

Ce dernier venait d'ouvrir le coffre.

– Rien dans le coffre !

Les deux hommes rangèrent leur revolver à la ceinture. Wuenheim ordonna à Le Taillan de vérifier si Eve Saint Hilaire était en sécurité à l'intérieur du bâtiment. Son second exécuta immédiatement l'ordre. Resté seul avec le gardien de la paix, le commissaire lui releva délicatement la tête pour l'appuyer contre le siège. La plaie à la tête semblait superficielle. Il se permit de le gifler pour le réveiller. Le temps était compté. L'homme ne semblait pas réagir. Pourtant, la jalousie aidant, Wuenheim prenait un malin plaisir à appuyer ses gifles. La troisième fut la bonne !

– Sarras ! Que s'est-il passé ? Où est Eve ?

Le fonctionnaire de police cligna des

yeux, aveuglé par la lumière, reprenant peu à peu ses esprits. Il se toucha le crâne et regarda sa main ensanglantée. Il paraissait abruti par le choc. Wuenheim ne supportait plus d'attendre. Oubliant l'état du blessé, il se mit à le secouer vigoureusement.

– Sarras, bon sang ! Mais où est-elle ?

– Je ne sais pas..., répondit-il.

A cet instant, le gardien de la paix parut réaliser à qui il avait affaire.

– Nous parlions ensemble dans la voiture et puis tout d'un coup... vlan ! fit-il au commissaire. Je n'ai pas eu le temps de réagir. J'ai juste vu un homme cagoulé dans mon rétroviseur. Et ensuite le trou noir !

Saint Hilaire ne pouvait entendre leur discussion. L'homme d'action ne supportait pas d'être pris au piège dans cette voiture de police. Sarras blessé et Eve disparue, toute sa conception de l'affaire s'écroulait. Poncey lui confirma ce sentiment.

– Ça sent mauvais pour vous, tout ça ! dit-il, sans marquer aucune déférence.

Le capitaine de police était revanchard. Il n'avait pas supporté de se faire subtiliser son arme de service après la bagarre qui l'avait opposé au commissaire. Saint Hilaire paniqua. Il ne pouvait pas y avoir d'autre solution que la sienne. Sarras était un manipulateur de première classe. S'il s'était rendu compte de la filature exercée par Poncey, il devait obligatoirement se trouver un alibi avant d'éliminer Eve. Cette agression simulée était le parfait moyen pour se dédouaner. Saint Hilaire devait agir. Et vite ! Laisser l'enquête à Wuenheim le mènerait droit en prison. Voyant l'officier de police à portée de tête, il balança son front en avant. Le sang jaillit de l'arcade sourcilière et tacha la banquette arrière. Menotté dans le dos, le commissaire se servit de son épaule pour bloquer le cou du policier. Choqué, la respiration coupée, celui-ci ne mit que quelques secondes avant de perdre conscience. Lui tournant le dos, Saint Hilaire s'affaira à fouiller Poncey malgré ses deux mains liées. Bientôt, il trouva au fond d'une poche le trousseau de clefs libérateur. Comme il l'avait déjà fait précédemment, il s'empara de l'arme du blessé avant de sortir du véhicule. Le chef de l'I.G.S. était occupé à tenir éveillé le gardien de la paix. Saint Hilaire arriva dans son dos.

– Reculez du véhicule, Wuenheim ! ordonna-t-il en brandissant le revolver. Et retournez-vous tout doucement.

– Vous faites une très grave erreur...

Il exécuta pourtant les ordres du commissaire en levant les bras au-dessus de sa tête, après avoir déposé son arme de service au sol.

– Qu'allez-vous faire maintenant ? Vous allez tous nous tuer ? Réfléchissez, regardez dans quel état est votre tueur en série !

Wuenheim baissa un bras pour désigner le gardien de la paix blessé.

– C'est lui, votre démoniaque assassin ? ironisa-t-il.

Saint Hilaire tenait toujours son arme braquée à bout de bras.

– Reculez, Wuenheim ! répéta-t-il.

Les regards des deux commissaires s'affrontèrent. Le plus jeune céda devant l'insistance de son aîné, craignant qu'il ne soit devenu fou. Saint Hilaire n'avait que très peu de temps avant que les renforts de police ne débarquent. Il bondit dans l'habitacle de la voiture et sortit le blessé en l'empoignant par le col de sa chemise. Il le traîna sur quelques mètres avant de le laisser tomber à terre. Le gardien de la paix laissa entendre un râle de souffrance.

– N'aggravez pas votre cas, Saint Hilaire ! insista Wuenheim.

– Je sais que tu simules ! lança le commissaire à l'attention du blessé. Mais moi, je n'ai plus rien à perdre. Tu vas me dire ce que tu as fait à Eve ou je te loge une balle entre les deux yeux !

Les yeux fermés, le blessé ne semblait pas entendre les menaces du commissaire.

– Vous ne voyez donc pas qu'il est inconscient ? intervint Wuenheim.

– Ce n'est pas grave ! lâcha sérieusement Saint Hilaire. Ma vie est finie. Il a tué ma femme et il s'est débarrassé de ma fille. Je n'ai plus rien, vous comprenez ? Alors, je vais les venger avant de disparaître. La première balle est pour toi, Sarras, la seconde sera pour moi !

Saint Hilaire arma le chien de son arme. Un cliquetis retentit. Il n'avait plus qu'à presser sur la gâchette pour faire partir le coup.

– Non, ne faites pas ça !

– C'est trop tard ! Je n'ai pas réussi à l'arrêter... J'ai échoué. La vengeance sera mon dernier plaisir.

Il tendit son bras en direction de Sarras. Le coup partit. La déflagration résonna sous le pont métallique. Des oiseaux perchés dans les arbres du parc s'envolèrent au-dessus de la Seine.

Le gardien de la paix avait bondi de peur. Saint Hilaire ne l'avait pas visé : la simulation du gardien de la paix était maintenant évidente. Le commissaire posa le canon de son arme sur le front de Sarras, maintenant terrifié.

– Vous voyez, Wuenheim ! dit-il fièrement. Votre blessé vient de guérir miraculeusement !

Wuenheim s'était trompé sur toute la ligne.

– Ne le laissez pas faire ! implora Sarras à l'attention du commissaire de l'I.G.S., il va me tuer ! Il est fou.

Wuenheim ne broncha pas.

– Oui, je vais te tuer ! confirma Saint Hilaire, à bout. A toi de choisir la façon dont tu veux quitter ce monde ! Et d'abord, je veux que tu expliques à mon collègue comment tu as procédé dans cette affaire..., dit-il en désignant Wuenheim du regard.

– Je vais tout vous dire ! hurla Sarras. Oui... j'ai tué votre femme ! On avait une liaison. Mais c'était de votre faute. Vous l'avez délaissée. Elle avait besoin d'une oreille compatissante. Elle réclamait de l'attention. Je lui ai fourni tout ce que vous étiez incapable de satisfaire.

Le commissaire appuya son arme contre la joue droite de Sarras.

– Ne me pousse pas à bout, sinon... !

– Arrêtez ! cria Wuenheim. Laissez-le parler.

– Caramany a découvert notre liaison alors que nous déjeunions dans un restaurant. Il a fait pression sur Marthe pour que nous arrêtions de nous voir. Elle était complètement désemparée. Alors, elle a cédé. Je lui ai dit que je la tuerais si elle me quittait. Je l'ai même frappée lors de notre dernier rendez-vous. Et puis, elle a disparu. Plus de nouvelles !

Les deux commissaires écoutaient avec attention les aveux de l'assassin.

– Caramany m'a dit qu'il ne vous dirait rien si je me tenais à carreau. Mais je lui en voulais terriblement... j'étais amoureux d'elle ! Il était responsable de notre séparation. Un jour, le hasard m'a fait croiser Marthe dans le 18e. Elle s'est enfuie. J'ai planqué des heures durant avant de retrouver sa trace. Je l'ai filée jusque dans son studio. Elle avait changé d'apparence. Elle était terrifiée de me voir. Elle m'a dit qu'elle allait tout vous raconter. Elle voulait se faire pardonner, et peut-être tout recommencer ! Mon sang n'a fait qu'un tour. J'ai saisi un couteau et je l'ai frappée...

Wuenheim remarqua l'index tremblant de Saint Hilaire sur la gâchette du revolver.

– Saint Hilaire, ne faites pas ça, laissez-le parler !

Sentant qu'il n'avait pas d'autre choix, Sarras s'empressa de poursuivre son récit :

– Je savais que Caramany ne mettrait pas longtemps à faire le lien entre l'assassinat de Marthe et moi. Alors j'ai imaginé un plan. J'ai engagé une prostituée que nous avions eue en garde à vue au commissariat quelques mois auparavant. Elle ne m'a pas reconnu, j'avais pris soin de modifier mon apparence. Je l'avais menacée de lancer une procédure judiciaire à son encontre pour escroquerie à l'aide de chèques volés si elle n'obéissait pas. Je lui avais promis trois ans fermes si je m'occupais d'elle ! N'étant pas officier de police judiciaire, j'avais tapé le procès-verbal de garde à vue au nom du lieutenant Caramany. Il a signé le document, me faisant confiance, mais il ne l'avait jamais vue ! C'est pour cette raison qu'il a déclaré ne pas connaître Mélanie Bouzy. J'ai donc demandé à cette prostituée de porter plainte contre Caramany et ensuite de disparaître de la ville. Comme j'avais participé au déménagement du lieutenant, je connaissais son appartement mais également l'emplacement de sa cave. J'ai donc décidé de dissimuler le corps de Marthe à cet endroit. J'ai pu décrire son logement à Mélanie Bouzy pour donner du crédit à sa déposition. Une fois sa plainte enregistrée, je savais que vous iriez perquisitionner le domicile du lieutenant et que vous trouveriez le corps de Marthe. Je l'ai défigurée pour qu'elle ne soit pas reconnaissable et ensuite, j'ai déposé le permis de conduire de Mélanie Bouzy à ses côtés. Ainsi la prostituée devait disparaître dans la nature et être considérée comme morte par l'état civil en lieu et place de Marthe. Sa disparition resterait toujours inexpliquée et je ne risquais pas d'être impliqué par Caramany, dit-il en regardant Wuenheim. Pour qu'il n'y ait aucune ambiguïté sur l'auteur du crime, j'ai attaché le couteau qui avait servi au meurtre, au volet du bureau de Caramany et j'ai dissimulé une photographie de la victime dans ses dossiers.

Sarras semblait fier de ses manœuvres perfides.

– Je comptais sincèrement en rester là, mais Caramany a réussi à vous échapper... Je pense qu'il a suivi son instinct pour venir en pleine nuit chez moi. Il a dû faire la liste des personnes qui avaient visité son appartement et qui pouvaient avoir accès à son bureau. En comparant ces quelques noms avec les individus qui auraient été susceptibles de lui en vouloir, je conçois qu'il ait tout naturellement pensé que je pouvais être lié d'une manière ou d'une autre à cette affaire. Je n'ai pas nié les faits lorsqu'il m'est tombé dessus alors que je rentrais du restau où j'avais dîné avec Léognan. J'étais trop fier de lui avouer ma vengeance. Nous nous sommes battus et j'ai pris le dessus. Croyant que ça le sauverait, il m'a dit qu'il avait rendez-vous avec vous le lendemain matin, continua dédaigneusement Sarras à l'intention de Saint Hilaire. Cela ne m'a pas arrêté, je l'ai étranglé et il l'a bien mérité ! Je voulais faire passer son meurtre pour un suicide, mais ça n'était plus crédible sachant qu'il vous avait fixé une rencontre pour le jour suivant. J'ai alors imaginé un autre plan.

Ses yeux s'illuminèrent.

– J'allais vous faire porter le chapeau et me dédouaner de ce meurtre.

– Vous êtes donc retourné au commissariat pour chercher le couteau et avez poignardé le cadavre de Caramany avant de reposer l'arme là où vous l'aviez laissée, poursuivit Saint Hilaire.

– C'est exact ! jubila le tueur. Je vous ai ensuite envoyé un texto pour vous convier au rendez-vous dans la planque du Grec. J'ai installé là-bas le corps de Caramany. Je savais que, dans la matinée, vous seriez obligatoirement informé du meurtre de votre femme. Vous avez fait exactement ce que j'avais imaginé ! se vanta-t-il avec toute la fierté du génie malfaisant. Mais encore une fois, le commissaire Wuenheim n'a pas été capable de retenir son prisonnier ! lâcha-t-il en direction du chef de l'Inspection générale des services. Vous dans la nature, je risquais encore d'être démasqué... J'ai donc voulu suivre la procédure au plus près pour surveiller les avancées de l'I.G.S.. Je me suis donc proposé pour aller reconnaître le corps de Caramany à l'I.M.L.. Là-bas je suis tombé sur votre fille... Je ne la connaissais pas... Aussi jolie que sa mère ! Mais lorsque j'ai vu le cadavre du lieutenant, j'ai été surpris de voir une entaille ouverte dans son cou. Juste là où je l'avais étranglé. J'ai eu peur que votre fille ne découvre la cause réelle du décès de Caramany. D'autant plus qu'elle ne semblait pas à l'aise lorsqu'elle nous a vus rentrer dans la pièce...

– C'est moi qui lui avais demandé de faire cet examen ! avoua Saint Hilaire.

– Cela ne m'étonne pas de vous ! rétorqua Sarras. J'ai donc décidé de la rencontrer. Je devais savoir ce qu'elle avait appris. Mais avant cela, je suis allé m'assurer que Mélanie Bouzy n'était plus en train de tapiner dans sa rue. Lorsque j'ai vu qu'elle s'y trouvait toujours, j'étais fou de rage. Je n'avais pas d'autre choix que de me débarrasser d'elle. Je devais effacer les traces derrière moi. Je l'ai donc tuée, pensant que la brigade des mœurs mettrait cela sur le compte de son maquereau.

– Vous ne saviez pas que je l'avais rencontrée, la veille au soir, intervint Wuenheim, et qu'elle m'avait avoué que c'était un policier qui l'avait engagée à déposer une fausse plainte.

Le commissaire fit amende honorable :

– ... C'est d'ailleurs ce qui m'a fait penser que Saint Hilaire pouvait être l'assassin !

– Ça, je ne le savais pas ! renchérit Sarras. Ensuite, j'ai prétexté un oubli de signature sur un document de l'I.M.L. pour déguerpir en fin de matinée du commissariat Saint-Georges. Le major Léognan n'a rien trouvé à redire à cette excuse. Il faut dire qu'il est facile à manipuler à partir du moment où on le laisse boire et manger ! Je me suis rendu à l'Institut médico-légal, mais Eve était déjà partie. Un vigile m'a renseigné sur la direction qu'elle avait prise et je l'ai retrouvée devant les bouquinistes sur les quais de Seine. Elle était belle. J'ai tout de suite deviné que nous pourrions avoir la même complicité que celle que j'avais eue avec sa mère. Son visage était magnifique.

Sarras semblait délirer. Mais Saint Hilaire lui enfonça le canon du revolver dans la bouche :

– Pourquoi parlez-vous à l'imparfait ? Pourquoi parlez-vous d'elle au passé ? hurla-t-il comme un fou.

– Non ! cria Wuenheim.

– Elle a rejoint sa mère ! répondit Sarras avec un rictus. C'est trop tard !

Saint Hilaire ne se maîtrisait plus. Il allait appuyer sur la détente. Profitant de la situation, Wuenheim se jeta sur son collègue. Un coup de pied placé idéalement dans les côtes fit rouler Saint

Hilaire au sol. Sarras saisit cette occasion inespérée pour se redresser. Le ventre de Wuenheim était à sa portée. Sortant un couteau à cran d'arrêt, il fit surgir une lame brillante. Son geste fut bref et rapide. Wuenheim fut stoppé net. Il regarda son ventre. Sa chemise rougissait du sang que le coup de couteau avait fait couler. Sarras tenait encore le manche avec ses deux mains. Il adressa un sourire sadique à sa victime. Puis il donna une nouvelle impulsion à l'arme qui s'enfonça plus profondément dans les entrailles du commissaire. Wuenheim tomba à genoux lorsqu'une détonation retentit. Sarras afficha la même stupeur que celle qui venait de s'inscrire sur le visage de Wuenheim. Une balle venait de traverser son corps. Il s'écroula à terre. Saint Hilaire tenait encore son arme en joue. Il n'avait pas eu le temps de sauver Wuenheim.

Le Taillan arriva sur ces entrefaites :

– J'ai tout vu, commissaire ! cria-t-il à Saint Hilaire.

Saint Hilaire profita de cette aide pour porter secours à Wuenheim. Allongé au bord de la pelouse, les deux mains couvrant la plaie béante, il n'arrivait pas à retenir l'hémorragie. Un râle de souffrance sortit de sa gorge. Ses yeux embrumés fixaient le ciel bleu. Saint Hilaire se porta à sa hauteur. L'homme vivait ses derniers instants. Aucune aide ne pouvait le sauver d'une fin inéluctable.

– Je l'aimais ! arriva-t-il à prononcer. Je l'aimais.

Ses yeux se révulsèrent. Une grimace vint déformer sa bouche. Il était mort.

Saint Hilaire ferma délicatement les paupières de Wuenheim. A quelques pas, Sarras se contorsionnait de douleur. Le commissaire abandonna le corps de son collègue et vint s'agenouiller près de l'autre mourant. Sarras crachait du sang par la bouche. Il se savait condamné. Un sourire crispé paralysait ses lèvres.

– Où est Eve ? hurla Saint Hilaire.

– Je te l'ai dit ! répondit Sarras en crachant de la bile.

Il toussa à plusieurs reprises avant d'émettre un nouveau son.

– Elle a... elle a rejoint sa mère !

Ses muscles se contractèrent, soulevant son corps de quelques centimètres.

Il émit un dernier râle. Sa respiration s'arrêta.

– Non ! Non ! gémit le commissaire.

Des larmes coulaient sur son visage. Il tapa de ses deux poings fermés sur le corps du gardien de la paix. Cette folle course n'avait servi à rien. Il arrivait trop tard. Sarras avait gagné. Il s'était vengé de tous ceux qui s'étaient mis en travers de sa route. Il avait fait le vide autour de Saint Hilaire. Il avait détruit sa vie, sa famille.

Des sirènes hurlantes arrivaient de toutes parts. Henri Pupillin débarqua pour constater les dégâts de cette folle enquête. Des ambulances investissaient le boulevard dans une cohue de cris et de sirènes.

Soudain, le commissaire redressa la tête. Comme illuminé par un éclair de génie, il se releva et partit en courant. Le Taillan, enclin à croire en l'instinct de Saint Hilaire, lui emboîta le pas. Le commissaire rejoignit le parc à vive allure en longeant le bâtiment. Il poussa la porte d'entrée de l'Institut médico-légal avec vigueur. Il dévala les escaliers menant au sous-sol. Où allait-il ? Le Taillan avait déjà visité le bâtiment de fond en comble. Eve ne s'y trouvait pas. Saint Hilaire en sueur courait à perdre haleine à l'étage inférieur. Il voulait vérifier ! Il voulait en être sûr. Il ouvrit une première porte. Il se trompait ! Ce n'était pas la salle qu'il recherchait. Enfin, il entra dans la bonne pièce. Sa respiration était rapide et sonore. Le mur des chambres froides lui faisait face. Il commença méthodiquement à regarder les étiquettes de chaque compartiment. Il cherchait désespérément le nom de sa veuve. Son cœur battait rapidement. Un nœud lui serra le ventre lorsqu'il lut : *Marthe Saint Hilaire.* Ses mains tremblaient. Il n'avait pas vu le corps de sa femme depuis son retour d'Italie. Il ne savait pas à quoi s'attendre ! Il aspira une bouffée d'oxygène puis tira la poignée du tiroir. Le bac métallique sortit. Sur le corps de Marthe enveloppé dans un sac gisait, congelée, sa fille Eve. Sans perdre un instant, il la prit dans ses bras. Le Taillan rejoignit le commissaire et l'aida à la déposer sur la table d'autopsie. Il enleva sa veste et la tendit à Saint Hilaire. Ce dernier hurlait le prénom de sa fille en giflant les joues blafardes de la jeune femme.

– Eve ! Eve ! Réponds-moi !

Ses mains frottaient ses membres glacés. Le Taillan pensa qu'il était trop tard ! Le corps était en hypothermie depuis trop longtemps. Pourtant, le frémissement d'une main fit sursauter le commissaire.

– Aidez-moi ! ordonna-t-il à Le Taillan qui déjà se mettait à frotter vigoureusement les mollets d'Eve.

Bientôt, elle ouvrit les yeux. Saint Hilaire ne savait plus s'il devait rire ou pleurer. Elle était vivante ! Sa fille était vivante !

– Papa ? murmura-t-elle, grelottante. J'ai... froid ! parvint-elle à prononcer.

– C'est fini ! Ne t'inquiète pas ! lui répondit son père tout en continuant de la réchauffer.

Parler était au-dessus de ses forces. Mais ses yeux exprimaient tous ses regrets. Pourquoi s'était-elle fâchée avec son père ? Comment s'était-elle laissée berner par Sarras ? Son regard lançait des messages d'amour et des mots d'excuses.

Saint Hilaire avait porté à hauteur de sa bouche les deux mains de sa fille. Il mêlait souffle chaud et baisers pour réchauffer ses doigts. La vie allait reprendre. Ils s'épauleraient tous les deux. Ils tourneraient cette page dramatique pour reconstruire les liens qui les unissaient dans le passé. Maintenant que la vérité éclairait les zones d'ombre, ils pourraient regarder l'avenir ensemble. Les lèvres d'Eve tremblaient de froid mais elles purent esquisser un léger sourire. Une toux rauque secoua son corps et effaça toute expression de son visage. La vie semblait ne tenir qu'à un fil. Ses yeux se fermèrent.

Chapitre Vingt-Quatre

Une pancarte blanche, accrochée à la poignée de la porte d'entrée indiquait : *Fermeture définitive*. A travers la vitrine, Saint Hilaire distingua une pièce vidée de son contenu. Un carton abandonné restait sur la moquette d'un bleu délavé. Elles étaient parties. Leur rencontre avec la police les avait échaudées. Elles avaient préféré jeter l'éponge. Le commissaire avait bien tenté de téléphoner avec le portable de Rebecca à sa sœur Monica, mais en vain. La tonalité sonnait dans le vide. Les menaces de Wuenheim avaient dû les effrayer. Une nouvelle fois, Saint Hilaire voyait disparaître la femme qu'il aimait. Il devait le reconnaître, il n'était pas resté insensible au charme du jeune mannequin. Sa beauté, son caractère bien trempé, et ces événements qui les avaient poussés dans les bras l'un de l'autre avaient eu raison de ses sentiments. Mais il était arrivé trop tard ! Trop tard pour lui expliquer qu'elle ne risquait plus rien. Que toutes les plaintes avaient été retirées, une fois la vérité connue. Devait-il se mettre à chercher cette femme comme il s'était mis en chasse de Marthe ? Il n'en avait plus le courage. La chance avait mis Rebecca sur sa route. Il comptait maintenant sur le hasard ou le destin pour la croiser à nouveau. Peut-être demain ? Peut-être jamais ? Que lui réservait son avenir ?

La joie de savoir sa fille vivante lui suffisait amplement pour le moment. Elle se remettait lentement de son agression. Sarras lui avait apposé sur le visage un coton imbibé d'éther. Une fois évanouie, il l'avait allongée sur le corps de sa mère puis enfermée dans un compartiment de la chambre froide de la morgue. Les médecins avaient mis plus de deux heures avant de réussir à la réanimer. Elle aurait besoin de temps pour surmonter ce qu'elle avait dû endurer. Elle devait se reconstruire. Même si ses sentiments pour Wuenheim étaient confus, la nouvelle de sa mort la plongea dans un grand désarroi. Il n'avait cherché qu'à la préserver. Il aurait donné sa vie pour la protéger. Lorsque Saint Hilaire lui rapporta ses dernières paroles, elle fondit en larmes. La malheureuse allait devoir endurer une succession d'enterrements. Mais Saint Hilaire se jurait d'être présent pour elle. Il ne la négligerait pas comme il avait négligé sa mère. Il allait lever le pied. Il n'avait plus qu'elle dans sa vie, et il comptait bien lui manifester tout son amour.

La veille, ils avaient enterré Marthe dans la plus stricte intimité. Henri et Irène Pupillin avaient accompagné le cercueil au funérarium avec eux. Irène avait beaucoup pleuré. Eve avait contenu ses émotions. Mais son père avait senti son infinie tristesse. Enfin, ensemble, ils avaient rejoint le cimetière du Père Lachaise pour y déposer l'urne dans le caveau familial. Eve tenait le réceptacle contenant les cendres de sa mère entre les mains. Le soleil éblouissant faisait briller les pavés des allées. Le chant des oiseaux dans les branches donnait un avant-goût du printemps. Bientôt la nature reprendrait ses droits. La vie allait jaillir de toutes parts. Saint Hilaire avait tout pardonné à son épouse. Savoir qu'elle avait cherché à connaître ses sentiments lui prouvait qu'elle l'aimait encore. Peut-être auraient-ils pu tout reconstruire ! Avec la disparition de Marthe, il mesurait le temps perdu à courir après les bandits, les assassins et autres malfrats. Comment avait-il pu tout sacrifier pour ce métier ? La police l'avait éloigné de l'essentiel, de sa famille. Elle l'avait aveuglé, et lui avait dissimulé les priorités. Une véritable révolution se produisait dans l'esprit du commissaire.

Dans l'allée en pierres qui les ramenait vers la sortie du cimetière, Saint Hilaire prit Henri Pupillin par le bras. Ils devancèrent Irène et Eve qui évoquaient déjà le souvenir de Marthe. Délicatement et sans que les deux femmes s'en aperçoivent, il tira son porte-cartes en cuir de sa veste et le donna à son supérieur. Henri n'eut pas besoin de l'ouvrir pour comprendre ce qu'il contenait. Saint Hilaire jetait les armes. Il rendait sa carte professionnelle et sa plaque de police. Le commissaire Pupillin ne tenta pas de le dissuader. Ce n'était pas le moment. Saint Hilaire tirait un trait sur une existence qui lui semblait maintenant bien futile et dérisoire. D'autres priorités le guidaient. Une vie nouvelle l'attendait.

Un autre homme était né.

Remerciements

A Christelle Guillaumot, ma femme, pour les corrections et critiques opportunes et attentionnées qu'elle a toujours su apporter à mes écrits. A Jacques Mazel, pour son investissement et pour son enthousiasme à faire de ce manuscrit un livre.

PRIX DU QUAI DES ORFÈVRES

Le Prix du Quai des Orfèvres, fondé en 1946 par Jacques Catineau, est destiné à couronner chaque année le meilleur manuscrit d'un roman policier inédit, œuvre présentée par un écrivain de langue française.

• Le montant du prix est de 777 euros, remis à l'auteur le jour de la proclamation du résultat par M. le Préfet de police. Le manuscrit retenu est publié, dans l'année, par la Librairie Arthème Fayard, le contrat d'auteur garantissant un tirage minimal de 50 000 exemplaires.

• Le jury du Prix du Quai des Orfèvres, placé sous la présidence effective du Directeur de la Police judiciaire, est composé de personnalités remplissant des fonctions ou ayant eu une activité leur permettant de porter un jugement sur les œuvres soumises à leur appréciation.

• Toute personne désirant participer au Prix du Quai des Orfèvres peut en demander le règlement à :

M. Éric de Saint Périer
secrétaire général du Prix du Quai des Orfèvres
18, route de Normandie
28260 BERCHÈRES-SUR-VESGRE
Téléphone : 02 37 65 90 33
E-mail : p.q.o@wanadoo.fr

La date de réception des manuscrits est fixée au 15 avril de chaque année.

Ouvrage composé par Nord Compo
Villeneuve-d'Ascq

« Pour l'éditeur, le principe est d'utiliser des papiers composés de fibres naturelles, renouvelables, recyclables et fabriquées à partir de bois issus de forêts qui adoptent un système d'aménagement durable.

En outre, l'éditeur attend de ses fournisseurs de papier qu'ils s'inscrivent dans une démarche de certification environnementale reconnue. »

Achevé d'imprimer en novembre 2008 en France sur Presse Offset par
Maury-Imprimeur - 45330 Malesherbes
N° d'imprimeur : 141835
35.17.1779.4.01
Dépôt légal : novembre 2008